LE BOSS DE *Ben*

Les Hommes du Maine TOME 2

K.C. WELLS

Ceci est une œuvre de fiction. Les personnages, lieux et événements décrits dans ce récit proviennent de l'imagination de l'auteur ou sont utilisés fictivement. Toute ressemblance avec des personnes, des lieux ou des événements existants ou ayant existé est entièrement fortuite.

Les détails de la couverture sont utilisés à des fins illustratives uniquement et toute personne dépeinte sur celle-ci est un modèle.

L'auteur reconnaît que les marques déposées mentionnées dans ce livre sont la propriété de leurs exploitants respectifs.

Les hommes du Maine

Levi, Noah, Aaron, Ben, Dylan, Finn, Seb et Shaun.

Huit copains qui se sont rencontrés au lycée à Wells, dans le Maine.

Malgré des passés et des choix différents, une chose est toujours aussi solide après les huit années écoulées depuis la fin de leurs études : leur amitié. Vacances, mariages, enterrements, anniversaires, fêtes en tout genre ; ils saisissent le moindre prétexte pour se retrouver. C'est l'occasion de parler de ce qui se passe dans leurs vies, et plus particulièrement dans leurs vies amoureuses.

Au lycée, ils savaient que quatre d'entre eux étaient gays ou bi, ce n'était donc peut-être pas une coïncidence qu'ils se soient rapprochés de la sorte. Au fil des ans, des révélations et des prises de conscience ont eu lieu, certaines plus surprenantes que d'autres. Ce que les sept autres ignoraient, cependant, c'était que Levi était amoureux de l'un d'entre eux…

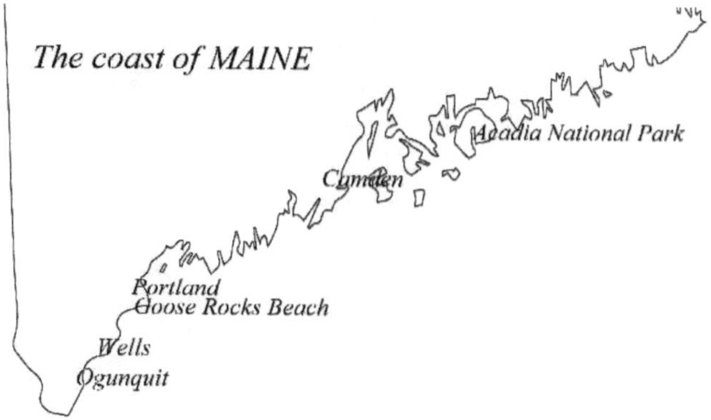

The coast of MAINE
Acadia National Park
Camden
Portland
Goose Rocks Beach
Wells
Ogunquit

PROLOGUE

Extrait de *Le fantasme de Finn* :

— Oh, les gars, j'ai failli oublier, les interpella Ben, les yeux chatoyants. J'ai un entretien d'embauche la semaine prochaine.

Joel adora les huées d'approbation qui emplirent l'air nocturne.

— C'est super, s'exclama Levi. Pour quel poste ?

— Une boutique de souvenirs, qui se trouve pile-poil sur le pas de ma porte, à Camden. Apparemment, le magasin appartient à la même famille depuis quatre-vingts ans. Même si moi, je n'y ai jamais mis les pieds. Qu'est-ce que je ferais dans un attrape-touristes ? Les proprios s'appellent Pearson.

Une grimace déforma ses traits.

— C'est un nom fréquent dans le Maine, non ?

Noah écarquilla les yeux.

— Mon Dieu, j'espère pour toi.

Joel fronça les sourcils.

— J'ai loupé quelque chose ?

Finn se renfrogna.

— Il y avait un sale con au lycée, Wade Pearson, qui n'a pas arrêté de pourrir la vie de Ben, tout ça parce qu'il s'était convaincu que Ben était gay.

Quand il vit Joel lancer un regard perdu à Finn, Ben éclata de rire.

— Certes, je *suis* gay maintenant, mais à l'époque je me cherchais encore. Cette espèce d'enflure homophobe.

Ses yeux chatoyaient.

— Quel dommage que ce soit une enflure

homophobe *trop canon*, parce que dans une autre vie, je me serai jeté sur lui comme un affamé. Je refuse de songer un instant que ces Pearson-ci sont de la même famille. Le Seigneur ne serait pas aussi cruel.

Noah secoua la tête.

— On parle de quel Seigneur, là ?

Seb leva les mains.

— Nan. Pas question qu'on parle de religion.

— Pas même pour réciter une petite prière ? insista Ben. Parce que j'ai *besoin* de ce taf, les gars.

Seb se tourna vers les cieux.

— Hé, Dieu ? Fais en sorte que Ben ait ce boulot. Tant que T'y es, assure-Toi que la personne qui lui fera passer son entretien n'ait aucun lien avec ce trouduc de Wade Pearson. T'as pigé ?

Il décocha un sourire suffisant à Ben.

— Ça devrait faire l'affaire.

Ben roula des yeux.

— Ouais, merci pour tout, Seb.

Finn s'esclaffa.

— Si Mamie t'avait entendu, Seb, elle t'aurait botté le cul avec son balai.

L'intéressé se tourna aussitôt vers la fenêtre qui les surplombait.

— Elle dort de l'autre côté de la maison, non ?

Tout le monde rigola et il se tourna vers Aaron.

— La haute saison va bientôt commencer pour toi.

Aaron se fendit d'un rire narquois.

— Merci de me le rappeler. Qu'est-ce qui attire autant les abrutis en période estivale ?

— Aaron est garde forestier à l'Acadia National Park, expliqua Finn à Joel avant de dévoiler toutes ses dents. Je crois qu'il a arrêté de compter le nombre de fois où les visiteurs font des blagues sur le Thunder Hole[1].

Joel cligna des yeux.

— Sérieux ? Ça existe, cet endroit ?

Même s'il avait déjà entendu le nom, lorsque ses enfants étaient plus jeunes, leurs vacances consistaient en une visite chez ses parents à Boise. Ils n'avaient pas beaucoup exploré la partie nord du Maine, à son grand regret.

Aaron acquiesça.

— C'est une grotte gigantesque qui recrache l'eau de mer dans les airs, parfois jusqu'à douze mètres.

Il ricana.

— Ça ressemble un peu à une fête de fraternité, ajouta-t-il avant de secouer la tête. Malgré toutes les forêts et les kilomètres de côte, c'est *ça* qui fait jaser les gens.

Noah se leva.

— Je vais me chercher une autre bière.

Il effleura le bras de Levi.

— Tu veux quelque chose ?

— Ça va, merci, lui répondit Levi avec un sourire.

— Et nous, tu nous demandes pas ? s'immisça Seb, un sourire narquois aux lèvres. Parce que je voudrais bien une fraîche, moi aussi.

Il tapota l'étiquette de sa bouteille.

— Cette marque, spécifiquement. Quelqu'un a au moins amené une boisson décente à cette sauterie.

Joel se retint de sourire.

— Je dirais pas pareil. Certains se contentent très bien d'une Bud.

---

[1] NdT : Le trou à tonnerre, littéralement, qui s'interprète facilement comme « Le trou à pets ».

Seb renâcla.

— C'est ce que j'appelle une bière de novice. Ça a le goût…

— Non ! l'interrompit Shaun. On sait tout ce que tu en penses.

— Et *pourquoi* on le sait tout ? insista Finn, tout sourire. Parce que tu nous as déjà bassinés avec ça un million de fois. Et je te signale que j'aime ça, moi, la Bud, alors ferme ton clapet.

Une nouvelle salve de rires.

— Oh, Seb. Ça y est, c'est les grandes vacances, non ? lui demanda Aaron.

— Bingo. J'ai passé toute la semaine à l'école pour préparer la rentrée des classes. Le moment est venu de me détendre et de faire la fiesta *tout* l'été.

— Ouais, mais tu peux pas faire la teuf tout seul. Dis, Joel ? l'interpella Dylan en se nouant les doigts derrière la tête, si bien que Joel se prépara au pire. Tu connaîtrais pas quelqu'un de ton âge qui pourrait s'intéresser à Seb ?

Ses yeux étincelèrent.

— Parce qu'on sait *tous* que Seb rêve d'un daddy rien qu'à lui.

Seb *et* Finn lui lancèrent un regard mauvais, mais Joel, lui, s'esclaffa.

— Déjà, je ne suis pas un daddy, et je ne me permettrais jamais de supposer des goûts de Seb en matière de mecs.

Il jeta un regard en coin à l'intéressé.

— Même si après l'avoir vu en live, j'ai ma petite idée.

— OK, la fête est finie, déclara Finn en se mettant debout. Il est temps pour nous de regagner notre hôtel.

Ben ricana.

— Ce qui se traduit par « quelque chose démange Finn et il a besoin que Joel le gratte. »

Tout le monde rit, y compris Finn et Joel.

— J'ai été ravi de vous rencontrer tous, dit Joel en se levant. Finn parle de vous sans arrêt.

— Alors que nous, on avait pas la moindre idée que tu existais avant aujourd'hui, déclara Shaun avec un sourire.

— Parle pour toi, rétorqua Seb, suffisant.

Il se tourna vers Finn.

— Vous venez chez moi demain pour le déjeuner ? Il y en a pour un régiment. On pourra discuter un peu plus.

Finn jeta un œil à Joel, qui hocha la tête.

— Avec plaisir.

Maintenant qu'il avait plongé les orteils dans l'eau, l'idée d'aller nager plus profondément ne lui faisait plus peur. Un grand sourire étira ses traits.

— Mais là, on va vous laisser pour que vous puissiez parler dans notre dos.

Un silence s'installa aussitôt, brisé par l'éclat de rire de Finn, auquel les autres se joignirent.

— OK, j'approuve, dit Aaron avec un hochement de tête catégorique à l'attention de Finn, qui leva les yeux au ciel.

— Bah, merci. Je n'avais pas vraiment besoin de ton aval, mais ne te gêne surtout pas pour ça.

Finn attrapa la main de Joel.

— À demain.

— Profitez bien de l'hôtel, leur intima Ben alors qu'ils retournaient vers la maison.

— On y compte bien, murmura Finn.

CHAPITRE PREMIER

Juin

Ben White avait cessé de compter le nombre de bières qu'il s'était enfilées et il s'en fichait pas mal. Mamie n'allait pas lui faire de remontrances, puisqu'elle était déjà partie se coucher, et ce n'était pas comme s'il était complètement ivre non plus. Il était venu à l'anniversaire avec le but de se détendre en compagnie de ses potes, mais la sensation de brouillard avait fini par s'évaporer.

Et il savait très bien à quel moment.

Bon Dieu, ça fait huit ans que j'ai pas posé les yeux sur ce trouduc, mais il continue à me hanter.

Sauf que « hanter » était un peu fort, il le savait. Il faisait de son mieux pour ne *pas* penser à ce sale type.

Ben se pencha en avant, les coudes sur les genoux, le goulot de sa bouteille maintenu entre son pouce et son index. Le brasero allait encore, et la chaleur qui s'en échappait repoussait l'air frais de la nuit. Finn avait été le premier à partir, sans qu'aucun d'eux n'en soit surpris. Si Ben avait amené un mec aussi canon à la fête, et qu'il avait eu la possibilité d'aller souiller les draps d'une chambre d'hôtel, lui aussi serait reparti tôt. Joel semblait être un chic type et il était évident, en tout cas aux yeux de Ben, qu'ils allaient bien ensemble.

S'il a pu survivre à un interrogatoire de cette bande de gais lurons, c'est qu'il vaut la peine.

— Ils sont partis où, les autres ? demanda Dylan en s'asseyant près de Ben, une bière à la main. J'étais juste parti pisser.

Ben s'adossa à son siège, sa bière entre ses cuisses.

— Shaun a dû y aller.

Dylan soupira.

— Le pauvre. J'ai été surpris de le voir, pour être honnête.

— Je ne l'avais pas revu depuis le mariage de Teresa, et toi ?

Dylan secoua la tête.

— Je ne crois pas qu'il s'octroie beaucoup de temps libre, entre toutes les heures de boulot et son père. C'est pas une vie, devoir prendre soin de quelqu'un. C'est ma mère qui disait ça. Quand ma grand-mère est tombée malade, on l'a fait emménager chez nous. J'étais tout gamin. Maman a démissionné pour s'occuper d'elle. Tout ce dont je me souviens de cette époque, c'est qu'elle avait toujours l'air fatiguée.

Il but une gorgée de bière.

— Bon, Finn, on sait où il est passé, dit-il avec un petit rire. Tu savais, pour Joel ?

— Pas du tout. C'est un revirement inattendu.

— Et tu en penses quoi ? Il est canon ?

Ben ricana.

— Tu as des yeux, il me semble. Qu'est-ce que tu en penses, *toi* ?

— Comment je pourrais savoir s'il est canon ? rétorqua Dylan. Je suis pas gay.

— Et alors ? Je trouve que Jessica Biel est bonne, et je suis pas hétéro, répliqua Ben, tout sourire. Ouais, j'avoue, il est canon, pour un type plus âgé.

Un éclat de rire lui échappa.

— C'est *Seb* qui l'a kiffé.

Dylan fronça les sourcils.

— Il est parti lui aussi ?

— Nan, il est à l'intérieur. Son portable a sonné. Levi et Noah sont dans la cuisine en train de ranger.

— Ah. J'ai pas été voir. Et je ne sais pas où Seb est parti répondre à son portable parce que je ne l'ai pas vu.

Dylan balaya le jardin désormais vide du regard.

— Et Aaron, alors ?

Ben ricana.

— Il a reçu une meilleure proposition.

Confronté au regard perplexe de Dylan, il se pencha vers lui.

— Tu connais les voisins de Mamie ? Le couple âgé qui est toujours en train de réaménager son jardin de devant ? Eh bien, ils étaient là aujourd'hui, et ils avaient amené leur petite-fille, qui dort chez eux.

Dylan se fendit d'un large sourire.

— Sérieux ? Et il est passé où ?

Ses yeux s'arrondirent.

— S'il l'a emmenée dans la chambre d'amis, Mamie va lui faire sa fête. Tu te souviens de sa phrase préférée, quand Levi était ado ?

En chœur, ils scandèrent :

— Pas sous mon toit, garnement !

Dylan pouffa.

— J'espère qu'elle a arrêté de le dire, sinon ce pauvre Levi ne pourra jamais s'envoyer en l'air.

Là-dessus, il se figea.

— Hé, tu ne crois pas… Enfin, il ne peut pas encore être… tu sais, puceau.

Ben en resta pantois.

— Non, mais ça va pas ? Et même s'il l'est ? Ce sont pas nos oignons.

Il mentirait en disant qu'il n'y avait jamais songé.

— Et non, Aaron ne l'a *pas* emmenée dans une chambre. Il se comporte en parfait gentleman et a proposé de la raccompagner.

Il retint un sourire.

— Jusqu'à la porte d'à côté.

Ils éclatèrent de rire.

Dylan jeta un œil à la maison.

— Je ne me souviens pas avoir déjà entendu Levi parler d'un rencard, voilà tout.

— Bon Dieu, tu veux bien arrêter ? Ce n'est pas parce qu'on ne sait rien de ses va-et-vient amoureux…

Dylan gloussa.

— « Ceux qui entrent et qui sortent ».

Ben leva les yeux au ciel.

— J'ai l'impression de causer à un gamin de douze ans. Ce que je veux dire, c'est que Levi n'est pas Seb. Ni Finn. Il ne déblatère pas quant à ses sentiments et ses conquêtes à tout va, quoique ce soit plus du domaine de Seb que de Finn. Levi est…

Il avait du mal à trouver un mot qui engloberait celui qui était un de ses amis les plus chers et ne chercha pas plus loin. Il n'y avait aucune étiquette digne de Levi. Ils savaient tous qu'il était gay, mais ce mot ne le définissait pas pour autant.

— Levi, c'est le meilleur, déclara Dylan en levant sa bière. À la sienne.

Ben l'imita, et leurs bouteilles tintèrent l'une contre l'autre. Lorsqu'il eut bu une gorgée de la sienne, Ben avisa Dylan avec un intérêt renouvelé.

— Levi n'est pas le seul à se montrer secret.

Dylan cilla.

— C'est-à-dire ?

Ben se fendit d'un grand sourire.

— Tu caches bien ton jeu aussi.

— Eh bien, on ne peut pas tous rivaliser avec Seb, hein ?

Dylan soupira.

— J'ai rien à dire, je te le jure. Je ne me souviens même pas de la dernière fois où j'ai pris mon pied.

Ben trinqua une seconde fois.

— Je compatis, l'ami. Je suis dans le même bateau.

Dylan but une longue goulée.

— Je parie que Finn est en train de passer une super soirée, lui.

La remarque fit tiquer Ben.

— Tu sais que pour un hétéro, tu penses beaucoup à ce qui se passe dans la chambre des homos.

C'était tout Dylan, ça ; déjà à l'époque où ils étaient ados. Il n'arrêtait *pas* de poser des tas de questions.

— Je suis curieux, c'est tout, répondit Dylan en baissant les yeux.

Il s'éclaircit la voix.

— Pourquoi tu as mis si longtemps à faire ton coming out ? Vu que Levi, Seb et Finn le savaient depuis toujours.

Ben rigola.

— J'avais vingt et un ans. Ce n'est pas parce que certains aiment s'afficher au grand jour que tout le monde suit le même chemin. Quand j'avais quinze ans, je savais que je kiffais les nanas. Ça faisait forcément de moi un hétéro, non ? Même si je n'avais jamais *envie* d'elles, tu vois ce que je veux dire…

Il déglutit.

— Puis tout a changé.

Il vida le fond de sa bouteille et jeta un œil au seau de l'autre côté de la chaise de Dylan.

— Il en reste ?

Dylan vérifia.

— Une. Je crois que ton nom est écrit dessus.

Il l'extirpa de la glace fondue au fond du seau et la lui tendit.

— Tiens.

Il récupéra l'ouvre-bouteille et le lui donna.

Ben fit sauter la capsule et but une longue gorgée du liquide frais.

— Quand j'étais au collège, il y avait toujours un pauvre con pour décider qu'il voulait me refaire le portrait. Je croyais que ça s'améliorerait quand j'entrerais au lycée, mais j'avais tort.

— C'est parce que le principe même des lycées est complètement foireux. Je me souviens d'un truc qu'a dit Levi juste avant la remise des diplômes. C'était quelque chose du genre : le lycée est un microcosme, une espèce d'expérience scientifique où ils enferment un tas de gens ensemble pour voir lesquels vont former des groupes et pour quelles raisons. Une fois de retour dans le monde réel, rien de tout ce qui est arrivé pendant ces années-là n'a aucune espèce d'importance.

Ben souffla.

— Le doigt dans le mille.

Une nouvelle gorgée de bière.

— Sauf que les choses qui t'arrivent pendant ces années-là ne disparaissent pas vraiment. Elles restent. En tout cas, leur souvenir perdure.

— Tu parles par expérience, j'imagine.

Ben acquiesça.

— Le trouduc dont je parlais tout à l'heure. Cet enfoiré de Wade Pearson. Sauf qu'il ne me blessait pas avec ses poings. Ses mots lui suffisaient amplement.

Et sa dégaine. N'oublie pas.

Comme s'il le pouvait.

— Tu n'as pas besoin de les répéter. Je m'en souviens.

Tout autant que Ben. Ils étaient gravés dans sa mémoire.

— Tu sais quoi ? Je crois que j'avais peut-être bien une petite idée que les garçons me plaisaient, à l'époque. Une petite voix dans les recoins de mon esprit. Si faible que je la croyais insignifiante. Et c'est là que Wade a commencé à me rentrer dedans…

Ben but davantage.

— T'es pas obligé d'en parler si ça te fait du mal, lui murmura Dylan.

Ben renâcla.

— Trop tard. Vous parler de l'entretien d'embauche a rouvert la plaie. Le truc, c'est que Wade m'a donné l'impression d'être brisé. Qu'aimer les garçons, c'était mal. Qu'être gay, c'était la pire chose au monde. Qu'il fallait que je rejette ce genre de sentiments.

Son souffle était erratique.

— Puis j'ai commencé à fréquenter Levi et les autres, et j'ai appris qu'être gay, ce n'était pas mal. Parce que comment mes meilleurs amis auraient-ils pu être mauvais ?

Il soupira.

— Tu veux savoir c'est quoi le pire ? J'ai eu mon premier béguin quand j'avais dix-sept ans. Mon tout premier vrai indice que je n'étais pas hétéro.

Dylan fronça les sourcils.

— Je comprends pas. Qu'est-ce qu'il y a de « pire » là-dedans ?

Ben plongea le regard dans les flammes.

— Le problème, c'était la personne pour qui j'en pinçais. Parce qu'être attiré par un mec qui pense très clairement que tu ne vaux pas mieux qu'une merde de chien sous sa botte, c'est *pire* que tout. C'est du masochisme à l'état pur.

Dylan écarquille les yeux.

— Merde. Wade ?

Ben confirma.

— Ça n'avait aucun sens, bordel. Alors, oui, il était beau, c'est sûr. Et baraqué.

Wade était *énorme*, tout en muscles.

— Mais c'était *un sale con*. Qui détestait les « pédés ». Pourquoi mon cerveau avait-il décidé de le trouver attirant ?

Peut-être à cause de ses muscles. La solidité qu'ils représentaient.

Et voilà, il recommence à envahir mes pensées.

Ben s'éclaircit la voix.

— Bref, c'est comme ça. C'était la honte. J'ai rassemblé tous mes sentiments et je les ai enterrés.

— Et tu les as ressortis une fois la vingtaine arrivée ?

Ben pouffa.

— Quand je me suis dit que j'en avais plus rien à foutre. Ma mère n'arrêtait pas de me demander quand j'allais ramener une fille à la maison, et j'ai fini par atteindre un point où je pouvais être honnête avec moi-même et avouer que ça n'arriverait jamais. Ce qui m'a poussé à être honnête avec tout le monde. Voilà…

Il but une autre gorgée.

— Tu le répètes à personne, promis ?

— Tu as ma parole.

Ben se tourna vers la maison, mais il n'y avait toujours aucun signe de Seb.

— J'ai appelé Seb un week-end et je lui ai demandé si je pouvais aller avec lui à ce bar d'Ogunquit, le MaineStreet. Moins de dix minutes après être sorti sur le balcon, j'ai chopé un mec, et une demi-heure après *ça*, je n'étais plus puceau.

— Oh mon Dieu. Vite fait, bien fait.

— T'as vu ça ?

Ben pouffa.

— Même Seb était impressionné. Il a aussi ajouté que je devais être sacrément souple pour arriver à baiser dans l'une des cabines.

Un sourire narquois aux lèvres, il continua :

— Que veux-tu ? Je suis flexible. Et exhib aussi, faut croire. D'ailleurs, pour prouver une fois de plus que je suis toujours aussi dérangé, ma première conquête ressemblait vachement à Wade. Beaucoup plus mince, mais il avait les mêmes yeux ambrés et de ces muscles…

Pour l'amour de Dieu. Leur parler de son entretien semblait avoir ouvert une espèce de boîte de Pandore qui se vidait *entièrement*.

— OK, tu m'as convaincu, répondit Dylan en levant sa bouteille. À la tienne, le mec le plus dérangé que je connaisse.

Ben rigola en trinquant.

— Un thérapeute s'en donnerait à cœur joie avec moi. Ça existe, un complexe qui fait qu'on s'éprend du type qui vous tyrannise ?

Il se fendit d'un grand sourire.

— Je suis peut-être le premier à l'avoir. Je suis le Patient Zéro.

— Au moins, tu arrives à en rigoler, maintenant, répondit Dylan avant de le fixer. Tu ne crois quand même pas qu'il est de la même famille que les Pearson de ta boutique ?

Il écarquilla les yeux avant de poursuivre :

— Et si tu rentrais là-dedans et que c'était lui qui te recevait pour l'entretien ?

— Mais non.

— Comment tu peux le savoir ?

— Parce que, déjà, j'ai jeté un œil par la vitrine la semaine dernière, et que c'était un vieux monsieur qui s'occupait de la caisse. Et ensuite, parce que, comme je l'ai déjà dit, le Seigneur ne serait pas aussi cruel.

— Mais pourquoi tu veux bosser là-bas ? Tu n'as pas déjà un taf ?

— Si. Dans un supermarché. Et j'en ai *ma claque* de mettre des boîtes de soupe et autres conneries de ce genre sur les étagères. Cette boutique de souvenirs est trop mignonne, il y a plein de trucs super décalés. J'ai regardé par la fenêtre un jour où je passais devant – et qu'est-ce que tu veux que je te dise ? –, j'aime l'ambiance qu'elle dégage. Alors quand j'ai vu qu'ils cherchaient du personnel, j'ai posé ma candidature. La dame m'a dit qu'ils avaient reçu beaucoup de CV, donc je suis super heureux d'avoir le droit à un entretien. C'est pour un temps plein en C.D.I., et c'est bien mieux que ce que j'ai chez Hannaford.

Le silence s'installa, seulement dérangé par les craquements du brasero et les cris des oiseaux nocturnes. Il fut rompu, cependant, par l'arrivée théâtrale de Seb.

— Putain de merde, j'arrive pas à y croire !

— Seb, l'avertit Ben. Tu vas réveiller Mamie. Ramène-toi là. Qu'est-ce qui se passe ?

Seb s'approcha de leurs chaises, les poings serrés, les cheveux en bataille.

— C'est ma mère qui vient de m'appeler.

Sa poitrine se soulevait au rythme effréné de sa respiration.

— Doucement, gars, lui intima Ben, qui ne l'avait jamais vu dans un tel état. Maintenant, dis-nous ce qu'il y a… calmement.

Seb fournit un effort évident pour obéir.

— Mon oncle Gary s'est pété le *bassin*, putain, voilà ce qui se passe.

Il se passa les doigts dans les cheveux, et ce n'était pas la première fois, selon Ben.

Celui-ci fronça les sourcils.

— Vous êtes proches, tous les deux ? C'est pour ça que tu es tout retourné ?

Sauf que Seb n'avait pas l'air retourné, il avait l'air *furieux*, au point même de trembler très visiblement de rage.

— Non, on l'est pas… Enfin, on l'a été, quand j'étais gosse, mais je ne le vois plus autant. On s'est éloignés. Et le truc, c'est que ma mère est allée lui dire que j'allais l'aider. Parce qu'apparemment, je suis le seul en mesure de le faire.

— On ne comprend rien, l'avertit Ben.

Seb s'assit sur la chaise la plus proche et se pencha en avant, la tête dans les mains.

— J'avais des projets, bordel de merde. J'avais prévu de me détendre, de m'envoyer en l'air et de m'envoyer en l'air encore un peu plus…

Il prit une profonde inspiration.

— L'oncle Gary a une entreprise de pêche dans un petit village le long de la côte. Cape Porpoise. C'est mignon, hein ? C'est exactement tout ce que le nom indique : trop chou, pittoresque, idyllique et complètement mort. Genre, y a pas un chat, parce qu'il s'y passe que dalle. Et ma mère lui a dit que je pouvais passer le reste des grandes vacances avec lui pour m'occuper de son business.

Ben se mordit la lèvre.

— *Toi*, tu vas pêcher ?

Il ne devrait pas en rire. Il ne fallait pas.

Mais putain, c'était hilarant.

Seb releva brusquement la tête, les yeux écarquillés.

— C'est pas drôle, enfoiré.

— Ça l'est de mon point de vue. Je me souviens quand tu étais plus jeune, l'été que tu as passé là-bas. C'est ce que vous faisiez en famille, non ? Chacun votre tour, vous serviez de matelot sur le bateau.

Ben était tout sourire.

— Tu n'as pas arrêté de t'en plaindre et tu as juré que c'était la dernière fois qu'on t'obligeait à mettre les pieds sur un bateau de pêche.

Seb semblait en état de choc.

— Tu veux savoir le pire ? C'est que je vais le faire pour *que dalle*. Tu aurais dû entendre ma mère. « Tu es enseignant, tu vas déjà toucher un salaire. Tu n'as pas besoin de cet argent. » Genre, j'ai les poches pleines. « Fais ça pour lui », qu'elle dit. Mais bien sûr. Vous me voyez vraiment me lever aux premières lueurs du jour pour monter sur un bateau et jouer les marins d'eau douce ? Parce que je ne servirai à rien.

Il se redressa.

— Vous savez quoi ? Je ne vais même pas y penser. Parce que ce serait comme capituler, et c'est hors de question. Gary n'a qu'à se trouver un autre sous-fifre.

Il se releva.

— Désolé, les gars, je me tire. Ce coup de fil m'a laissé un sale goût dans la bouche. Je vous appelle bientôt.

Sur ce, il retourna à l'intérieur d'un pas hâtif.

Un instant plus tard, Ben et Dylan éclataient de rire en chœur.

— C'est pas bien, ce qu'on fait, dit Dylan en se frottant les yeux.

— Je confirme, répondit Ben, les côtes douloureuses.

Il se figea soudain.

— Hé. On était censés dormir chez lui ce soir. Il devait partir avec nous.

— Et on est censés se retrouver tous chez lui demain pour le déjeuner.

— On sait jamais. Il se sera peut-être calmé d'ici là.

Levi apparut sur le patio.

— Les gars ? Vous voulez dormir là ce soir ? Je viens d'en parler à Seb.

— Sérieux ?

Levi sourit.

— Je ne crois pas qu'il sera d'agréable compagnie pour l'instant, vous si ? Je vous prépare le lit de la chambre d'amis, mais vous allez devoir partager.

Ben rigola.

— Comme si c'était la première fois. Merci, Levi. Si t'es sûr que ça dérange pas. Et Aaron, alors ? Il devait dormir chez Seb aussi.

— Je peux toujours préparer le lit d'appoint et le mettre dans votre chambre… s'il daigne revenir, répondit Levi, une lueur taquine dans l'œil. Ça fait un moment qu'il est parti raccompagner Angie.

Il avisa les cadavres autour du brasero.

— Je m'occuperai de ça demain matin. Tu veux bien éteindre le feu, Dylan ? Je pense qu'il est l'heure d'aller se coucher.

Il les observa.

— Vous étiez en train de tailler une bavette ?

— On ressassait des démons qu'on ferait mieux d'oublier, en fait, dit Ben en souriant. Alors je vais oublier que j'ai prononcé le nom d'un certain pauvre type.

Comme s'il en était capable.

CHAPITRE DEUX

Ben jeta un tout dernier regard à son reflet dans la vitrine de la librairie pour vérifier son apparence. *Seigneur, mes cheveux !* Ils étaient trop longs et broussailleux, alors même qu'il s'était acharné dessus avec une brosse pour essayer de les dompter. Pas question qu'il se les fasse couper, pourtant. *Et si on te dit « Si t'as envie de bosser ici, faudra passer chez le coiffeur », tu feras quoi, ducon ?*

Il aviserait le moment venu, *si* nécessaire, voilà tout. Au moins sa tenue était-elle présentable, elle. C'était le costume qu'il avait acheté pour le mariage de Teresa. Porter un trois-pièces pour un entretien dans une boutique de souvenirs pour touristes tirait sans doute vers le ridicule, mais il voulait faire bonne impression.

L'espace d'un instant, il resta planté là à observer Main Street, avec ses auvents à rayures et ses façades en bardeaux de cèdre, sans parler de la barricade blanche depuis laquelle les vacanciers pouvaient contempler la Megunticook avant qu'elle disparaisse sous la rue. Camden était une jolie ville, il ne pouvait le nier. Ben en était tombé amoureux bien des années plus tôt, lorsqu'il avait accompagné ses amis faire du camping au parc national d'Acadia. Ils avaient fait une escale à Camden car c'était à mi-chemin entre Wells et Bar Harbor.

Il ne lui avait fallu qu'un regard. Le charme suranné de l'endroit avait immédiatement captivé Ben. Il avait gardé un œil sur Monster.com à la recherche du premier boulot disponible dans la région et quand, enfin, une offre était apparue, il avait aussitôt envoyé son CV. Depuis, il avait déjà travaillé à trois ou quatre endroits différents. Le dernier en date, un supermarché situé dans sa rue, avait grandement facilité ses trajets.

Et en parlant de boulot…

Il traversa la route et se retrouva devant Les Trésors du Maine dont la porte était grande ouverte. Une pancarte en ardoise proclamait en lettres colorées que l'entrée était libre ; lorsqu'il franchit le perron, l'étalage de bougies l'accueillit dans une nuée de lavande et de sapin baumier.

Cette boutique vend vraiment tout.

Il y avait les habituels attrape-touristes : chapeaux, ceintures, tote bags, bijoux, bricoles à collectionner et même des pyjamas recouverts de mini homards, bien entendu. Des couvertures et des couvre-lits affublés de divers symboles du Maine étaient parfaitement pliés dans un coin tandis que des sacs pendaient au plafond. Il sourit en voyant le set de blocs de construction dont le résultat final donnait un phare miniature, pareil avec le phoque en peluche trop mignon perché sur une pile de livres pour enfants. Il avisa le mur de tee-shirts, gloussant devant celui où trois homards dessinés étaient roulés en boule sous les mots « Le meilleur sandwich du Maine ». Il y avait aussi des caleçons et l'un d'eux en particulier le fit éclater de rire.

— Oh, *celui-là*, il me le faut, murmura-t-il.

— Lequel ?

Ben faillit bien avoir une crise cardiaque. La dame d'âge moyen qui s'était approché de lui écarquilla les yeux.

— Oh, là là. Je vous ai fait peur. Je suis navrée.

Ses chaleureux yeux bruns scintillaient et ses pattes d'oie s'accentuèrent.

— Il paraît que c'est une sale habitude. Mon fils

jure que je suis en partie ninja.

Ben sourit.

— Votre fils a tapé juste, madame.

Il l'avait aussitôt reconnue ; c'était elle qui l'avait reçu lors de sa première visite.

— Je suis madame Pearson et, à en juger par cet élégant costume, vous êtes là pour passer un entretien.

Il lui tendit la main.

— Ben White.

Hourra, elle apprécie le costume. C'était un bon point de départ.

Elle lui serra la pince, puis lui indiqua la rangée de caleçons.

— Alors, lequel vous fait de l'œil ?

Il se mordit la lèvre.

— Celui-ci.

Il lui en montra un noir avec un canard comique sur chaque fesse et les mots « coin-coin privé » au centre.

Madame Pearson s'esclaffa.

— Ah. Il est assez populaire auprès de nos plus jeunes clients.

Balayant du regard le présentoir de sous-verre, il étudia les différentes phrases mignonnes, tendres ou carrément hilarantes qui s'y trouvaient. « Mon programme d'exercices quotidien ? Glandage de haut niveau » le fit sourire, mais un vrai rire lui échappa lorsqu'il vit le dernier de la rangée.

— J'ai trouvé. C'est *celui-là* qu'il me faut.

Il le prit en main. L'inscription dessus disait : « Mon boss déteste quand je l'appelle Conrad, surtout que son vrai nom est Steve. »

La patronne rigola avec lui.

— Dans ce cas, je vous le mets de côté. Je vous

ferai même une ristourne de dix pour cent.

— Vous n'êtes pas obligée, s'offusqua Ben alors qu'elle le lui prenait des mains et allait le placer près de la caisse enregistreuse.

— Balivernes. Il vous plaît, c'est évident. Je le vois rien qu'à votre regard. L'éclat de rire était plutôt révélateur, aussi.

Elle pencha la tête d'un côté.

— Je me souviens de vous. J'étais là quand vous avez déposé votre CV et votre lettre de motivation.

Ce même éclat espiègle était de retour dans ses yeux.

— Je me souviens de ce sourire.

Ben désigna la boutique dans son ensemble.

— C'est difficile de ne pas sourire quand on est au milieu de tout ça.

Il était sincère. Les lieux étaient une véritable caverne aux trésors remplie d'adorables babioles et de souvenirs décalés.

Elle l'observa un moment.

— Vous aimez cette boutique, hein ?

— Oui, m'dame… je veux dire, madame Pearson. Je l'adore. L'ambiance y est tellement différente de là où je travaille actuellement.

Il se demandait quand l'entretien d'embauche commencerait et où. Il le voyait mal se dérouler au beau milieu du magasin.

— Avez-vous déjà visité notre terrasse à l'arrière ?

En réponse au hochement de tête négatif de Ben, la propriétaire lui sourit de plus belle.

— Alors, laissez-moi vous montrer.

Il traversa la boutique à sa suite, puis la porte au fond et se retrouva sur une véranda qui faisait toute la largeur du bâtiment.

— Oh, ouah.

Devant lui s'étendaient les Chutes de la Megunticook, où la rivière se déversait sur d'innombrables rochers avant de terminer sa course dans le port de Camden. Sur la gauche s'étalait Harbor Park, une étendue végétale avec vue sur la rivière et le bassin. Des bateaux de toutes tailles et formes mouillaient de partout.

Il remarqua les corniches accrochées aux balustrades en bois de la terrasse, débordant de fleurs aux couleurs vives. Sur une petite table dans un coin du patio se tenait une plaque chauffante sur laquelle reposait une cafetière d'un côté et de l'autre des gobelets en polystyrène ainsi que plusieurs mugs à l'effigie du Maine rempli de touillettes, de sachets de thé et de café, de lait en poudre, de sucre et d'édulcorant.

— Nous offrons le thé et le café à tous ceux qui souhaitent s'asseoir là et profiter de la vue.

Ben gorgea ses poumons du doux parfum des fleurs.

— J'imagine que beaucoup de vos clients en profitent. La vue est magnifique.

Il fut désolé de la voir retourner à l'intérieur. Il avait presque oublié qu'il avait un entretien d'embauche. Madame Pearson l'avait aidé à se détendre, ce qui devait être bon signe.

Dans la boutique, une famille regardait la sélection de mugs. Madame Pearson tapota le bras de Ben.

— Si vous voulez bien attendre là, mon fils viendra vous chercher d'ici quelques minutes.

Il fronça les sourcils.

— Votre fils ? Ce n'est pas vous qui…

— Moi ? Oh, non, très cher, ce n'est pas moi qui

vous ferai passer votre entretien. Mon fils est le directeur général, c'est lui qui s'en chargera.

Une nouvelle tape sur son bras.

— Je ne m'inquiéterais pas, si j'étais vous. J'ai dit à Wade que vous m'aviez laissé une très bonne impression le jour où vous avez déposé votre CV.

Wade. *Oh… merde.* La chaleur du sourire de Mme Pearson ne suffit pas à enliser le torrent glacé qui déferlait à présent dans les veines de Ben.

Il afficha un sourire.

— Oh, je vois. Je pensais que c'était *vous* qui gériez le magasin. Ou peut-être le monsieur plus âgé que j'avais vu une autre fois.

Pitié, dites-moi que j'ai raison. Pitié.

— Ça devait être mon beau-père, le grand-père de Wade. Nous lui donnons un coup de main tous les deux ; il y a les saisonniers aussi, mais nous avons besoin d'un employé en temps plein.

Elle l'observa attentivement, les sourcils froncés.

— Tout ira bien, le rassura-t-elle d'une voix apaisante. Wade est un amour. Vous vous entendrez comme larrons en foire.

Si seulement vous saviez…

Alors, une porte s'ouvrit derrière lui et Ben se figea.

Avisant le nouvel arrivant par-dessus son épaule, madame Pearson s'illumina.

— Voilà mon Wade qui arrive.

Ben ne pouvait se retourner, il n'arrivait même plus à sourciller, comme accablé par l'enclume qui venait de se loger dans son ventre.

— Monsieur White ?

Oh doux Jésus, cette voix.

Il fallait qu'il réagisse, ne fût-ce que pour

conserver une illusion de normalité vis-à-vis de la mère de Wade. Prenant une profonde inspiration pour s'armer de courage, il se retourna…

Sainte Mère.

Wade Pearson était devenu l'épitome de la beauté.

Il avait perdu du poids depuis la dernière fois où Ben l'avait vu et s'était transformé en une vision de rêve érotique. *Sans mentir, s'il y avait un dieu du sexe, ce serait lui.* Chaque parcelle de son corps répondait à l'un des critères de sélection de Ben, que ce soient ses cheveux artistiquement décoiffés, sa largeur d'épaules et son imposant torse ou sa chemise blanche parfaitement repassée qui laissait entrevoir une touffe de poils. Ce ne fut pourtant pas la mâchoire recouverte de barbe noire ni sa lèvre charnue et rosée qui firent cahoter le cœur de Ben.

Non, ce furent ses yeux.

Il n'avait qu'à me jeter un regard à l'époque pour me faire trembler comme une feuille. Oh, oui, Ben frissonnait encore maintenant, bien que pour une tout autre raison.

Là-haut, quelque part, le Bon Dieu se tordait de rire.

L'espace d'un instant, il fut frappé de mutisme, incapable de formuler la moindre réponse. Non pas qu'il aurait su quoi dire, de toute manière. Aucune des idées que lui fournissait son cerveau n'était appropriée aux circonstances actuelles.

« Salut, trouduc. Ça faisait un bail. »

« Tu te portes bien. »

« T'es trop bandant. »

« Coucou, Wade. T'as quelqu'un d'autre à tyranniser, ces temps-ci ? »

« J'espère que tu te souviens au moins de la façon dont tu me traitais ? »

La dernière pensée à lui venir fut qu'il n'y avait *aucune* chance pour qu'il obtienne ce job.

Il se racla la gorge, cherchant ses mots, *n'importe* lesquels.

— Bonjour.

Wade s'approcha à grands pas, main tendue. Ben n'eut pas le choix de la lui serrer. La poigne de Wade était ferme. Il le dépassait largement en taille, mais c'était vrai pour la plupart des gens : Ben faisait un mètre soixante-dix depuis qu'il avait seize ans.

Wade lui indiqua le bureau.

— Si vous voulez bien me suivre, monsieur White ?

Il toussota, sa voix l'ayant trahi sur le nom de famille de Ben.

Comme tu veux. Même si on sait tous les deux que ça ne nous mènera à rien, hein ?

Ben acquiesça, seule réponse dont il soit en mesure, et Wade le mena à la salle dont il venait de sortir. Les jambes de Ben tremblaient, son ventre n'était plus qu'un amas de nœuds. Wade poussa la porte et s'écarta pour le laisser entrer.

Tu fais une grosse erreur.

Je ferais mieux de tourner les talons et de me barrer, non ?

Sauf que Ben savait qu'il ne donnerait jamais à Wade ce genre de satisfaction.

Il lui passa devant pour entrer dans la petite pièce et se posa près du bureau, attendant les prochaines instructions avec le menton relevé.

Wade referma la porte.

— Je vous en prie, asseyez-vous. Ben, ajouta-t-il après une légère hésitation.

Ben avait trouvé son « monsieur White » particulièrement gênant, mais l'usage de son prénom dans la bouche de Wade était encore pire et il ignorait pourquoi. Il s'assit sur la chaise en plastique réservée aux visiteurs.

— Ça remonte à loin.

Wade cligna des paupières.

— Je n'étais pas certain que tu te souviendrais de moi.

Il s'approcha de l'autre chaise, s'y installa et posa les mains sur le bureau.

Ses grandes mains. Aux longs doigts.

Putain, pourquoi tu fais une fixette sur ses paluches ?

Alors, il enregistra les mots de Wade. *Non, mais tu te fous de ma gueule ?* Ben déglutit.

— Crois-moi, impossible de t'oublier.

C'était une farce. Wade ne lui donnerait jamais le poste, alors pourquoi prolongeait-il l'inéluctable ?

L'évidence s'imposa.

Il attend que ce soit moi qui capitule. Eh bien, il peut toujours crever.

— Tu as bonne mine, commenta Wade.

Ben aurait voulu lui répondre « Toi aussi », mais il avait peur que ça le trahisse. Au lieu de ça, il ignora le compliment et profita du fait que Wade l'avait tutoyé pour faire de même alors qu'il se lançait sur un sujet plus sûr :

— Ta mère m'a dit que tu étais directeur général.

Tu peux le faire.

Pour une fois dans sa vie, Ben allait se comporter en *adulte*. Qu'importe qu'il ait déjà raté sa chance pour cet emploi : il allait prouver à Wade qu'il n'était plus un gamin couillon et déboussolé.

Wade le confirma.

— On a quatre boutiques à notre actif. Mon boulot est de les superviser toutes.

Ben hocha poliment la tête, Wade jeta un œil à la feuille devant lui. Les banalités étaient terminées, apparemment.

— Je vois que tu as eu beaucoup d'expériences dans la vente. Pourquoi avoir postulé chez nous ? Tu travailles chez Hannaford. Tu ne te plais pas là-bas ?

Sans déc. Pourquoi tu crois que je me donnerais du mal à me barrer, sinon ?

Ben se souvint de la règle d'or : ne jamais insulter son patron. Ça faisait mauvais genre.

— C'est pas mal. La clientèle est différente ici, c'est ce qui motive ma décision.

— Dans quel sens ?

— Les gens qui font leurs courses sont pressés, généralement. Ils sont stressés s'ils découvrent que les allées ont été modifiées et ne savent plus où trouver leur marque préférée de confiture. Ou ils deviennent désagréables s'ils remarquent qu'on n'a plus de stock de ce qu'ils étaient venus chercher spécifiquement.

Il pointa la porte du doigt.

— Dans cette boutique, les gens viennent pour acheter de bons souvenirs. Ils sont en vacances. Ils sont détendus. Et travailler ici, ce ne serait pas juste réapprovisionner les étagères ni se faire engueuler.

Wade lissait les poils sur son menton.

— Alors, selon toi, quel serait ton rôle le plus important, *si* tu obtenais le poste ?

On sait tous les deux que c'est un très gros si.

— Eh bien, ce serait bien plus que d'encaisser des articles, à l'évidence. Il faut que les clients se sentent les bienvenus, qu'ils aient l'impression de pouvoir revenir quand ils veulent. Je parie que certains de vos clients reviennent année après année.

— C'est le cas, confirma Wade en souriant.

Ben hocha la tête.

— Et les employés qui glandouillent ne vous servent à rien. Vous avez besoin d'équipiers qui discutent avec les gens, qui par exemple pourraient leur parler des endroits qu'ils n'ont pas encore visités. Ça, j'en suis capable. Je suis quelqu'un de très sociable.

Wade rigola.

— Tu as réussi à charmer ma mère, déjà. Elle ne se rappelle presque jamais des personnes qui viennent postuler, mais de toi si.

Ben haussa les épaules.

— Que veux-tu que je dise ? Je suis mémorable.

Il ne put s'en empêcher ; il ajouta :

— Après tout, tu t'es bien souvenu de moi aussi, toi.

Wade fut pris d'une quinte de toux qui fit sourire Ben en son for intérieur. *Un point pour bibi.*

— J'imagine que tu as lu la description du poste et je pense que tu as de l'expérience dans tous les domaines requis, au vu de tes emplois précédents. As-tu la moindre question ?

Tellement qu'il en avait perdu le fil, mais aucune d'elles n'était liée à leur présente situation.

— Tu as dit que tu supervisais quatre magasins : tu travailles souvent depuis celui-ci ?

Il ne se faisait pas d'illusions, bien sûr. Il n'y avait *aucune* chance pour que Wade l'engage. Toutefois, il s'en contrefichait désormais. Il s'était investi d'une mission pour montrer à Wade qu'il était bien plus coriace que le gosse qu'il avait ridiculisé et…

Suffit.

— Je passe à intervalles réguliers, répondit Wade. Ma mère travaille ici à mi-temps et mon grand-père a du mal à décrocher. Mais c'est compréhensible puisque la boutique est dans la famille depuis si longtemps. C'est ma mère qui s'occupe de former nos recrues.

— Madame Pearson a dit que vous aviez aussi des saisonniers ?

Wade acquiesça.

— On en a un certain nombre qui nous rejoint en été, donc il est fort peu probable que tu te retrouves seul sur le terrain.

L'ébauche d'un sourire semblait vouloir apparaître sur ses lèvres.

— Tu sais, si jamais tu tombais sur quelque chose que tu ne sais pas faire, ou s'il y avait trop de monde.

Ben avait comme l'impression d'y détecter une insulte.

— Je suis certain de pouvoir m'en tirer sans problème, une fois la formation terminée.

Wade avisa une nouvelle fois son formulaire de candidature.

— J'ai toutes tes coordonnées. Merci d'être venu. Je te recontacterai.

L'entretien touchait, semble-t-il, à sa fin. Ben n'avait jamais été aussi soulagé.

Il se releva, bras tendu.

— Merci.

Bravo, moi. Ben le super-adulte.

Ben se redressa à son tour et lui serra la main. Ce dernier fit ensuite le tour du bureau et lui ouvrit la porte. Ben sortit d'un pas nonchalant, la tête haute. Il sourit à Mme Pearson en passant devant elle.

— Au revoir, la salua-t-il.

Elle lui rendit son sourire.

— J'espère vous revoir bientôt, dit-elle avant de retourner à ses clients.

J'en doute. Ce qui était bien dommage. Ben

l'appréciait déjà tellement.

Il sortit de la boutique, traversa la rue et sortit son portable de la poche de son pantalon tandis que, dans sa tête, il énumérait la liste de ceux qui seraient disponibles à cette heure-là. Il s'arrêta près de la librairie et tapa un court SMS à l'attention de Dylan.

Tu es en pause ?

Son téléphone se mit à sonner quelques secondes plus tard.

— Tu es voyant, c'est ça ? Tu n'avais pas ton entretien, aujourd'hui ? Alors, tu as eu le job ?

— Non, pas voyant ; oui, c'était aujourd'hui ; j'en sais rien et, franchement, j'espère pas.

— Ben ? Tout va bien ? T'as l'air un peu secoué.

Un rire nasal lui échappa.

— Devine un peu qui m'a reçu en entretien, tu as trois essais.

Un moment de silence s'imposa, suivi d'une inspiration saccadée, comme si Dylan en avait eu le souffle coupé.

— Putain, tu rigoles ?

— J'aimerais bien. Et tu sais quoi ? C'est officiel : Wade Pearson a vendu sa putain d'âme au diable.

Dylan ricana.

— OK, je vais jouer le jeu : qu'est-ce qui te fait dire ça ?

— Le fait que cet enfoiré s'est transformé en putain de canon, voilà ce qui me fait dire ça.

Une autre pause.

— Je suis obligé de demander. Tu as eu du mal à te concentrer sur ses questions quand tout le sang a abandonné ton cerveau pour se relocaliser dans ta teub ?

— J'ai même pas envie d'en parler. De toute façon, quoi que j'aurais pu répondre, ça n'avait aucune espèce d'importance. Il ne me donnera jamais le job.

— Tu vas faire quoi du coup ?

— Là, tout de suite ? Je vais rentrer et me servir un verre, parce qu'après toutes ces conneries, j'en ai bien besoin.

— Mon pote, il est dix heures et demie. T'es pas censé aller bosser ?

Merde. Ben n'avait pris que sa matinée. *Comment j'ai pu oublier ce détail, bordel ?*

Facile. Un entretien avec Wade Pearson aurait suffi à dérégler le cerveau de n'importe qui.

Il soupira lourdement.

— Je suis content qu'au moins *l'un* de nous ait les idées en place.

Dylan éclata de rire.

— Je confirme ; c'est pas moi qui aurais des idées déplacées sur un mec.

À certains moments, pourtant, Ben n'en était pas aussi sûr.

— Bref. Du coup, je vais rentrer, faire un jeu sur mon portable et essayer de me calmer un peu.

— Ça me semble être une bonne idée.

Ben entendit une voix étouffée à l'autre bout du fil.

— Faut que j'y aille, mon pote. T'es sûr que ça va aller ?

— T'inquiète. Tu peux y aller. On se rappelle vite, d'accord ?

Il raccrocha et remit le téléphone dans sa poche. Ben jeta un œil aux Trésors du Maine… et pour la deuxième fois de la matinée, se figea.

Wade se tenait dans l'embrasure de la porte, les

yeux rivés sur lui.

Ben résista à l'envie sournoise de crier en pleine rue : « T'as vu ? Je suis toujours là ! » Il prit une grande bouffée d'air et se ressaisit. Sans plus un regard vers son oppresseur, il prit la direction d'Elm Street et accéléra le pas en rythme avec les cavalcades de son cœur.

Retour à la case départ. Ce n'était pas le seul job au monde. Et il avait la chance d'avoir déjà un boulot, au moins.

Ouais. Vois le bon côté. Ça valait bien mieux que de penser à Wade.

CHAPITRE TROIS

Le cœur battant la chamade, Wade observa Ben s'éloigner et disparaître au coin d'une rue.

Bon Dieu, si c'est l'effet que ça me fait rien que pour un entretien d'embauche, *comment je vais réagir quand il bossera ici tous les jours ?* Rien que de voir Ben dans son costume trois pièces avait suffi à lui retourner l'estomac. *Comment est-il possible qu'il soit encore plus beau que quand on était au lycée ?* Ces yeux vert clair lui donnaient toujours autant l'impression que Wade pouvait lire toutes ses pensées, cette même supposition qui, à l'école, avait fréquemment résulté en un étau de panique se resserrant autour de son cœur. Combien de fois les mots « Il sait ! Il va le dire à tout le monde ! » s'étaient-ils répercutés dans sa tête ?

Sauf que Ben ne pouvait pas le savoir, non. Parce que s'il avait su…

Quand il était sorti du bureau et s'était retrouvé confronté à Ben, Wade avait bien failli en rester paralysé. Ses cheveux avaient toujours la même teinte de… de quoi, au juste ? Wade n'avait jamais réussi à se décider s'il s'agissait de brun clair ou de blond vénitien. Quoi qu'il en soit, ils formaient comme toujours des frisettes dans la nuque de Ben et encadraient en boucles moins serrées son visage.

Putain. L'envie de lui caresser le cou s'était emparée de Wade alors qu'il avait dix-sept ans. La pulsion n'avait pas diminué d'un iota au cours des huit ans écoulés depuis la dernière fois qu'il avait posé les yeux sur lui.

Ben n'avait pas grandi d'un pouce, ce qui était un gros, gros problème. Wade ne voulait pas se remémorer le désir qui avait brûlé en lui à la vue de ce petit corps délicat, la façon dont il avait voulu…

— Merci.

Le départ des clients qui parlaient à sa mère interrompirent ses pensées.

Il se força à sourire, conscient que son cœur tambourinait dans sa poitrine.

— Au plaisir de vous revoir.

— Oh, nous n'y manquerons pas, répondit le mari avec un grand sourire. Les enfants veulent revenir faire des emplettes avant de rentrer à la maison.

— *J'adore* votre magasin, renchérit la femme, les yeux brillants. Vous avez tellement de choses trop charmantes. Je pourrais passer des heures ici.

Ils passèrent devant lui, leur fils et leur fille balançant les sacs en papier vert foncé marqués du logo de Trésors, avant de remonter Maine Street.

Wade inspira profondément. *Ressaisis-toi.*

— Tout va bien ?

Il sursauta.

— Je jure que je vais t'acheter un collier avec une clochette pour ton anniversaire. Comme ça, j'aurai au moins un avertissement quand tu approches.

Sa mère rigola.

— Ton grand-père me dit la même chose tous les jours. Mais ça ne répond pas à ma question.

— Ça va, la rassura-t-il.

Ce qui n'était pas le cas, loin de là, mais il n'avait aucune intention de lui en parler.

Elle lâcha un borborygme d'agacement.

— Il a oublié son sous-verre.

Wade ne put retenir un sourire en dépit des nœuds dans son ventre.

— On pourrait croire que je serais habitué à

t'entendre passer du coq à l'âne, après tout ce temps.
Je n'ai pas la moindre idée de quoi tu parles.

Elle gloussa.

— Tu sais ce qu'on dit. Si tu veux avoir une idée
de ce qui t'attends, observe tes parents. Alors, si j'étais
toi, j'éviterais de te moquer de ma tendance à passer du
coq à l'âne. Un jour, tu feras pareil.

J'aurais bien du mal à observer mon père, par contre.

Wade repoussa cette pensée de toutes ses forces.
Sa mère pointa du doigt la direction dans laquelle Ben
était parti.

— Je parlais du jeune homme… Ben, c'est ça ? Il
a jeté un œil aux sous-verre et l'un d'eux lui a vraiment
plu. Je l'ai mis de côté pour lui, mais je crois que son
trac a eu raison de lui et il est reparti sans.

Wade ne se laissa pas avoir une seule seconde par
sa soi-disant incertitude. Elle connaissait
pertinemment son prénom. Elle avait même déjà dû
apprendre son CV par cœur. Soudain, il fronça les
sourcils.

— Tu penses qu'il avait le trac ?

Ben lui avait paru bien plus réservé que dans son
souvenir ; ça pouvait bel et bien être à cause du trac.

— Un peu. Pas au début, par contre.

Il croisa les bras.

— Allez, déballe ton sac. Qu'as-tu pensé de lui ?

Elle allait finir par le lui dire, de toute façon ; elle
avait déjà partagé avec lui son avis sur le jeune homme
rien qu'en se basant sur le jour où il avait déposé sa
candidature.

Il a dû faire une sacrée première impression. Ce qui était
en soi normal pour Ben ; déjà quand il avait seize ans,
difficile de le chasser de votre esprit.

Wade n'avait jamais réussi à chasser ces souvenirs,

quoi que pour différentes raisons.

Sa mère pencha la tête d'un côté.

— Je pense qu'il a une très belle prestance.

Ses yeux se mirent à scintiller.

— Je me souviens maintenant pourquoi il m'a fait tiquer. J'ai lu son CV. Il est allé au lycée de Wells, lui aussi. D'ailleurs, il devait y être à la même période que toi.

Wade perdit confiance en sa voix tandis que les volutes de panique recommençaient à s'enrouler autour de ses tripes. *Laisse tomber, maman. Ne va pas sur ce terrain.*

— Tu le connaissais, à l'époque ?

— Oui, on se connaissait. Il était en première quand j'ai fait ma terminale.

Son émoi avait migré vers sa poitrine.

— OK, revenons-en à tes impressions, insista-t-il.

— Je trouve qu'il est bien élevé et il est évident qu'il s'intéresse à notre boutique. En revanche, j'avoue avoir vu un soupçon d'inquiétude dans ses yeux quand je lui ai parlé de son entretien.

Elle sourit.

— Mais rien de grave. Je préfère quelqu'un qui a un peu le trac plutôt que quelqu'un qui entre ici plein d'arrogance, comme ce jeune homme que tu as reçu la semaine dernière, ajouta-t-elle, le front plissé. Lui, je ne l'ai pas aimé. Il avait… cette espèce de démarche quand il est entré, comme s'il avait déjà le poste dans la poche.

Wade se mordit la lèvre. Il avait eu la même impression.

— Et puis, il y a eu cette jeune femme avant lui. *Elle*, elle n'a pas souri une seule fois. On ne peut pas embaucher quelqu'un qui ne sourit jamais.

— Ça pouvait être à cause du trac aussi, lui fit

remarquer Wade.

Une lueur brilla dans les yeux de sa mère.

— Mon instinct me dit que non.

C'était, en fin de compte, le plus important. Wade faisait confiance à l'instinct de sa mère. Elle voyait les gens tels qu'ils étaient, un don qu'elle avait perfectionné au fil de toutes ces années passées à s'occuper de la clientèle.

— Ne t'inquiète pas pour le sous-verre. Tu n'auras qu'à le lui donner quand il commencera à bosser. Tu pourras même le lui offrir comme cadeau de bienvenue.

Elle écarquilla les yeux.

— Tu as déjà pris ta décision ?

Il pouffa.

— Tu veux me faire croire que toi non ?

Ben était leur dernier candidat pour le poste. Peu importait à quel stade du processus Wade l'avait reçu, en outre : le résultat aurait été le même.

— Tu sais que ton opinion compte pour beaucoup. Après tout, c'est *toi* qui vas passer le plus de temps avec lui, pas moi.

Et ça valait mieux ainsi.

— Il a l'expérience nécessaire, renchérit-elle.

Wade acquiesça.

— Tu as raison, d'ailleurs : il a une belle prestance.

En même temps, ç'avait toujours été le cas.

— Est-il au courant que tu l'engages ?

— Pas encore. Je vais attendre ce soir pour le rappeler.

En espérant qu'il ait réussi à calmer ses nerfs d'ici là.

Sa mère l'observait.

— Je pense que c'est un plus d'embaucher

quelqu'un que tu connais déjà.

Wade en avait assez entendu. Il ne pouvait se permettre de laisser cette conversation continuer.

— Bon, je retourne au bureau m'occuper de la paperasse. Il faut que je prépare les formulaires à envoyer à Ben. Je ne crois pas qu'il pourra commencer tout de suite : il travaille chez Hannaford. On va devoir attendre qu'il nous communique la durée de son préavis. Il faudra compter au moins deux semaines.

Il se rendit soudain compte qu'il partait d'un principe hautement faussé.

Et s'il n'a plus envie de ce travail, maintenant qu'il sait pour qui il va devoir bosser ? Wade ne pourrait pas lui en vouloir. La poigne glacée du remords se resserra sur son cœur.

— Génial. Il arrivera juste à temps. Tu sais combien la boutique est bondée en été. On a déjà Cameron qui revient pour la saison, et Abi aussi. La semaine prochaine, Madison sera déjà là, et le petit nouveau, Zach.

Elle tapota le bras de son fils et conclut :

— Vas-y, je me charge du magasin.

Un éclat dans le regard, elle ajouta :

— Après tout, je ne le fais que depuis plusieurs dizaines années.

— Et c'est exactement pour ça que tu m'en délègues une bonne partie. Il est grand temps que Papy et toi récoltiez les fruits de vos années de labeur. Que vous vous reposiez. Donc, quand Ben aura commencé et que tu auras terminé de le former, tu pourras ralentir tout doucement le nombre de tes heures. S'il faut que je vienne plus souvent pour que tu y arrives, eh bien, soit.

Wade détesta le fait que le mensonge franchisse

aussi facilement ses lèvres.

— C'est pour ça que tu m'as envoyé faire un BTS, après tout. Pour que je sois prêt à endosser ce genre de responsabilités.

Ils retournèrent ensemble au centre du magasin.

— Il n'y a pas que le travail, dans la vie, tu sais, dit-elle en lui caressant le dos. Je me souviens de tes années là-bas. Quand je t'ai demandé pourquoi tu n'avais pas de copine et que tu m'as dit que tu aurais le temps pour ça plus tard, que tes études étaient plus importantes.

Elle soupira.

— Ça me tue de te dire ça, mais une fois qu'on se lance à corps et âme dans un job, on n'a plus le temps pour quoi que ce soit d'autre non plus.

— Ce qui me convient parfaitement, répondit-il d'une voix ferme. Je veux que nos magasins atteignent leur plus haut potentiel.

— Et je t'en suis reconnaissante. Tu n'as pas idée à *quel point*, d'autant plus avec David qui a d'autres projets.

— On savait tous qu'il ne comptait pas faire de vieux os dans le Maine.

Le grand frère de Wade, David, était parti à New York aussitôt l'encre sur son diplôme séchée. Il ne portait aucun intérêt à leur héritage.

— Ton grand-père est *si* fier de toi.

Une vague de chaleur s'empara de lui. Papy et lui avaient toujours été proches. Wade se rappelait les instants passés à ses côtés derrière la caisse, alors qu'il arrivait à peine à voir par-dessus la vitrine sur laquelle elle était posée. Pendant son enfance, aider Papy était son activité préférée, les week-ends et les jours fériés. Ses parents prenaient la route très tôt le samedi matin pour faire le trajet de deux heures entre Wells et

Camden. Son père prêtait main-forte dans la boutique, tandis que leurs épouses passaient du temps ensemble.

Wade, lui, restait avec Papy.

— Ne t'en fais pas, il voudra sûrement avoir son mot à dire concernant la formation de Ben, ajouta sa mère avant d'incliner la tête vers le bureau. Allez, ouste. Va bosser un peu.

Wade pouffa.

— Esclavagiste.

Il retourna à ses occupations. Ayant refermé le battant derrière lui, Wade s'y adossa, les yeux clos, soulagé qu'il n'y ait pas de fenêtre.

Si seulement tu savais, maman, que j'avais prévu de lui donner la place avant qu'il franchisse le pas de la porte.

Sur le papier, Ben était parfait, et en personne, encore plus. Wade avait éprouvé un soupçon de culpabilité quand il l'avait remarqué, mais bon, qu'est-ce qu'un soupçon pouvait bien changer quand il était déjà sujet à un tourbillon ? Sa mère avait vu juste : les précédents candidats ne convenaient pas, alors que Ben…

Le voir de si près après tant d'années s'était avéré… choquant ? Bouleversant ? Existait-il seulement un mot pour décrire le tumulte de ses émotions ?

Wade en doutait.

Quand sa mère lui avait apporté le CV et la lettre de motivation de Ben, il avait dû se faire violence pour garder son calme alors qu'il était complètement ébranlé par sa réaction viscérale d'avoir vu le nom de Ben après toutes ces années. Il n'avait pas même terminé de lire avant de décider qu'il lui fallait le voir. Arrivé au bout du CV, Wade avait fomenté un plan. Ben aurait le poste ; il dirait à sa mère de l'appeler et de planifier le rendez-vous, car lui-même ne réussirait jamais à lui parler dans son état.

Il faut que je le fasse.

Seigneur, il s'était comporté comme un tel enfoiré quand il était gosse. Il s'était tellement haï pour toutes les horreurs qui étaient sorties de sa bouche, chaque regard méprisant qu'il avait jeté à Ben et aux autres comme lui. Il *savait* pourquoi il avait fait ces choses, certes, toutefois cela n'atténuait pas l'impact de ses actes. Tout ça n'avait eu qu'un but : le désir tout-puissant de ne pas se *démarquer*.

Comment je me suis retrouvé sur cette pente ? Wade pouvait déterminer l'instant T avec une précision saisissante. C'était le jour où il avait regardé Ben White et où la seule pensée à lui avoir traversé l'esprit fut « Il est mignon ». Aucune importance qu'à partir de là, il avait fait subir à son crush exactement les mêmes supplices qui lui étaient arrivés à lui auparavant. Sa prise de conscience ne lui avait rien appris ; dès ce jour-là, Wade s'était assuré de traîner avec les bonnes personnes, de trouver le bon groupe et s'était convaincu que traiter Ben comme de la merde lui donnait de la valeur.

Ben ne saura jamais ce que je ressentais pour lui, au lycée.

Il jeta un œil au CV sur son bureau. *Est-ce que j'en ai la force ?* Le poids des remords ne ferait que s'alourdir à mesure qu'ils passeraient du temps ensemble, et après ? *Putain.* C'était le prix de la pénitence.

Wade avait un seul but : rattraper ses erreurs. Et il comptait bien y arriver, tant pis pour le mal que ça lui ferait.

Et il était d'avis que ça lui ferait très, très mal.

Wade attrapa le téléphone d'une main tremblante. *Vas-y. Fais-le tout de suite.* Il avisa la feuille de papier et, le cœur battant la chamade, composa le numéro de Ben. Au bout de quatre ou cinq sonneries, le jeune homme décrocha.

— Allô ?

— Allô, Ben, Wade Pearson à l'appareil.

Il déglutit, la bouche soudain sèche.

Un long silence lui répondit. Ben finit par se racler la gorge.

— Je ne pensais pas avoir des nouvelles de sitôt. Je viens littéralement d'arriver chez moi.

— Je n'en ai pas pour longtemps.

Wade avait une très bonne idée de ce qui passait présentement dans la tête de son interlocuteur. *Il croit qu'il n'a pas le poste.* Wade supposa qu'il aurait eu la même idée, au vu de leur passif, et une vague de honte le frappa un court instant.

— Merci d'être venu à l'entretien tout à l'heure. Si le poste t'intéresse toujours, il est pour toi.

Un nouveau silence.

— Ben ?

Wade n'aurait pu louper le soupir de Ben.

— Je vois. Oui, je suis toujours intéressé.

— Super. Je t'envoie les informations par e-mail. Communique-moi la durée du préavis chez Hannaford. Si tu as des questions, n'hésite pas à appeler. Et… bienvenue à bord.

— Merci. Je… Merci.

— Nous sommes ravis de t'accueillir parmi nous. Je vais te laisser retourner à tes occupations.

Wade raccrocha. Il se laissa tomber dans sa chaise, le pouls en vrac.

Faites que je ne merde pas, pitié.

Se ravisant, il reformula :

Pas plus que j'ai déjà merdé.

CHAPITRE QUATRE

Les deux dernières semaines avaient mis la patience de Ben à rude épreuve, mais au moins était-il à présent en route vers son nouveau travail. Il avait dit au revoir aux quelques collègues qu'il avait appris à connaître au cours de ces six mois au supermarché, avait eu droit à une poignée de main bien ferme et les meilleurs vœux pour son avenir de la part de son manager, puis s'en était allé sans plus de fanfare que ça.

Le seul problème était qu'il ignorait dans quel genre d'embrouille il s'apprêtait à mettre les pieds.

Suis-je en train de commettre une grave erreur ? Car par moments, il lui arrivait d'avoir l'impression d'être sur le point de se jeter dans la gueule du loup. Il se répétait que Wade ne pouvait pas être pire que quand ils étaient au lycée. *Il n'aura pas envie de passer pour un enfoiré devant sa mère, quand même ?* Sauf qu'il y aurait certainement des périodes où elle ne serait pas là, où ils ne seraient que tous les deux.

Il n'avait aucune envie d'approfondir ce cheminement de pensées.

J'avais raison. Huit ans plus tard, mais il envahit toujours mon esprit. Alors pourquoi avait-il accepté de bosser pour lui, bordel ? Peut-être qu'il avait juste le trac. C'était le dimanche soir et il commencerait à travailler là-bas le lendemain matin. *Voilà, c'est ça. Tu as la frousse.*

Ben attrapa son portable et écrivit un SMS : *T'es là ?*

La sonnerie retentit quelques secondes plus tard, suivie du rire de Dylan.

— Tes talents de télépathe sont excellents. Je viens littéralement de finir de pisser.

— Berk. J'espère que tu t'es lavé les mains. Tu savais que ton téléphone était le nid à bactéries le plus…

— Mec, l'interrompit Dylan avec gentillesse. Qu'est-ce qui ne va pas ?

Ben prit une profonde inspiration.

— Est-ce que j'ai fait le bon choix ?

— Une minute. J'vais m'asseoir.

Une petite pause, puis :

— OK, je suppose qu'on est en train de parler de ton job.

— À ton avis ? rétorqua Ben avant de frissonner. Je n'arrête pas de repenser à l'entretien. Même si Wade ne s'est pas comporté en connard fini, qui me dit que ce n'était pas l'exception qui confirme la règle et qu'il va redevenir l'enfoiré qu'on connaît et qu'on déteste tous à la minute où je prendrai mon service là-bas ? Pourquoi ai-je seulement envisagé de m'infliger une chose pareille ?

Le léger soupir de Dylan parvint à ses oreilles.

— Tu as la trouille. Ça se comprend. Par contre, il y a plusieurs choses à prendre en compte, ici. D'une : tu le veux, ce job. De toutes tes tripes, je dirais. De deux : si tu le refuses, c'est Wade qui gagne. Alors, oui, tu pourrais te dire « Et alors ? Je l'emmerde », mais moi ? Je ne voudrais pas lui donner cette satisfaction. De trois, ce qui pourtant saute aux yeux, selon moi ? Wade n'oserait *jamais* jouer les connards ; dans une petite ville comme celle-là, ça ferait vite le tour.

Une autre pause.

— Et mon dernier argument : c'est *ta* décision. À toi de voir à quel point tu veux ce job, et si oui ou non tu es prêt à laisser Wade t'en priver.

Ben laissa échapper un soupir saccadé.

— Je savais qu'il y avait une raison à notre amitié. Tu es la voix de la raison.

— Est-ce que ça t'a aidé ?

— Oui, beaucoup.

Ben se sentait plus calme, pour commencer.

— Je crois que je vais me coucher tôt. J'ai une grosse journée qui m'attend.

— Fais-lui la peau, répondit Dylan avant de ricaner. Juste… pas littéralement, d'ac ?

Ben rigola.

— Merci.

— Avant que tu y ailles ? Levi parle de passer faire un coucou dans ta région un de ces week-ends avec quelques-uns des copains. Pour l'instant, il y a lui, moi, Finn… et son nouveau chéri, bien entendu. Qu'est-ce que tu en dis ?

Ben trouvait l'idée merveilleuse.

— Laissez-moi quelques semaines le temps de m'accoutumer à mon nouveau job ?

— Aucun problème. Repose-toi bien. Tu vas devoir éblouir un certain connard demain.

— S'il est là.

Ben n'en était pas sûr. Un rire nasal lui échappa.

— Tu sais, j'avais pensé à l'idée parfaite pour me venger de cette ordure.

— Dis-moi tout ?

— Tourner des films X sous le nom de scène Wade Pearson. Comme ça, si quelqu'un le cherchait sur Google, ça leur ferait penser qu'il est devenu star du porno gay.

On aurait dit que Dylan s'étranglait.

— Mec… dis-moi que tu l'as pas fait…

— T'es con, répondit Ben, tout sourire. Mais avoue que l'idée était géniale ?

Il souhaita bonne nuit à son ami et raccrocha. Le lendemain apporterait son lot de nouveaux défis.

Je peux le faire.

Un regard à l'écran de son portable suffit à lui faire réaliser qu'il n'était plus si tôt que ça. Il remercia le Seigneur de lui avoir trouvé des complices qui répondaient aux appels, qu'importait l'heure.

Et en parlant de Dieu…

— Faites que je passe une bonne nuit, s'il Vous plaît.

Ben voulait avoir toutes ses capacités pour la journée du lendemain.

Je vais tellement l'éblouir qu'il aura besoin de lunettes de soleil.

Le lendemain matin, Ben mit la tenue qu'il avait choisie et repassée la veille au soir. Dans son courriel, Wade lui avait suggéré de s'habiller « business casual », aussi Ben avait-il opté pour un pantalon bleu foncé, une chemise et une cravate. Un coup d'œil à sa chemise à carreaux rouge et noire suspendue dans l'armoire l'avait fait rire. *Nan, n'allons pas sur ce terrain.* Ses cheveux étaient… présentables. Aucune mention à ce sujet n'avait été formulée, Dieu merci. Il avait même ciré ses chaussures. Si elles s'avéraient trop formelles, quelqu'un finirait bien par le lui dire. Et si tel était le cas, il lui faudrait faire des emplettes. Ben s'en était tiré à bon compte avec ses baskets usées dans les rayons de chez Hannaford, mais il n'y comptait pas chez Trésors du Maine.

Le magasin ouvrait à neuf heures, mais Wade lui avait demandé d'arriver pour huit. Il en avait pour moins de dix minutes de trajet à pied depuis son appartement et, tandis qu'il fermait la porte principale du bâtiment, son portable se mit à vibrer dans la poche de son pantalon. Jetant un regard à l'écran, Ben sourit.

Ooh, les gars. Il avait reçu des messages de chacun de ses amis, qui lui souhaitaient bonne chance. Le fait que tous soient arrivés à quelques secondes d'intervalle lui disait que c'était une décision concertée et cela lui réchauffa le cœur. *J'ai les meilleurs amis.* Le SMS de Dylan accéléra son rythme cardiaque.

Tu vaux bien mieux que lui. Ne l'oublie pas.

Ben prit une grande inspiration. *Ouais, il a raison.* Il ignorait si Wade serait présent ce matin-là ; il n'y en avait eu aucune allusion dans l'e-mail. Il savait seulement qu'il allait passer la matinée à apprendre tout ce qu'il pouvait sur la boutique. Avec de la chance, leurs méthodes ne seraient pas trop compliquées à retenir.

Pitié, faites qu'il ne soit pas là. Ben ne pensait pas pouvoir le supporter, pas pour son premier jour. Alors qu'il tournait au coin de la rue et traversait Main Street, un soupir de soulagement lui échappa. Madame Pearson était en train de déverrouiller la porte du magasin et Wade n'était nulle part en vue.

Merci, Seigneur. Réflexion faite, il leva les yeux vers le ciel. *Tu m'as quand même fait un sale coup.* De tous les Pearson qui habitaient dans l'état du Main, pourquoi avait-il fallu que le magasin appartienne à la famille de Wade ?

Madame Pearson lui sourit à son approche.

— Bien le bonjour. Quelle classe.

Il lui décocha un grand sourire.

— Je n'ai fait que suivre les instructions, madame P… Madame Pearson.

Elle fronça les sourcils.

— Très bien. Première leçon du jour : comme nous allons bosser ensemble, moi, c'est Mary, compris ?

Ses yeux s'illuminèrent.

— Et absolument *jamais* madame P.

— Capiche, dit-il en jetant un œil à l'intérieur. Il n'y a que nous ce matin ?

Elle hocha la tête.

— Et nous avons du pain sur la planche avant l'ouverture, alors mettons-nous au travail.

Il lui fit un salut militaire qui la fit rigoler.

— Je crois qu'on va très bien s'entendre, tous les deux.

Elle se mordit la lèvre avant de rajouter :

— Je te déconseille de faire le même geste en présence de mon beau-père, en revanche. Il ne partage pas mon sens de l'humour.

— C'est noté. Merci pour le tuyau.

Ben était ravi que ses premières impressions se prouvent correctes. *Moi aussi, je crois qu'on va bien s'entendre.*

Mary prépara le café, puis lui fit visiter les pièces à l'étage où étaient entreposés les stocks. Ils revirent les bases : garder un œil sur les réassorts nécessaires, s'assurer qu'il n'y avait pas de trous dans les étalages, l'emploi de la caisse enregistreuse… Ils avaient fait le tour en l'espace d'une heure, après quoi le moment fut venu d'ouvrir les portes.

— Tu as des questions avant que je laisse entrer les hordes en folie ? demanda Mary avec un sourire.

— Je ne crois pas. Votre système PDV est facile à utiliser.

Une pensée lui vint toutefois.

— J'en ai une, dit-il en désignant ses chaussures. Too much ?

Elle y jeta un œil.

— Tu devrais t'acheter une bonne paire de chaussures bateau. Elles sont plus confortables. Après tout, tu vas passer un paquet d'heures sur tes pieds.

Elle sourit.

— C'est pour ça que je ne viens pas travailler en talons.

Elle était élégante dans son pantalon pâle, son chemisier crème et ses escarpins blancs, agrémentés d'un collier de perles autour de son cou. Elle pencha la tête d'un côté.

— Tu es prêt pour le rush du matin ?

Il s'esclaffa.

— On est à Camden. C'est plutôt le rush de l'*après-midi* qu'il faut redouter.

C'était généralement dans ces eaux-là que les autocars se garaient sur les parkings de la ville et se vidaient de leurs lots de touristes estivaux. Le terme « rush » était toutefois à prendre avec des pincettes.

Une fois les portes callées grandes ouvertes, Mary se planta sur le perron et avisa la rue.

— J'adore le matin, dit-elle avec un joyeux sourire. Quand la ville se réveille à peine et commence à prendre vie.

Elle se tourna vers Ben.

— Tu sais ce qui serait parfait, juste là ?

— Une autre tasse de café ? devina-t-il avec un

sourire.

Elle gloussa.

— Il est malin. Tu sais où trouver la cafetière.

Il pouffa et se dirigea vers le bureau.

Au fur et à mesure qu'avançait la matinée, Ben observa les interactions de Mary avec toutes les personnes qui franchissaient les portes. Il aimait sa façon de traiter les clients. *En même temps, elle a des années derrière elle.* Il avait bien vite compris que la meilleure façon de ne pas se mettre les gens à dos était de rester lui-même, tout simplement, et Mary lui adressa un hochement de tête lorsque son premier acheteur repartit de là avec un sourire et un salut de la main.

Je peux y arriver. Le rythme était différent de son dernier travail et c'était une aubaine qu'il chérissait. L'heure du midi arriva sans qu'il y ait eu la moindre trace de Wade. Ce qui perturbait Ben le plus, c'était qu'il ne savait pas si ça le soulageait ou si ça le décevait.

Pour le déjeuner, Mary lui intima d'aller manger dans le bureau pendant qu'elle surveillait la boutique. Dès qu'il eut terminé, il retourna sur le champ de bataille.

Après une petite vague de passage, Ben passa les rayons en revue, faisant du rangement par-ci et du réassortiment par-là. Il se rendit soudain compte qu'on l'observait. Mary se tenait près de la caisse, son sac à la main, une écharpe jaune clair autour du cou.

Il se fendit d'un sourire qu'il espérait confiant.

— Comment je m'en sors ?

Elle gloussa.

— Je me disais justement que tu as très vite assimilé comment on fonctionne ici. Personne ne saurait dire que c'est ton premier jour en te regardant.

Tout sourire, il répondit :

— Ça doit être grâce à l'excellente formation que j'ai reçue.

Il n'y avait rien de bien compliqué au niveau de leur système de PDV et il ne lui avait pas fallu longtemps pour trouver où se rendre dans les stocks quand il voyait un trou dans les rayons. Ben indiqua le sac et l'écharpe.

— Vous allez quelque part ?

— Eh bien, j'ai quelques courses à faire, oui. Je peux rester, si tu préfères, et m'en occuper plus tard.

Ben comprit la raison principale de son hésitation.

— Ne vous inquiétez pas pour moi. De combien de temps aurez-vous besoin ?

— Une heure ?

Il sourit.

— Alors, allez faire vos courses. Et ne vous dépêchez pas pour moi. Je sais ce que je fais.

Les yeux de Mary scintillèrent.

— Oui, c'est l'impression que tu donnes. Tu en es sûr ?

Ben balaya l'espace en direction de la porte.

— Ouste. Je me débrouillerai.

— Très bien. Tu as mon numéro, en cas de besoin.

Sur ce, elle s'en alla.

Moins de dix minutes après son départ, ce fut comme si quelqu'un avait appuyé sur un interrupteur ou encore qu'un autocar avait largué une cargaison complète de touristes au cœur de Camden qui avaient tous décidé d'un commun accord de visiter la boutique de souvenirs. Ben fut débordé pendant toute l'heure qui suivit. S'il ignorait quelque chose, il choisissait l'honnêteté et disait aux clients de vérifier le site internet. Personne ne se fâcha. La matinée passée à se familiariser avec le stock fut mise à profit lorsqu'une petite fille lui demanda un puzzle et qu'il réussit à lui trouver exactement celui qu'elle voulait. Il géra les familles, les couples, les célibataires et les adolescents... jusqu'à ce que le nombre de clients diminue petit à petit. Vers quatorze heures trente, la boutique se retrouva presque vide.

C'est comme ça tous les jours ? L'idée ne le gênait pas du tout ; il ne s'était jamais autant amusé au travail. Peu lui importait qu'il ait une sacrée dose de ménage à faire avant le retour de Mary. Les serviettes et les plaids devaient être repliés, les mugs réalignés, le sol avait besoin d'un bon coup de balai...

C'est alors que Wade arriva.

Pour l'amour du ciel. Dieu n'était vraiment pas fair-play, certains jours. *Il est vraiment obligé d'être aussi désirable ?* Wade portait un costume différent, mais l'effet était le même : un dieu du sexe. *Un titan* du sexe.

— Bonjour, lâcha Ben avec appréhension.

Wade le salua de la tête.

— Comment s'est passé ton premier jour, jusqu'à maintenant ?

Il balaya la pièce du regard.

— Ouah. On dirait qu'il y a eu un ouragan.

— Si on remplace « ouragan » par un autocar de touristes. J'allais justement m'occuper de tout ce bazar.

Il s'approcha de la table et se mit à replier les plaids, le cœur tambourinant dans sa poitrine.

Merde, il me met les nerfs en boule.

— Où est ma mère ?

— Partie faire des courses. Elle ne devrait plus tarder.

Je vous en supplie, revenez vite, Mary. Genre, tout de suite ?

— Ce n'est pas pour elle que je suis venu. Je voulais voir comment *toi*, tu t'en sors.

Ben se tourna vers lui et fit un gros effort pour paraître calme, du moins en surface.

— Tout va très bien. Mary m'a montré les stocks ce matin et m'a parlé des livraisons du mardi.

Confronté aux sourcils dressés de Wade, Ben précisa :

— Oh, c'est elle qui m'a dit de l'appeler comme ça.

— C'est que tu t'en sors très bien, alors. Quant aux livraisons… je comptais t'en parler aussi.

Wade l'étudia des pieds à la tête.

— Il y aura des moments où tu devras t'occuper de ranger le stock et de porter les colis. Certains peuvent être très lourds.

Ben carra les épaules.

— J'y arriverai. Ne te fie pas à ma taille, je suis balaise. J'ai commencé la muscu quand j'avais quatorze ans.

Wade sourit.

— Laisse-moi devenir. Tu voulais devenir bodybuilder.

Ben lui rendit son sourire bien que son pouls s'emballait.

— Non, je voulais survivre aux années lycée.

Il éprouva un pincement au cœur en voyant Wade rougir, mais le repoussa. *Pas* question *que je culpabilise de t'avoir mis mal à l'aise vis-à-vis de ça, putain. Pas après ce que* toi *tu as fait.*

Wade alla se poster à la caisse enregistreuse et vérifia le rapport journalier.

— Ouah. Comment tu as réussi à accomplir tout ça seul ? Ça fait un sacré paquet de ventes.

Ben haussa les épaules.

— J'ai gardé le sourire, fait de mon mieux et tout le monde s'est montré très compréhensif.

— Tu peux partir à seize heures, lui dit Wade au bout d'un moment. Ta première journée a été intensive ; Cameron pourra prendre la relève. J'ai cru comprendre que ça ne te dérangerait pas de rester jusque vingt et une heure, une fois que tu auras pris tes marques ?

Ben fronça les sourcils.

— Pourquoi ça me dérangerait ?

Les heures d'ouverture étaient clairement indiquées dans son contrat, pour l'amour de Dieu.

— Quand je travaillais au supermarché, ils étaient ouverts jusque très tard tous les jours. J'ai l'habitude.

— Je me demandais juste si tu avais quelqu'un qui pourrait s'offusquer que tu travailles tard, répondit Wade d'un air nonchalant.

Tu racontes des conneries, oui. Tu cherches juste à prêcher le faux pour savoir le vrai.

Ben savait que c'était imprudent, mais il n'avait aucune intention de se cacher. Il regarda Wade droit dans les yeux.

— Non, je n'ai pas de petit ami actuellement. Je suis jeune, libre et célibataire.

Impossible de manquer la réaction de Wade. Il écarquilla les yeux, entrouvrit la bouche et son regard se fit vacant.

Ben sourit.

— Voilà. Maintenant, tu sais. Je suis gay. Il faut croire que tu avais raison à mon sujet depuis le début.

Wade cligna des yeux.

— Je vois.

Quoi qu'il ait voulu ajouter, le retour de Mary

l'interrompit. Wade toussota.

— Je ferais mieux de vous laisser retourner à vos occupations, tous les deux.

Il salua sa mère, l'embrassa sur la joue, puis se rendit dans le bureau dont il referma la porte.

Ben fronçait les sourcils. *Il vient de se passer quoi, bordel ?*

La seule chose dont il était certain, c'était qu'il avait troublé Wade et pas qu'un peu.

— Je suis désolée, lui dit Mary. J'avais prévu de revenir pour quatorze heures et il va bientôt être quinze. J'ai croisé une connaissance et je n'ai pas vu le temps passer.

Elle ouvrit grand les yeux en voyant l'état de la boutique.

— Tu n'as pas chômé, dis-moi.

— Allez voir le compte-rendu. C'est pas peu dire.

Ben inclina la tête vers le bureau.

— Wade a dit que je pouvais partir à seize heures.

Elle hocha la tête.

— Je crois que tu en as bien assez fait pour aujourd'hui. Je vais nous préparer du café pendant que tu termines de ranger. Bien joué, finit-elle avec un sourire.

Il gloussa, tout sourire.

— Je me suis demandé si vous aviez fait exprès de vous absenter plus longtemps que prévu. Pour voir comment je réagis sous la pression.

Mary s'esclaffa.

— Ça m'est déjà arrivé, j'avoue. Mais non, pas dans ton cas. Tu l'as bien mérité, ce café.

Elle lui tapota la joue, ce qui le prit par surprise.

— Tu es un brave petit, Ben.

Ensuite, elle se rendit au bureau.

Ben la suivit du regard. *Comme j'aurais moins souffert au lycée si Wade avait été plus comme vous.* Il retourna à son ménage, tout en continuant néanmoins à jeter des coups d'œil vers la porte de temps en temps.

Il me traitait de pédé bien avant que je ne sois moi-même conscient de mon orientation, alors pourquoi a-t-il eu l'air aussi perturbé en apprenant que je le suis réellement ?

CHAPITRE CINQ

Juillet

Ben supposait que c'était un signe que tout allait bien si, alors même qu'il ne travaillait aux Trésors du Maine que depuis deux semaines, il avait pourtant l'impression que ça faisait une éternité, mais dans le bon sens du terme. Son taf l'occupait beaucoup, et c'était une bonne chose aussi. Ça l'empêchait de penser à Wade. Non pas que son patron ait passé beaucoup de temps à la boutique. Mais quand il était présent, Ben ne pouvait nier la tension qui vibrait dans l'air et la légère sensation de gêne qui durait depuis sa révélation.

Je m'en tape. C'est son problème, pas le mien. Ben s'était seulement montré honnête, après tout.

Mary et lui étaient comme cul et chemise. Elle n'était pas toujours là, ce qui était génial, car cela voulait dire qu'elle savait pouvoir lui confier la tenue de la boutique en toute confiance. Même s'il était rarement seul. Les saisonniers formaient un groupe assez cool, même s'il n'avait pas encore eu l'occasion d'apprendre à les connaître. Cameron avait déjà passé trois étés chez Trésors et rien ne semblait le dérouter. Madison était encore au lycée, mais elle avait déjà bossé là l'année précédente, tout comme Abi. Zach était un petit nouveau, comme Ben. Il arrivait parfois que « Papy » leur prête main-forte.

Ben l'avait apprécié tout de suite.

La première fois qu'ils s'étaient rencontrés, Papy s'était présenté et avait insisté sur le fait qu'il ne tolérerait pas « ces âneries de M. Pearson ». On l'appelait Papy, un point c'est tout. Il lui faisait trop penser à la mamie de Levi, ce qui était encore une très bonne chose. Papy avait débarqué dans le bureau armé d'un album photo un jour où Ben prenait sa pause déjeuner. Il s'était assis à côté de lui et avait papoté pendant que Ben mangeait. Son carnet contenait des clichés en noir et blanc de la boutique, datant les années 40, prises à l'époque où Papy n'était qu'un môme. Il avait trois ans à peine quand l'arrière-grand-père de Wade avait lancé son magasin. Ben avait adoré cette fenêtre ouverte sur le passé. La façade avait très peu changé, mais l'intérieur s'était adapté au fil du temps. Il apprit même que c'était l'idée de Papy d'offrir du thé et du café à la clientèle.

Après ça, Papy était venu quotidiennement au magasin, deux à trois heures par jour, généralement quand il n'y avait que Ben. Ce dernier appréciait le regarder bricoler dans la boutique, papoter avec les clients, ranger les étalages ou lui donner des conseils. C'était un homme grand, avec un duvet de cheveux blancs et des yeux sombres dans un océan de rides. Il ne bougeait pas fort vite, du moins d'après les premières impressions du jeune homme. Les quelques fois où Wade avait donné signe de vie, il avait été évident, à la façon dont il les regardait, qu'il adorait son grand-père.

Arriva un jour où une bande de gamins s'aventurèrent dans la boutique et Papy se retrouva en état d'alerte à l'instant où ils franchirent la porte. Il les épia tel un faucon, jusqu'à ce qu'ils soient repartis.

Ben éclata de rire.

— Qui aurait besoin de la police quand vous êtes dans les parages ?

Papy lui répondit par un grognement nasal.

— Sales gosses. Je les surprends parfois en train

d'essayer de chaparder. Ils attendent généralement qu'on soit débordés. J'imagine qu'ils croient qu'on ne les remarquera pas dans la foule.

Il se gaussa et ajouta :

— À croire qu'ils ne me connaissent toujours pas.

— Vous savez bouger à toute vitesse quand ça vous dit, hein ?

À la seconde où il avait vu les enfants, Papy s'était précipité hors du bureau en deux temps trois mouvements.

Papy rigola.

— Ce sont les deux choses que je n'ai jamais supportées dans mon magasin : les gosses et les bestioles.

Ben s'esclaffa. Il savait que cette dernière remarque faisait référence au chat qui appartenait à la propriétaire du magasin de vêtements, un peu plus haut dans la rue. L'animal ne cessait de visiter les autres boutiques à sa guise.

— Tux est un gentil chat. Il ne fait pas de mal. Vous ne vous êtes jamais dit que c'est justement parce qu'il entre ici que vous n'avez aucune souris ?

— Ça m'étonnerait. Mary collectionne tellement les pièges qu'une souris n'oserait même pas *péter* de peur de créer une réaction en chaîne.

Papy se renfrogna en voyant les gamins qui jetaient un œil par la vitrine.

— Ce que je sais, c'est que je suis plus heureux quand l'été se termine et qu'ils retournent à l'école.

Un autre grognement nasal.

— Les gosses ne doivent pas avoir la même vision des choses. Les années d'école sont censées être les plus heureuses. Quelles foutaises.

Il avisa Ben.

— Toi, tu étais heureux à l'école ?

Quelle bonne question.

— Oui et non. Je m'y suis fait de très bons amis, des gens avec qui je suis encore proche aujourd'hui, que je ne veux pas voir partir. Mais oui, il se passait aussi des choses qui étaient *loin* d'être joyeuses.

Ben avait l'impression que son estomac se retournait. Alors, celui-ci émit un grondement et le jeune homme jeta un regard penaud à Papy.

— Désolé, j'ai sauté le petit déj, ce matin.

Après sa nuit presque blanche, il s'était levé plus tard que d'habitude.

Les yeux de Papy s'illuminèrent.

— Tu as de quoi grignoter dans ton sac ? Ces trucs que tu n'arrêtes pas de manger dans le bureau.

Ben gloussa.

— Ne faites pas comme si vous n'étiez pas au courant. Vous croyez que je ne vous ai pas vu piquer des biscuits au fromage dans le sachet quand vous croyez que j'ai le dos tourné ?

— Moi qui croyais être furtif, répondit Papy en lui ébouriffant les cheveux. Petit futé.

— Sauf que c'est le moment idéal pour vous dire que je les avais laissés exprès pour partager avec tout le monde, alors la furtivité n'était pas utile.

— Dans ce cas…

Papy pointa le bureau du doigt.

— Va les chercher. Je ne dirai pas à Mary que tu as mangé dans la boutique. Évidemment, mon silence a un prix.

Ben leva les yeux au plafond.

— Ça alors. Je me demande bien ce que ça pourrait être.

Il se rendit au bureau et revint avec son sac à dos.

— Comme ça, si elle arrive à l'improviste, je pourrai cacher les preuves.

Il y plongea la main et en retira le sac en plastique contenant les encas, qu'il tendit à Papy.

— Allez-y. Je ne vous dénoncerai pas.

Il savait que Mary gardait un œil sur son régime alimentaire.

Papy ricana.

— Tu es le meilleur.

Il attrapa une poignée de biscuits et Ben fit pareil. Il n'était que onze heures, bien trop tôt pour aller déjeuner. Mary prenait son service à midi.

Papy fixait son sac à dos avec insistance. Il se pencha pour observer de plus près le pin's rainbow flag que Ben avait accroché à la sangle, puis le tapota de l'un de ses longs doigts osseux.

Le pouls de Ben s'emballa. Il ignorait pourquoi il réagissait aussi nerveusement, mais il ne savait pas à quoi s'attendre.

— On en voit beaucoup plus, ces temps-ci, des arcs-en-ciel. Plus que quand moi j'étais gamin, observa Papy.

Ben avala sa bouchée de biscuits.

— Ah oui ?

Papy ricana.

— Suis pas débile. Je sais ce que ça veut dire. Mais tu sais ce que j'en pense ? Vivre et laisser vivre.

Ben retint un hoquet de surprise. Papy était *génial.*

Ce dernier pointa du pouce vers la gauche.

— Tu vois la librairie ?

Comme Ben hochait la tête, Papy attrapa le tabouret derrière la caisse et s'y assit.

— Dans les années 50, il y avait beaucoup de rumeurs sur le proprio. Même si tout le monde jase toujours sur quelque chose, hein ? Mais je l'aimais bien, Pete. Il ne faisait de mal à personne. Il était discret. Je n'ai jamais compris où était le problème. Après tout, qu'est-ce qu'il y a de mal à aimer quelqu'un ? Tellement de gens prêchent leur amour pour Jésus, alors que tout ce qui sort de leur bouche n'est que haine. Il y en a qui sont vraiment ignares.

Ben le dévisageait, bouche bée ; Papy pouffa.

— Je t'ai fait peur, avoue ? Je parie que tu savais pas ce qui allait te tomber dessus.

Le jeune homme éclata de rire, surtout de soulagement.

— C'était si évident que ça ?

Papy lui tapota la main.

— Pas besoin de t'inquiéter de ce que je pense, mon garçon.

Il pencha la tête d'un côté et avisa Ben d'un air songeur.

— Tu as quelqu'un dans ta vie ?

Bon, je ne l'avais pas vu venir, celle-là. Ben sourit.

— Non. Personne.

— Mais tu cherches ?

Un éclat de rire.

— Je suis d'avis que si ça doit arriver, c'est lui qui me trouvera.

Il devait bien admettre que voir Finn tout amouraché lui avait fait quelque chose au ventre, même s'il avait renié ses sentiments au plus profond de lui. *J'ai pas besoin d'amour, seulement de m'envoyer en l'air.*

Ça faisait *tellement* longtemps.

Papy hocha la tête.

— Ouais. Je ne cherchais pas non plus, mais ma Judy m'a trouvé quand même.

Il se fendit d'une grimace et ses épaules

s'affaissèrent.

— Seigneur, qu'elle me manque.

La gorge de Ben se noua en entendant la peine de Papy.

— Quand est-elle partie ?

— Il y a dix ans. Bien trop tôt. Je n'étais pas prêt à la perdre.

Il sortit un mouchoir de sa poche, se frotta les yeux, puis se moucha. Papy jeta ensuite un regard inquisiteur à Ben.

— Mary m'a dit que Wade et toi étiez allés à l'école ensemble.

Ben confirma de la tête, seule réponse dont il se sentit capable. Papy n'ajouta rien pendant un moment, se contentant de l'observer avec son air songeur habituel.

— Oui, finit-il par dire. Ces années-là n'ont pas été les plus joyeuses pour lui non plus.

Ben eut beaucoup de mal à ne pas s'écrier : « Ah ouais ? Je parie que les années lycée de Wade ont été de la tarte, par rapport aux miennes ! »

Papy s'éclaircit la voix.

— Je crois que je vais rentrer. Cette journée m'a épuisé.

Maintenant qu'il en parlait, c'était vrai qu'il avait l'air fatigué.

— Bonne idée, dit Ben avec un sourire rassurant. Je m'occupe de monter la garde.

Il tapota le bras du vieillard.

Papy lui toucha la joue.

— T'es sacrément futé.

Il descendit du tabouret et se rendit au bureau, où il avait laissé son chapeau. Ben adorait le fedora en laine brun foncé que Papy portait constamment. *Il a encore la forme pour ses quatre-vingt-trois ans.* Il se fendit d'un sourire. Il connaissait à présent trois générations de Pearson, dont deux qui étaient des gens bien.

Deux sur trois, c'est pas trop mal. Il semblait bien que le fruit proverbial, dans ce cas, soit non seulement tombé loin de l'arbre, mais que le vent l'ait emporté très loin de là avant même qu'il n'ait touché le sol.

Il se ravisa toutefois. Quelles qu'aient pu être les tendances de Wade au lycée, il ne montrait plus aucun signe d'être un parfait salaud, ces jours-ci. *C'est juste que je n'arrive pas à passer au-dessus.* Ce qui était parfaitement compréhensible.

Madison arriva peu de temps après le départ de Papy et prit la relève à la caisse pendant que Ben faisait un rapide tour des stocks. Mary arriva à midi et Ben comprit que quelque chose s'était passé à la seconde où elle franchit la porte. Ses yeux brillaient, ses joues étaient rosies et il lui semblait impossible de se défaire de son sourire.

— *Quelqu'un* a passé une bonne matinée, la taquina-t-il.

Elle rigola, puis interpella Madison.

— Tu voudrais bien me servir un café, s'il te plaît ? Et après, ça ne te dérangerait pas de passer à Walgreens ? J'ai besoin d'une aspirine.

— Aucun souci, Mary.

Madison disparut dans le bureau.

Mary posta son sac à main sur le tabouret et poussa un soupir d'aise.

— Je suis à nouveau grand-mère.

Ben rayonna.

— Ouah. C'est super. Félicitations. Garçon ou fille ?

Elle lui avait confié que son fils aîné David et son

épouse Devra attendaient leur second enfant d'un jour à l'autre.

— Une fille. Trois kilos vingt-trois. Devra se porte bien.

Quelque chose dans son comportement des derniers jours lui revint en mémoire et il lui jeta un regard curieux.

— Mais vous vous inquiétiez pour elle.

Mary lui prit la joue en coupe.

— Je ne peux rien te cacher, apparemment. La grossesse a été difficile, voilà tout. Je priais pour que l'accouchement se passe sans heurts, mais non, ma petite-fille avait décidé de ne pas faciliter les choses.

— Le bébé va bien ?

Mary hocha la tête.

— Tu veux la voir ?

Ben éclata de rire.

— Évidemment. À quoi bon devenir grand-mère, si ce n'est pour mettre en valeur le dernier membre de la famille ?

Il attendit pendant qu'elle sortait son portable et faisait défiler l'écran. Lorsqu'elle le lui tendit, Ben sourit.

— Je ne sais jamais ce qu'il faut dire quand je regarde des photos de bébés. À mes yeux, elle ne ressemble qu'à une petite boule toute rose pour l'instant.

— Une boule ? répéta Mary en faisant semblant de le fusiller du regard. Elle est *magnifique*, voilà ce qu'elle est.

— Ils ont déjà un petit garçon, c'est ça ?

Il avait vu un cadre photo dans le bureau d'un petit garçon trognon armé d'une canne à pêche.

— Liam. Il va avoir huit ans. On a tous cru qu'il

resterait fils unique pendant un bon bout de temps.

Elle pouffa.

— Tout comme son père. David avait six ans quand j'ai découvert que j'attendais Wade.

Elle se mordit la lèvre.

— C'était une vraie surprise.

Mary baissa les yeux vers la photo, agrandissant le cliché pour voir le visage de sa petite-fille.

— Il est trop tôt pour dire de qui elle va tenir.

— David et Wade se ressemblent ?

David avait fini le lycée depuis longtemps lorsque Ben y était.

Quand les traits de Mary se raidirent, Ben se demanda ce qu'il avait bien pu dire de mal.

— Ma mère disait toujours que David me ressemble et que Wade ressemble à son père.

Soudainement, elle se tourna vers la porte.

— Ah, nous avons du monde.

Quelques secondes plus tard, elle s'en approchait en les saluant chaleureusement. Madison revint de la pharmacie et les rejoignit. Ben se retrouva bientôt en quête d'un souvenir très particulier que le client avait repéré en vitrine.

À seize heures, lorsqu'il y eut enfin une accalmie, Ben alla préparer du café. Il en apporta une tasse à Mary, qui le remercia d'un sourire. Madison, dont le service était terminé, partit.

Ben profita du calme :

— Je suis navré si j'ai dit quelque chose qui vous a blessée, tout à l'heure.

Elle lui tapota l'épaule.

— Ce n'est pas le cas, mon grand. Je me suis juste mise à penser à mon mari.

Elle secoua la tête.

— Nous l'avons perdu il y a sept ans, mais j'ai toujours l'impression que c'était hier.

Mary soupira.

— Même si la cause de sa mort ne nous a pas surpris et qu'on nous avait dit que c'était une possibilité, cinquante-trois ans, c'était *beaucoup* trop jeune pour mourir.

— Que voulez-vous dire par « la cause de sa mort » ?

Il se figea soudain et ajouta :

— Non, oubliez ça. Ce ne sont pas mes oignons.

Elle sourit.

— Wade utilise souvent cette expression aussi. Ce n'est rien. Il est mort de cardiopathie. Cet imbécile n'a jamais voulu écouter les avertissements de ses médecins. Hypertension artérielle, hypercholestérolémie, obésité et il fumait comme un pompier… Quand on comptabilise tout ça, ce n'est pas vraiment surprenant qu'il soit parti dans ces conditions.

Ben en resta coi.

— Il n'était pas comme Papy, alors ?

Papy était maigre comme pas permis.

— Non, il avait hérité des gênes de sa mère. Elle est d'ailleurs décédée peu de temps avant lui. Trois ans plus tôt.

— Je sais, murmura Ben.

Confronté à son clignement d'yeux, il haussa les épaules.

— Papy et moi avons beaucoup parlé, aujourd'hui.

La main de Mary se retrouva à nouveau sur sa joue, chaleureuse et tendre.

— Tu vas finir par faire partie de la famille, toi, je le sens.

Il éclata de rire.

— Papy dit que je suis « futé ». Je l'ai entendu souvent, ce mot, quand j'étais gamin. L'un de mes meilleurs amis, Levi… sa grand-mère utilise des expressions trop bizarres.

Se retrouver en compagnie de Papy, c'était un peu comme rentrer au bercail.

— Papy s'est vraiment pris d'affection pour toi.

Mary reporta son regard sur l'écran du téléphone.

— Et voilà que je meurs d'envie d'aller les voir, maintenant.

— Qu'est-ce qui vous en empêche ? Il y a moi, Papy, Wade… On peut s'occuper de la boutique. Pourquoi vous n'iriez pas passer un week-end là-bas ? New York, ce n'est pas si loin, quand même.

Le cœur de Ben se serra en voyant qu'elle se mordait la lèvre.

— Pensez-y, au moins. Certes, partir dans la seconde ne serait pas idéal, mais dans quelques semaines, pourquoi pas ?

— J'y réfléchirai, lui assura-t-elle avant de se fendre d'un grand sourire. Tu ne travailles pas ce dimanche. Tu as quelque chose de prévu ? Il va faire un temps superbe.

— Des amis viennent me rendre visite.

Le visage de Mary s'illumina.

— C'est super. Profite bien de ta journée.

Elle se racla la gorge avant de reprendre :

— Clients en vue. Je te laisse t'en occuper pendant que je bois mon café et que je regarde les photos du bébé.

Il éclata de rire.

— Faisons ça.

Il adorait passer du temps rien qu'avec elle.

Sois honnête. Ce que tu adores, c'est qu'il n'y ait pas Wade.
Et ça, c'était la stricte vérité…

CHAPITRE SIX

Ben s'approcha du bord de l'affleurement rocheux, où il s'arrêta pour savourer la vue face à lui.

— La montée valait le coup ?

La baie sinuait en contrebas, ses eaux bleues parsemées de navires de toutes tailles et formes. Une canopée forestière s'étendait de là où Ben se trouvait, jusqu'à la berge. Camden paraissait si petite de ce point de vue, emmitouflée par cette étendue verdoyante.

À côté de lui, Joel observait le panorama bouche bée.

— Je crois que ça veut dire oui, répondit Finn avec un petit rire.

Il entremêla ses doigts à ceux de Joel.

— Content, mon cœur ?

— Oh, mon Dieu. C'est incroyable.

Le soupir d'aise de Joel faisait écho à ses paroles.

— Ben, tu vis dans un endroit merveilleux.

Levi souriait à pleines dents.

— Maintenant, je comprends pourquoi tu nous as dit de mettre des chaussures de marche.

— Hé, protesta Ben. Ils avaient annoncé un temps superbe pour aujourd'hui. Il fait trop beau pour tailler une bavette à l'intérieur. Surtout quand on peut observer tout ça à la place.

Il prit une grande inspiration, emplissant ses poumons de cet air délicieux.

— Juste une chose, intervint Joel, une lueur dans les yeux. J'aimerais contredire celui qui a décrit cette randonnée comme « facile ». C'était tout le contraire. Et je comprends mieux pourquoi certains préfèrent prendre la voiture plutôt que de grimper jusqu'ici.

L'excursion pour atteindre le sommet du mont Battie prenait une heure, mais Ben en avait l'habitude.

— J'ai toujours l'impression d'être au bout du monde, ici, leur dit-il. Parfois, je me prépare à déjeuner et je viens là, juste pour m'asseoir et profiter de la vue.

— Si j'avais la même au bout de la rue, je ferais pareil, le rassura Joel.

Finn et lui, observaient le spectacle en s'étreignant au niveau de la taille.

Bon sang, ils vont tellement bien ensemble. Ben ne pensait pas avoir déjà vu Finn aussi heureux et détendu.

Dylan le bouscula.

— Ils ont pas besoin d'un panorama, murmura-t-il. Ils se sont déjà trouvés.

— Et c'est *vachement* cool.

Dylan sourit.

— Comme tu dis.

— On peut rester un moment ? demanda Joel. Je n'ai pas envie de redescendre tout de suite.

Ben sourit.

— On peut rester aussi longtemps que vous voudrez.

Il fixa la vaste étendue céleste, là où le bleu pâle rencontrait l'horizon et s'assombrissait à mesure qu'il regardait plus haut. Les îles proches n'étaient que des traces bleu marine floues et les voiles des bateaux de petits éclats de blanc contre les eaux aigue-marine de la baie de Penobscot.

Ben s'assit à même l'affleurement, les bras autour de ses genoux, et Levi se joignit à lui.

— Tu as eu une idée géniale, dit son ami. Parfois, j'oublie que la partie du pays dans laquelle on vit est magnifique. Ça fait du bien d'oublier les tracas de tous les jours et de profiter de ça.

— Je pensais que Seb serait là aussi, nota Ben.

Levi soupira.

— C'était pas jouable. Son temps ne lui appartient pas pour l'instant. Il n'a qu'un jour de congé par semaine.

— Il est parti aider son oncle, c'est ça ? Avec son bateau de pêche ?

— Oui. Et il n'est *pas* du tout ravi.

— Je le comprends tellement, murmura Ben avant de froncer les sourcils. On pourrait faire quelque chose pour lui ?

Levi secoua la tête.

— On se parle de temps en temps. Je crois que ça l'aide. Je le laisse vider son sac. Je pense que son gros problème, c'est qu'il doit s'habituer à un tout nouvel emploi du temps.

Ses lèvres tressaillirent.

— Et le calme de l'île. Il se plaint qu'il ne fait que bosser et dormir.

Ben soupira.

— Donc, ce dont il a besoin, c'est d'un pêcheur tout musclé qui aurait les mêmes horaires que lui et qui voudrait baiser comme un lapin quand ils ne sont pas au boulot.

Levi gloussa.

— Tu n'as pas envie de savoir ce qu'il pense des types qu'il a rencontrés là-bas. Son dernier texto d'hier soir résume parfaitement la tournure que prend son été.

— Il disait quoi ?

Levi se pencha tout près pour murmurer :

— Heureusement qu'il y a le porno.

Ben ricana.

— Ouais, du Seb tout craché.

Levi l'observa un moment.

— Tu veux bien me dire pourquoi personne n'a eu de tes nouvelles depuis que tu as commencé ton nouveau job ? On se faisait du souci. Ils t'obligent à travailler jusqu'à pas d'heure, c'est ça ?

— Non, du tout.

Levi se raidit.

— Mais il y a *bien* quelque chose.

Ben déglutit.

— Je t'en parlerai plus tard, quand on sera rentrés chez moi.

Il frissonna.

— Laisse-moi profiter de la journée, tu veux ?

Sa respiration se fit plus aisée lorsque Levi posa un bras sur ses épaules et le serra contre lui.

— On est là pour toi.

Ben lui adressa un sourire reconnaissant puis se concentra sur la vue, inspirant le calme et expirant toutes les pensées de cet enfoiré de Wade Pearson qui lui embrumaient la cervelle.

Ben referma la porte principale du bâtiment et leur indiqua les marches.

— Par-là, les gars. Continuez à monter jusqu'au dernier étage. Vous le saurez si vous êtes allés trop loin, puisque vous serez sur le toit. Mon appart, c'est la porte de droite.

Il grimaça en voyant la porte sur leur gauche s'ouvrir et Mme Smith passer la tête dans l'embrasure ; elle se renfrogna lorsqu'elle découvrit les cinq compères.

— On n'a pas prévu de faire la fête, j'espère ?

Ben afficha un sourire poli.

— Non, madame, du tout.

Il suivit les autres dans l'escalier jusqu'aux appartements sous les combles, ouvrit sa porte et les fit entrer. Il attendit d'avoir refermé à clé pour lever les yeux au plafond.

— Et *ça*, c'était ma proprio. Elle invite tout le temps ses copines pour regarder des films pour gonzesses pendant qu'elles se gavent de pizza comme si ça allait bientôt passer de mode et, le lendemain, il y a toujours un tas de cadavres à faire rougir le patron d'un bar, mais *moi*, je n'ai pas le droit d'organiser une fête.

— L'appart est sympa, dit Finn en observant le studio. Après tout, t'as pas besoin de beaucoup d'espace, toi.

Il lui décocha un sourire diabolique. Ben plissa les yeux.

— Je vais ignorer cette pique envers mon petit corps compact, comme je sais que c'est entièrement dû à ta jalousie maladive.

Finn lâcha un rire nasal. Ben avisa son logement.

— C'est pas l'idéal, mais ça fera l'affaire pour l'instant.

Son appartement sur Elm Street lui avait valu tellement de moqueries et blagues salaces. *Pourquoi a-t-il fallu que tu habites au 69, aussi ?*

— Asseyez-vous où vous voulez.

Finn jeta un coup d'œil à Joel.

— Quand je pense que ta sœur trouve *notre* maison trop petite.

Il tira Joel jusqu'au lit et ils s'assirent sur le rebord. Dylan et Levi investirent le petit canapé sous la fenêtre.

Ben cligna des yeux.

— « Notre » maison ?

— Oups.

Finn se mordit la lèvre avant de reprendre :

— À ce propos…

Joel gloussa.

— On a été obligé de prendre une décision. Son proprio avait deux nouveaux locataires, mais nulle part où les mettre. Et comme Finn ne lui louait qu'un bungalow de vacances, je lui ai proposé d'emménager chez moi.

Ben leur envoya un sourire qu'il savait empreint de suffisance.

— Vous voyez ? Quand j'ai demandé qui irait vivre chez l'autre, ce n'était pas si tiré par les cheveux que ça.

Il ne put résister à l'envie de faire une petite pique à son tour.

— Bien trouvée, votre histoire bidon.

Joel en resta pantois.

— Mais c'est la vérité.

Finn se pencha vers lui.

— Il nous cherche des poux, c'est tout, chéri.

Ben éclata de rire en allant au frigo.

— J'ai du soda pour ceux que ça intéresse.

— Après cette rando ? T'as plutôt intérêt à nous donner à boire, oui, rétorqua Dylan.

Ben rapporta des bouteilles d'eau et des cannettes de soda ; il en tendit une à chacun avant de retourner à l'espace cuisine chercher des chips ainsi que d'autres encas. Il lança un grand sourire à Finn et Joel.

— Pensez à nous avertir avec assez d'avance, par contre, d'accord ?

Finn fronça les sourcils.

— Assez d'avance pour quoi ?

— La date du mariage, nigaud. On ne voudrait pas rater *ça*.

Joel éclata de rire et Finn le regarda avec tant d'amour que le cœur de Ben se serra. Comme la vie était marrante : pas plus tard qu'en avril dernier, Finn se plaignait encore qu'il n'avait personne en vue. *Et maintenant, regardez-le. Il en pince grave.*

Levi se racla la gorge.

— Bon, on est rentrés. Alors, dis-nous ce qui se passe.

— Tu m'as arraché les mots de la bouche, renchérit Dylan en fixant Ben. Déballe ton sac. Et n'essaie pas de faire genre tout va bien, parce qu'on te *connaît*, l'ami.

Ben s'assit, jambes croisées, sur le tapis usé, une bouteille d'eau dans les mains. Il ne savait pas vraiment par où commencer.

— Que les choses soient bien claires : j'*adore* mon job. La preuve, j'ai bossé le 14 juillet sans m'en plaindre une seule fois. Ça veut dire ce que ça veut dire, on est d'accord ?

— Et les autres employés, alors ? Ils sont comment ? s'enquit Levi.

— Je travaille surtout avec Mary, c'est la mère de Wade, et Papy, son grand-père. Ce sont des gens bien. Après, il y a les quatre saisonniers, et ils sont sympas. Il arrive que la boutique déborde de monde, mais ça me plaît. Il y a toujours quelque chose à faire. Je ne me retrouve jamais à glander dans un coin.

Il sourit.

— Sauf quand Mary et moi buvons un café en refaisant le monde.

— On dirait que tu t'entends bien avec elle, commenta Joel.

Ben acquiesça.

— Elle est adorable.

Il ne put s'en empêcher, il dut ajouter :

— L'opposée totale de son fils.

Finn lui adressa un regard entendu.

— Nous y voilà, le nœud du problème. J'imagine que c'est Wade qui fait de l'ombre au tableau.

— Tu as tout compris.

— A-t-il dit quelque chose qui t'a contrarié ? demanda Dylan.

— Non, mais c'est justement le problème. Il ne me dit jamais rien. On ne se parle pas. Encore moins depuis que je lui ai dit que j'étais gay.

Vive l'honnêteté.

Dylan cligna des yeux.

— O-*kééé*.

— Il l'a cherché, j'ai juste répondu à ses questions. Je lui ai dit que j'étais jeune, libre et célibataire. Je lui ai aussi dit « T'as vu ? Tu avais raison, à l'époque. Je suis bel et bien gay. »

— Comment il a réagi ? insista Levi.

— Ça lui a coupé le sifflet, je dirais, comme s'il s'attendait presque à ce que je lui sorte une telle chose, mais que ça l'avait quand même pris par surprise. Avant ça, on arrivait à parler normalement. Certes, on n'était pas copains comme cochons, mais c'était cordial, et la conversation se faisait. *Après* ça…

Le ventre de Ben se noua.

— J'en ai tellement *marre* de la gêne qui s'installe à chaque fois entre nous. Marre des tensions. Je ne comprends toujours pas pourquoi il m'a engagé.

— Parce que tu étais un candidat idéal ? suggéra Finn.

— Peut-être, mais il y a dû y en avoir des tas, tous aussi bons que moi. Pourquoi m'engager *moi* ?

Ben dévissa le bouchon de sa bouteille d'eau.

— Je pensais qu'il finirait par m'en parler, vous savez. De ce qui s'est passé au lycée.

— Tu t'attendais à ce qu'il s'excuse ? demanda Joel.

Ben le fixa.

— J'en sais rien. Je m'attendais à *quelque chose*, c'est certain. Mais ce silence radio va m'achever.

— Alors, passe à l'action, proposa Dylan.

— Pour faire quoi ?

— Oh, je sais pas… dit-il avant de poser un regard entendu sur Ben. Tu pourrais lui *parler*, peut-être ?

— Et lui dire quoi ? « Au fait, Wade ? Tu pourrais m'expliquer pourquoi t'étais un connard fini au lycée ? Tu pourrais me dire pourquoi tu croyais avoir le droit de me traiter de pédale, de tantouse, de bouffeur de fion, de lopette et de toutes les autres insultes que ton petit cerveau arrivait à concocter ? »

Un grognement nasal lui échappa.

— Vous savez, Papy m'a dit que Wade avait mal vécu sa scolarité. J'avais envie de me rouler par terre. La bonne blague.

— Qu'est-ce que tu en sais ? répondit Joel d'une voix douce.

— Qu'est-ce que tu veux dire ?

— Tu n'as pas la moindre idée de ce que son

expérience scolaire a pu être. Tu n'as que *ta* vision des choses. Il pouvait très bien vivre un vrai calvaire, sans que tu en saches rien.

Cela le fit réfléchir, mais seulement quelques secondes.

— J'ai appris il y a quelques jours que Wade a perdu son père quand il avait vingt ans. Problèmes de cœur. Apparemment, c'était une bombe à retardement, pour être franc. Et il a dû perdre sa grand-mère quand il était encore au lycée de Wells. Donc oui, sa vie ne devait pas être toute rose et violette, mais ça ne justifie pas les choses qu'il a faites.

— Alors, peut-être que ce serait une bonne idée de lui parler, insista Joel, le regard empli de tendresse. Je ne pense pas que le faire pendant que vous serez tous les deux au travail soit une bonne idée et encore moins s'il y a d'autres employés dans les parages. Choisis ton moment. Mais dis-lui ce que tu as sur le cœur. Parce que tant que tu ne le feras pas, ça va continuer à te rendre dingue.

Ben soupira.

— Je pense que tu as raison. Ce n'est juste pas une conversation que j'ai hâte d'avoir.

— Vois ça comme ça : si les choses continuent sur la même pente, cela ne risque-t-il pas de ternir ta vision de ton job ? Qui dit que d'ici quelques semaines ou quelques mois, Wade et toi ne serez pas obligés de passer *plus* de temps ensemble ?

Joel pencha la tête sur le côté.

— Que ressens-tu quand il franchit la porte ?

— J'ai l'impression qu'on me retourne l'estomac. J'ai une boule au ventre jusqu'à ce que l'un de nous parte.

Joel hocha la tête.

— Et ça ne fera qu'empirer. Je sais ce que c'est. Cacher ses sentiments, c'est *horrible*. Je l'ai fait pendant trop longtemps. Dieu merci, c'est du passé.

Il attrapa la main de Finn, la porta à ses lèvres et l'embrassa.

La gorge de Ben se resserra de les voir ainsi. *Papy avait peut-être raison, au final. J'ai peut-être besoin de quelqu'un qui m'aime.*

— Je vais y réfléchir, leur dit-il avant de pousser un soupir. Merci, les gars, d'avoir fait tout ce chemin.

Levi sourit à pleines dents.

— Oh, oui, ça nous a pris des *heures*.

Ben gloussa.

— Je suis sérieux. Merci. Une journée avec vous, c'est exactement ce dont j'avais besoin.

— Si tu as encore besoin d'en parler, n'hésite pas à m'appeler, d'accord ? lui offrit Joel.

Ben lui envoya un sourire reconnaissant.

— Merci. On peut changer de sujet, maintenant ?

Levi jeta un œil à la bibliothèque solitaire dans le coin de l'appartement.

— Oh, tu as un Monopoly.

Ben grogna.

— Non. Non. Non.

Finn papillonna des cils.

— Allez, s'il te plaît ? Ça fait des lustres qu'on n'y a pas joué.

— Et je te rappelle pourquoi ? rétorqua Ben avec un regard mauvais. D'un, on a grandi ; de deux, ça fait ressortir le pire chez *certains* ici présents.

— J'ai l'impression d'avoir loupé un épisode, commenta Joel, les yeux brillants.

Finn gloussa.

— Crois-moi ; dès qu'on aura commencé à jouer,

tu comprendras très vite qui *adore* gagner. Pas vrai, Dylan ? annonça-t-il avec un sourire carnassier.

Dylan ouvrit grand la bouche.

— Moi ? Je ne vois pas…

Il croisa les bras, la mâchoire raide.

Ben s'esclaffa. C'était *exactement* tout ce dont il avait besoin.

Ne pense plus à Wade. Ne lui donne pas le moindre pouvoir.

Sauf qu'il avait conscience qu'il devrait lui parler, tôt ou tard.

« Tard » semblait être un très bon choix.

CHAPITRE SEPT

Wade, assis à la table de la salle à manger, faisait les comptes. Jusqu'à présent, le mois de juillet se déroulait en beauté, et il restait encore une semaine. Le taux de fréquentation des quatre magasins était incroyable.

La maison était calme. Papy était parti se coucher depuis bien longtemps et le seul son provenait du tic-tac régulier de l'horloge dans le couloir. C'était la plus grande fierté de Papy. Grand-mère Judy et lui l'avaient achetée peu de temps après leur mariage et personne n'avait le droit d'y toucher. Cette leçon avait été imprégnée dans l'esprit de Wade aussitôt qu'il avait été en âge de la comprendre.

— Tu aurais une minute ?

Sa mère se tendait dans l'embrasure de la porte, un verre de whiskey à la main.

— Bien sûr.

Wade reposa son stylo, les yeux rivés sur l'alcool.

— Tout va bien ?

Elle n'était pas une grande buveuse.

— Oui, ça va. J'ai juste beaucoup réfléchi.

Elle entra dans la pièce, tira la chaise en face de son fils, s'y assit et s'y adossa.

— Je devrais m'inquiéter ? Surtout s'il te faut un verre pour oser aborder le sujet… la taquina-t-il.

Elle leva les yeux au ciel et prit une gorgée.

— Je crois qu'il est temps pour toi de te trouver un nouveau logement.

Il en resta coi.

— Quelle subtilité.

Sa mère ricana.

— J'avoue avoir déjà fait mieux. Ce que je *voulais* dire, c'est que je sais pourquoi tu restes ici, et je t'en suis reconnaissante, vraiment.

— Je ne vois pas de quoi tu parles.

Suis-je donc aussi facile à cerner ?

Elle le regarda avec amour.

— J'ai réussi à survivre sans ton père ces dernières années. Je sais que j'étais au fond du trou, au début, mais je suis plus forte maintenant. Tu n'as plus besoin de me garder à l'œil. Et puis, à vingt-sept ans, tu ne devrais vraiment plus habiter avec ta mère et ton grand-père. Tu dois penser à ton avenir. Parce qu'imagine un peu que tu rencontres… quelqu'un et que tu sois prêt à te lancer dans une nouvelle vie avec ? Tu ne pourras pas vivre sous ce toit. Pas si tu veux donner une vraie chance à ton couple.

L'espace d'un instant, son cœur s'emballa en entendant ce mot : quelqu'un. *Pourquoi n'a-t-elle pas dit « une fille » ?* Il éteignit aussitôt les flammes de sa panique. *Elle ne sait pas. Si elle le savait, elle aurait insisté plus que ça.*

— Qui te dit que je cherche à me caser ?

C'était bien la dernière chose à laquelle il voulait penser.

Elle soupira.

— Je n'ai pas envie que tu restes seul. On a tous besoin de compagnie quand on rentre chez soi le soir. On a tous besoin d'autre chose que le travail. Tu te débrouilles à merveille, mais tu dois trouver un autre but dans la vie que te tuer à la tâche.

Son regard le transperça.

— Je ne vais pas te jeter à la rue, qu'on s'entende bien ?

Wade passa l'arrière de sa main sur son front dans

un geste exagéré.

— Je suis soulagé de l'entendre.

Elle rigola.

— Ce que je *voudrais*, c'est que tu y réfléchisses. Que tu commences à chercher. Que tu penses aux endroits où tu aimerais vivre. Qu'on puisse te trouver ton chez-toi, ton avenir. Et avant que tu répondes quoi que ce soit : oui, je *sais* que le prix de l'immobilier atteint des sommets en ce moment, mais tu n'as pas besoin de t'inquiéter.

Elle attrapa sa main par-dessus la table et la serra.

— Ton père s'est assuré qu'on soit tous à l'abri avant son départ. Ton frère n'aurait jamais pu se payer cette maison au nord de New York sans l'argent que votre père lui a laissé. Ta part t'attend bien sagement à la banque.

Elle but une nouvelle gorgée.

— Je crois que ce que j'essaie de te dire, c'est de ne va pas chercher une maison pour un célibataire. Tu peux te permettre de voir plus grand.

— J'y jetterai un œil.

Il n'aurait pas besoin de beaucoup d'espace, une fois qu'il serait tout seul. *Et on dirait bien que tu* resteras *seul un bon moment encore.*

Les choses auraient sans doute pu se dérouler autrement s'il...

Nan. Ne dérape pas dans ce sens. Wade avait gâché toutes ses chances de ce côté-là huit ans auparavant.

— En parlant de ton frère, d'ailleurs.

Il lui fallut une ou deux secondes pour se reconnecter. Un grand sourire étira ses lèvres.

— Ouah. Ça t'a pris plus longtemps que je l'aurais cru.

Elle lui lança un regard curieux.

— Je te demande pardon ?

— Je m'attendais à te voir acheter un billet de train pour New York dès le lendemain de la naissance. Tu as attendu deux semaines complètes. Je suis impressionné. J'ignorais que tu étais capable d'autant de retenue.

Elle éclata de rire.

— David m'a appelée pour me demander si je voulais y aller le week-end prochain. J'ai dit oui. Vous n'avez pas besoin de moi au magasin, pas entre toi, Papy, Ben et les autres. Aussi, je pensais prendre le train jeudi et revenir lundi.

— Bonne idée. Tu devrais penser à réserver tes billets rapidement, par contre. Le Downeaster se remplit facilement les week-ends.

Les yeux de sa mère étincelaient.

— Je les ai déjà pris. *Ainsi* que ma correspondance pour Boston.

Wade pouffa.

— Un week-end entier à prendre ta petite-fille dans tes bras. C'est exactement ce qu'il te fallait. Ne t'en fais pas pour le magasin. Ce n'est pas notre premier rodéo.

Il sourit et ajouta :

— Encore moins pour Papy.

— Tu vas passer le week-end à la boutique de Camden, alors ?

Wade opina.

— Si ça t'aide à ne plus te faire de cheveux gris.

— Moi ? M'inquiéter ?

Elle sourit de toutes ses dents.

— De quoi pourrais-je bien avoir à m'inquiéter ?

Elle abandonna sa chaise et fit le tour de la table pour s'approcher de lui et lui caresser les cheveux.

— En dehors de *toi*, bien sûr…

— Pourquoi tu devrais t'inquiéter pour moi ?

Wade n'avait passé que très peu de temps à la boutique de Camden. C'était plus prudent ainsi. *J'ai peut-être commis une erreur en engageant Ben.* Car les quelques fois où il n'avait eu d'autre choix que de s'y rendre, se retrouver en présence du jeune l'homme l'avait complètement chamboulé. Culpabilité, remords, regrets, honte… *Comment ai-je pu penser que j'en étais capable ?*

Voir Ben était un rappel constant de la puissance avec laquelle Wade avait tout fait foirer.

— J'aimerais tellement savoir ce qui te pèse autant, ces derniers temps, avoua tendrement sa mère.

— Que veux-tu dire ?

Et qu'est-ce que tu as vu, exactement ?

Elle écarquilla les yeux.

— Je ne suis pas aveugle. Et encore moins stupide. Je ne sais pas de quoi il s'agit, mais je sais qu'il se trame *quelque chose*. Alors je vais te le demander clairement : est-ce que c'est quelque chose dont je devrais être mise au courant ?

— Non, maman.

Elle n'aurait rien pu y faire. Wade s'était mis dans le pétrin seul et c'était à lui de trouver comment s'en tirer, d'une façon ou d'une autre.

Elle soupira après l'avoir observé un moment.

— Quand tu étais petit, je savais pertinemment quand tu me cachais quelque chose. Et maintenant que tu es un homme ?

Elle se pencha et l'embrassa sur la joue.

— Rien n'a changé, murmura-t-elle.

Soudainement, elle se redressa.

— Ne te couche pas trop tard.

Sa mère quitta la salle à manger en laissant la porte ouverte.

Wade posa les coudes sur la table et se prit la tête dans les mains.

On aurait pu penser que j'aurais appris ma leçon, hein ? On aurait pu penser qu'avoir été à la merci de tous ces enfoirés m'aurait appris quelque chose. Mais non. J'ai fini par me comporter exactement comme ces pauvres cons qui m'avaient pourri la vie.

Et c'était Ben qui en avait souffert.

Sauf que ce n'était pas tout à fait vrai.

Wade aussi avait souffert. Il n'avait jamais pu oublier ces années et faire entrer Ben dans sa vie une seconde fois n'avait fait qu'empirer son mal-être.

Ben tendit à Papy sa première tasse de café, puis appela Zach.

— Y a du café qui t'attend dans le bureau.

Madison s'y trouvait déjà, elle, profitant de sa pause.

— Merci, Ben. J'arrive tout de suite.

Papy pouffa.

— Il veut dire « dès que j'aurai fini de glander sur mon téléphone ».

Ben le dévisagea.

— Comment vous savez qu'il est sur son

téléphone ? À moins que vous arriviez à voir à travers les murs ?

Un rire nasal échappa au vieillard.

— Pas besoin, pas quand j'ai *ça.*

Il indiqua le miroir orienté de façon à afficher le fond du magasin. Il ricana.

— Le nombre de gamins que j'ai chopés en train d'essayer de glisser des trucs dans leurs poches et qui m'ont regardé la bouche grande ouverte. « Comment vous avez su ? »

Un client entra dans la boutique ; avant que Ben ait pu poser sa tasse, Zach apparut, souriant comme à son habitude.

Mary nous a tous très bien formés.

— Mary est-elle arrivée à temps à Brunswick ?

Elle était passée au magasin, ce jeudi matin, et Ben avait craint qu'elle rate son train.

Papy rigola.

— Ouais. Cette femme se fait trop de soucis. J'lui ai dit qu'on s'en sortirait très bien.

Tout sourire, il reprit, une lueur espiègle dans le regard :

— Tu ferais mieux de m'avoir à l'œil, par contre. Je suis tellement vieux que je pourrais très bien mettre le feu et réduire la boutique en cendres.

Ben éclata de rire.

— Je ne vous quitterai pas d'un pouce, blagua-t-il.

Wade choisit ce moment pour arriver, mettant un terme à la bonne humeur de Ben.

Il les approcha d'un pas vif.

— Salut, Papy. Je me suis dit que je ferais mieux de passer, comme maman n'est pas là.

Papy s'esclaffa.

— Tu n'es pas crédible. Elle t'a appelé, c'est ça ?

Elle t'a dit de ramener tes fesses pour t'assurer que tout était en ordre.

Wade toussota.

— Eh bien, pas avec ces mots-là, mais…

Ben attendit un signe que sa présence était remarquée, toutefois Wade évitait son regard. *Espèce d'enflure.* Cela faisait au moins une semaine qu'ils ne s'étaient pas vus. C'était presque comme si Wade évitait cette succursale. Quand Ben s'était renseigné auprès de Mary sur son absence prolongée, cette dernière lui avait dit que les autres boutiques l'occupaient beaucoup. *Mais bien sûr…*

Wade se rendit à la caisse et imprima un compte-rendu ; Ben s'en retrouva à le fixer, bouche bée.

Alors, je n'ai même pas le droit à un bonjour ? Un signe que je ne suis pas invisible *?*

Madison sortit du bureau.

— On arrive à court de plaids. J'en ai trouvé trois dans un carton, ici, alors je vais les plier et les mettre en rayon.

— Non, remets-les où tu les as trouvés. Mary les a préparés pour qu'ils soient renvoyés la semaine prochaine, quand le camion de livraison viendra. Ils ont des défauts de fabrication.

— Oh. D'accord. Je retourne m'occuper des objets de collection, alors.

Elle adressa un salut de la main à Wade.

— Coucou.

Lorsque ce dernier lui rendit son geste, Ben vit rouge.

Tu sais quoi ? Je vais tellement t'obliger à me regarder. Son rythme cardiaque s'accéléra un peu. Il savait que c'était téméraire de sa part, mais il n'en avait plus rien à faire. *T'as décidé de m'ignorer et de me mettre mal à l'aise ? On va*

— Dis-moi, Madison, l'interpella Ben. Tu vas à quel lycée ?

— Watershed School.

Il en resta coi.

— Ouah. C'est plutôt cool. Il n'y a pas beaucoup d'élèves, je me trompe ?

Il savait qu'il s'agissait d'une école privée, proche de là où il vivait.

— C'est tout à fait ça. Il n'y en a que trente.

— Tu t'y plais ?

Elle rigola.

— J'adore. On peut être soi-même sans que personne te juge.

Sa réponse lui fit l'effet d'un coup de couteau.

— Ça a l'air génial.

Ben jeta un regard discret à Wade avant de continuer d'une voix légèrement plus portante :

— Quand on voit tout ce qui se passe dans la plupart des lycées ? Pas étonnant que certains gosses le vivent mal.

En voyant Wade se raidir, Ben sut qu'il avait tapé dans le mille.

— C'est pour ça que j'adore mon bahut, répondit Madison. Les sales types n'y trouveraient pas leur place. Les profs se donnent du mal pour qu'on s'y sente bien. J'ai *tellement* de chance d'être inscrite là.

Wade se rendit dans le bureau, mais Ben se sentait partagé. Il avait réussi à le faire réagir, après tout. C'était tout ce qu'il voulait.

Alors pourquoi je me sens si mal ?

— Qui s'occupe d'aller chercher à manger, aujourd'hui ? s'enquit Papy. Il vaudrait mieux y aller maintenant avant le début du rush.

— Je vais y aller, proposa Ben.

Ils allaient à tour de rôle chercher le déjeuner à la sandwicherie du coin de la rue.

— Madison ? Tu veux comme d'habitude ?

Elle hocha la tête et Ben se tourna vers le fond de la boutique, où Zach était en train de ranger l'arrivage de livres pour enfants.

— Zach ? Tu veux quoi ?

— Je vais prendre une salade verte et un latte light avec beaucoup de mousse et deux dosettes d'édulcorant.

Voyant que Ben le dévisageait avec les sourcils redressés, Zach gloussa.

— Nan, je te faisais marcher. Je vais prendre comme d'hab', un sandwich boulette et un Coca cherry.

Ben rigola. Zach était un marrant. Il ne lui avait pas fallu longtemps pour s'adapter.

— Et pour vous, Papy ? Vous voulez que je vous rapporte un bol de soupe ?

Papy hocha la tête et Ben se dirigea vers le bureau.

— Faut juste que je récupère mon portefeuille.

Alors qu'il poussait la porte, Wade arrivait en sens inverse et, l'espace d'une seconde, Ben fut happé par son eau de toilette. *C'est tellement pas juste, bordel. Pourquoi faut-il qu'il sente si bon ?*

— Excuse-moi, dit Wade en se tortillant pour passer devant lui.

Ben resta planté dans l'embrasure, la poitrine comprimée.

J'aurais pas dû faire cette allusion aux harceleurs. C'était comme... un coup bas. Il devait bien y avoir d'autres moyens pour attirer son attention. Se comporter comme une merde devant les autres n'était pas digne de lui.

Papy lui tapota l'épaule.

— Tu as oublié quelqu'un.

Il inclina la tête en direction de son petit-fils qui lisait attentivement le compte-rendu derrière lui.

Ben s'obligea à sourire.

— Il est si discret que j'ai oublié qu'il était là.

Il s'éclaircit la voix.

— Wade ? Tu veux quelque chose à manger ?

— Non, merci. Si je change d'avis, j'irai moi-même. Occupe-toi des autres, ça ira.

Wade retourna ensuite à ce qui l'occupait.

Il n'est clairement pas d'humeur à causer aujourd'hui.

Alors, Zach s'approcha de leur patron d'un pas nonchalant et tous deux se mirent à discuter à voix basse. Ben eut l'impression d'avoir du plomb dans l'estomac.

Enfin, pas d'humeur à causer avec moi. Même s'il ne pouvait pas vraiment lui en vouloir après sa remarque.

Je ne sais pas si je vais pouvoir tenir encore longtemps comme ça.

CHAPITRE HUIT

Lorsque Mary entra dans la boutique à quinze heures, le lundi suivant, son sac de voyage à la main, Ben éclata de rire.

— Vous avez dû sauter dans le premier train en partance de New York pour arriver à cette heure-là. On vous manquait, ajouta-t-il avec un grand sourire narquois.

Mary pouffa.

— Je ne pourrais même pas te dire à quand remonte la dernière fois où je suis partie plus d'une journée.

Cameron et Abi la saluèrent joyeusement de la main avant de retourner aux clients dont ils s'occupaient.

Mary s'approcha de la caisse pour imprimer un compte-rendu et Ben, la laissant vaquer à ses occupations, se rendit dans le bureau pour lui servir un café. Papy s'y trouvait, profitant d'une pause dans la grande chaise. Il semblait s'être assoupi, son menton touchant presque son torse, sa respiration régulière. Ben lui secoua tout doucement le bras.

— Papy, dit-il tout bas. Mary est là.

Ce dernier redressa brusquement la tête, clignant des yeux d'un air groggy.

— Hmm ?

Son visage s'illumina alors que Mary entrait dans le bureau.

— Coucou. Tu es rentrée. C'était bien, New York ? Comment va ma nouvelle arrière-petite-fille ?

— C'était New York, quoi. Cette réponse se suffit à elle-même. Lucy, par contre, est adorable.

Elle s'approcha de Papy pour lui embrasser la joue.

— Je vous montrerai les photos ce soir.

Se redressant, elle enchaîna :

— Comment s'est passé le week-end ?

— Les murs tiennent toujours, non ?

Ben lui servit une tasse de café.

— Madison s'est donné à fond comme d'habitude. Zach a été super. Quand il ne s'occupait pas des clients, il bouchait tous les trous dans les étalages. Il y a eu un petit rush samedi après-midi, mais on s'en est bien sortis. Hier, on était débordé à un moment donné, mais Cameron et moi, on s'en est tiré sans problème. Ce qui me fait penser qu'on va devoir commander du stock de tote bags. Tout le monde en voulait, apparemment. Si on les commande aujourd'hui, ils arriveront avec la livraison de jeudi.

Mary fronça les sourcils.

— Wade est venu travailler ici aussi, ce week-end, non ?

Le ventre de Ben se noua.

— Oh, oui. Il était là.

Papy gloussa.

— J'sais pas ce qui leur arrive à tous les deux, mais on aurait dit qu'il y avait de l'eau dans le gaz.

Mary jeta un regard à Ben, les yeux plissés.

— Il y a un problème ?

— Aucun, la rassura Ben.

Du moins, aucun que vous puissiez régler pour moi. Il décocha un regard entendu au vieillard.

— Papy s'est fait des films.

L'intéressé leva les yeux au ciel.

— Mais bien sûr. On va dire ça. Maintenant que *toi* tu es là, ajouta-t-il à l'attention de Mary avec un sourire, moi, je rentre.

Il se releva, attrapa son fedora et tapota Ben dans le dos.

— À demain.

— Tu n'es pas obligé de revenir, lui assura Mary. Prends quelques jours de repos. Tu les as bien mérités.

— On verra, répondit Papy en l'embrassant sur la joue. Si je me réveille demain matin et que j'arrive encore à respirer, autant que je vienne. J'ai rien d'autre à faire de mes journées. À ce soir.

Il enfila son chapeau et quitta le bureau d'un pas nonchalant, interpellant Cameron et Abi tandis qu'il sortait de la boutique.

Ben avisa Mary.

— Tout va bien ?

Il n'arrivait pas à mettre le doigt dessus, mais elle semblait distraite par quelque chose.

— Ça va, le rassura-t-elle. Tu avais raison, tu sais. Je me suis levée très tôt ce matin.

Ben, guère convaincu par cette réponse, la laissa pourtant couler.

— Alors, buvez votre café à votre aise, je m'occupe du reste.

Elle lui tapota la joue.

— Tu t'en es bien tiré, Ben.

Il sourit.

— J'ai eu de l'aide. Buvez.

Il la laissa seule dans le bureau, juste à temps pour accueillir sept ou huit touristes qui se pâmaient devant les torchons de vaisselle.

À seize heures, Cameron et Abi eurent fini leur service et il ne resta plus que Mary et lui.

Celle-ci était visiblement distraite.

Le jeune homme attendit que la boutique se soit

vidée pour saisir l'occasion :

— Tout va bien ?

Elle lui lança un regard sévère, sourcils dressés.

— J'ai déjà dit que oui.

Ben n'en gobait pas une miette.

— Eh bien, c'est que pour quelqu'un qui vient de passer un week-end avec sa petite-fille qui vient de naître, vous n'avez pas *l'air* en forme. Il s'est passé quelque chose, là-bas ?

Mary soupira.

— Rien dont j'aie envie de parler. Je préférerais de loin savoir ce qui se trame entre Wade et toi.

— Il ne se trame *rien* entre Wade et moi.

Comment pourrait-il se passer quoi que ce soit alors qu'il ne m'adresse même pas la parole ?

Elle garda le silence un moment.

— Moi qui espérais que vous vous entendriez, étant donné que vous étiez au lycée ensemble.

Ben se raidit.

— Comment le savez-vous ? C'est Wade qui vous l'a dit ?

Et qu'a-t-il dit, au juste ?

— Il m'a dit qu'il te connaissait. C'est tout.

Mary se mordit la lèvre.

— Je vais être honnête. Quand j'ai lu ton CV et réalisé qu'il y avait une chance que vous vous connaissiez, j'ai tout de suite voulu que tu viennes travailler ici.

— Mais pourquoi ?

Elle ne répondit pas pendant un moment. Puis, elle soupira lourdement, ce qui tirailla le cœur de Ben.

— Je t'interdis d'en parler, c'est compris ? Et *surtout* pas à Wade, il ne faut pas qu'il sache qu'on a parlé de lui dans son dos.

Il se figea sous le choc.

— Je n'en dirai pas un mot.

Elle le fixa d'un regard si intense qu'il en eut la chair de poule.

— Il travaille tellement dur. Depuis toujours. Mais… il n'a aucun ami. Pas un. Et ce n'est pas normal. Alors *j'espérais…*

Oh, Seigneur Dieu.

— Vous espériez que Wade et moi… deviendrions *amis* ?

Elle fronça les sourcils.

— Il y a quelque chose de mal là-dedans ?

Si seulement vous saviez…

— C'est ça qui vous préoccupe ? Le fait que Wade n'a pas d'amis ?

Elle secoua la tête.

— Je suis navrée, Ben. Je n'ai pas envie d'en parler. Peut-être un autre jour, quand j'aurai eu l'occasion de trouver des solutions.

Son visage se détendit.

— Tu sais comment sont les mamans. On essaie toujours de tout régler.

Une famille entra soudain dans la boutique et leur conversation cessa net.

Ben aurait aimé pouvoir l'aider. Il n'avait pas le cœur de lui dire que son vœu d'amitié entre les deux jeunes hommes ne se réaliserait pas de sitôt.

Vous ne pourrez pas régler ce problème-là, Mary. Les racines étaient bien trop ancrées.

Ben mit le son de son téléviseur en sourdine lorsque son portable sonna. De toute façon, il ne regardait pas vraiment. C'était juste un bruit de fond. Il sourit en voyant le nom de Finn affiché sur l'écran.

— Quel timing impeccable.

Finn gloussa.

— Ce n'est pas ce que me disait Joel le week-end dernier.

Ben se fendit d'un large sourire.

— Qu'est-ce que tu as encore fait ?

Un éclat de rire.

— J'ai décidé de lui faire une surprise. Il travaille énormément ces temps-ci, alors je me suis dit que j'allais lui faire retrouver le sourire.

— Oh, Seigneur. Qu'est-ce que tu as fait ?

— Il était assis à la table, occupé sur son ordinateur portable, et j'ai décidé de passer sous le bureau, pour, euh…

Finn éclata à nouveau de rire.

— Comment j'aurais pu savoir qu'il avait une visioconférence de prévue ? Genre, pile à cette seconde-là ?

— Dis-moi que tu ne lui as pas fait une gâterie pendant qu'il parlait à son client.

— Pour qui tu me prends ?

Finn gloussa.

— J'ai attendu qu'il en ait terminé. Puis *moi* j'ai terminé ce que j'avais commencé.

Ben se gaussa.

— J'essaie d'imaginer la tronche de Joel en train de garder un air professionnel.

— Bon, dis-moi en quoi mon timing était parfait. J'appelais surtout parce que je n'ai pas eu de nouvelles depuis notre rando et Joel s'inquiétait pour toi.

— Vraiment ?

Non pas qu'il soit surpris. Joel semblait être un gars tellement adorable.

— Oui. Enfin, on s'inquiétait tous les deux, mais je crois que ce que tu as dit ce jour-là l'a profondément touché. Il n'arrête pas de parler de toi, depuis. Aussi, je me suis dit que j'allais te passer un coup de fil, voir s'il s'était passé autre chose entre-temps. L'ambiance est moins tendue ?

— Non. C'est encore pire.

Et c'est ma faute.

— Sérieux ?

Il était peut-être temps pour lui d'affronter la vérité en face.

— Je ne sais pas si je vais encore réussir à supporter ça longtemps.

— Tu n'es pas en train de penser à donner ta démission, quand même ?

Son cœur chavira.

— Je mentirais si je te disais que non.

Même s'il n'en avait aucune envie. Mary, Papy, Cameron, Madison… Ils étaient devenus comme sa famille et travailler avec eux le remplissait de joie.

C'était uniquement la présence occasionnelle de Wade qui gâchait tout.

Finn ne répondit rien pendant un temps.

— Tu en as touché deux mots à Wade ?

Ben lâcha un rire nasal.

— Ça nécessiterait qu'on passe suffisamment de temps à deux dans la même pièce pour pouvoir engager la conversation. Quand je rentre dans le bureau, il en sort. Quand je ressors, il y retourne. Quand j'essaie de lui parler, il s'adresse à quelqu'un d'autre. J'ai l'impression d'avoir affaire à un putain de *gosse*. Et si ça reste comme ça pour toujours ? Putain, non.

— Joel avait raison, alors. Tu ne peux pas laisser ça comme ça. Tu vas devoir en parler.

Ben savait qu'il avait raison.

— Il vaudrait peut-être mieux que je dise quelque chose *avant* d'en arriver au point où je lui crache le premier truc qui me viendra à l'esprit.

— Oui, j'éviterais, si j'étais toi. Réfléchis à ce que tu vas dire et fais-le quand tu seras posé et que tu sauras quels mots tu veux employer.

Ben frissonna.

— C'est la partie délicate. Je ne sais pas du tout quoi lui dire.

— Nan, c'est la partie facile, ça.

— Tu crois ? Qu'est-ce qui te fait dire ça ?

— Ce n'est pas un abruti fini, j'imagine ?

Ben lâcha un nouveau rire nasal.

— Non, pour un pauvre con, il est très intelligent.

— Alors, tout ce que tu as à faire, c'est le regarder dans les yeux et demander « Pourquoi ? ». Il saura de quoi tu parles. Tu as juste à choisir le bon moment. Et si tu as besoin de moi, tu m'appelles. Si tu as besoin que je vienne, tu m'appelles. Je laisserai *tout* tomber pour être là pour toi.

La gorge de Ben se noua.

— Je l'ai déjà dit et je le redirai encore. J'ai les

meilleurs amis au monde.

— On était là pour toi au lycée ; y a aucune raison qu'on soit pas là pour toi maintenant. On s'attendait juste pas à ce que soit le même mec qui fasse chier.

Un ange passa.

— Ne tolère plus aucune de ses conneries. Parle-lui.

Ben entendit une voix étouffée à l'autre bout du fil.

— Joel dit qu'il faut le faire, ne serait-ce que pour ta santé mentale.

Ben rigola amèrement.

— Ouais, ma santé mentale n'est pas au top, en ce moment.

— Exactement. On pense à toi.

Malgré les nœuds dans son ventre, Ben sourit.

— Ce « on » me fait très plaisir.

— À toi aussi ?

Ben pouvait entendre le sourire dans la voix de Finn.

— Oups. Faut que j'y aille. J'ai un homme à bécoter.

Finn mit fin à l'appel. Pour la première fois, Ben se retrouva à envier son ami.

Je veux pareil. Quelqu'un à embrasser. Quelqu'un qui m'attend à la fin de la journée.

Quelqu'un à aimer.

Mary reposa le téléphone, le front plissé.

— C'était le livreur. Ils ont eu pas mal de soucis aujourd'hui et accumulé les retards. Il dit qu'ils seront là avant la fermeture.

— C'est gentil de leur part, commenta Wade avec ironie. On avait besoin de cette livraison cet après-midi si on veut être prêts pour ce week-end.

Il avisa l'air contrit de sa mère.

— Écoute, s'ils n'arrivent pas d'ici vingt et une heures trente, ils nous livreront demain. Je sais que ce serait préférable de commencer le vendredi avec des rayons pleins, mais bon… on fait ce qu'on peut.

— S'il n'est pas là d'ici la fermeture, je resterai, trancha-t-elle. Je pourrai tout ranger avant demain.

— Non, hors de question, rétorqua Wade d'une voix ferme.

Il voyait bien qu'elle serait intransigeante.

— Tu es là depuis huit heures ce matin. Tu n'as pris qu'une demi-heure de pause à midi. Alors, tu vas rentrer à la maison et c'est *moi* qui resterai. Pour commencer, je vais vérifier le numéro de suivi pour m'assurer que ça arrivera bien aujourd'hui. Et si c'est le cas, je commencerai le réassort à la minute où la livraison sera arrivée. Le reste des cartons sera vidé une fois les portes fermées.

Mary jeta un regard à Ben.

— Tu veux bien rester aussi ? Ça ira plus vite si vous êtes deux.

Ben haussa les épaules.

— Je peux, oui. Sans problème.

Le ventre de Wade se contracta.

— Ne te dérange pas pour moi. J'y arriverai tout seul.

Les sourcils de Ben se dressèrent.

— C'est une évidence, mais comme le disait Mary, ça ira plus vite si je donne un coup de main. Plus on est nombreux, tout ça.

Wade savait qu'il avait perdu la partie.

— Très bien.

Il se tourna vers sa mère.

— Allez, tu rentres. On s'en occupe.

Génial. Des heures sup' avec Ben.

Une torture assurée.

Wade verrouilla la porte d'entrée et plaça la pancarte sur « Fermés ». Le temps qu'il se retourne, Ben avait déjà ouvert les cartons et s'affairait à en retirer les nouveaux stocks. Ce dernier leva la tête, comme s'il avait senti le regard intense de son boss.

— Plus vite on commence, plus vite on aura terminé.

Wade n'y voyait rien à redire.

Ben plongea les mains dans la caisse de sous-verre et se mit à remplir le placard en dessous du présentoir.

— Heureusement qu'ils sont arrivés. On commençait à en manquer.

Wade ne répondit pas, se contentant d'ouvrir un carton de torchons de vaisselle couverts d'images représentant le Maine.

— Donc… on va faire ça dans le silence complet ?

Ç'aurait été son premier choix, en effet.

— C'est toi-même qui l'as dit : moins on passe de temps à causer, plus vite on aura terminé.

— Je suis d'accord, mais malheureusement, il faut qu'on parle. Autant en profiter tant qu'on est que tous les deux.

Le cœur de Wade s'emballa. Il savait pourtant que ça finirait par lui tomber dessus. Il ne pouvait pas repousser l'inévitable éternellement.

— Je suppose que je te dois des excuses.

Ben cligna des yeux. Une fois. Deux fois.

— Tu *supposes* ?

— Je sais que ce que j'ai fait était mal, mais… tu dois comprendre que j'étais quelqu'un de totalement différent, à l'époque.

Ses mains tremblaient lorsqu'il les plongea dans un carton de sweatshirts « J'♥ le Maine ».

Il se rendit soudain compte du silence qui s'était abattu sur la boutique.

Wade releva vivement la tête et trouva Ben en train de le dévisager.

— C'est tout ? Je n'aurai droit à rien d'autre ?

C'est tout ce que je peux te donner. Wade déglutit.

— Je ne vois pas ce que je pourrais te dire d'autre.

Ben lâcha un grognement nasal.

— Sérieux ? Moi, je pense qu'il y a *plein* d'autres

choses que tu pourrais me dire.

Les bras de Ben lui en tombèrent.

— Tu m'as complètement retourné la tête quand tu m'as engagé.

— Pourquoi ? Tu étais le candidat parfait.

Ben, accroupi jusque-là, se releva et s'approcha de lui.

— Laissons mon expérience et mes qualifications de côté. Si j'ai été choqué, c'est parce que *tu* m'as engagé *moi*. Et je me demande bien pourquoi depuis ce jour-là.

Ses yeux brillaient.

— J'ai deux théories à ce sujet. Tu veux les entendre ?

— J'ai le choix ? demanda Wade, qui avait du plomb dans l'estomac.

Le visage de son employé se durcit.

— Non, plus maintenant. Parce que boulot ou pas, ça ne peut plus durer comme ça. Donc... est-ce que tu m'as engagé dans le but de te pardonner toi-même d'avoir été un sale con au lycée ?

Sa remarqua approchait tellement de la vérité que Wade en grimaça.

Ben croisa les bras.

— Je vois que tu ne *nies* pas avoir été un sale con. Sauf que « sale con », c'est plutôt léger, quand on sait tout ce que tu m'as fait subir. Alors, j'imagine que tout ce que je veux savoir, c'est... Pourquoi ? *Pourquoi* tu m'as traité de cette façon ? Et vu notre passif, pourquoi tu m'as engagé, putain ? Parce qu'au début, j'ai cru que c'était pour reprendre les choses où tu les avais laissées, sauf que j'ai fini par voir que tu n'étais plus le même gars.

Wade sauta sur l'occasion.

— Non, tu as raison ; je ne suis *plus* le même.

Je viens pas de le dire, ça ?

La lueur dans les yeux de Ben redoubla d'intensité.

— Sauf que je ne te parle pas de *maintenant*. Je te parle de *ce temps-là*. Je veux savoir ce que tu as à dire pour te justifier.

Ben en resta bouche bée de constater que Wade se contentait de le regarder.

— « J'étais quelqu'un de totalement différent, à l'époque » ? C'est tout ? C'est *ça* ton excuse ? Je veux savoir pourquoi c'était moi, ta tête de Turc ?

Wade ne pourrait jamais lui répondre.

Ben l'observait.

— Tu veux que je te dise quelque chose ? Je ne savais même pas que j'étais gay, à l'époque. Pas à cent pour cent. Et pourtant, toi, tu as trouvé mon point faible et tu t'es focalisé dessus comme une charogne face à un os.

Que pouvait-il bien répondre à ça, bordel ?

« Je savais que c'était mal. »

« Je savais pourquoi je le faisais. »

« Je ne pouvais pas te laisser voir le vrai Wade. »

« Je ne pouvais pas te laisser voir ce que je pensais vraiment de toi. »

« Il fallait que je me cache. »

De qui se moquait-il ? Il n'avait *jamais* arrêté de se cacher. Car il n'aurait jamais la force d'avouer *aucune* de ces choses.

Le regard de Ben se fit glacial.

— Tu n'as toujours rien à me dire ? Très bien. Je sais ce que j'ai à faire, du coup. J'ai dit tout ce que j'avais à dire. C'est toi qui m'as poussé à bout. Tu n'as fait que m'éviter depuis mon tout premier jour. Si c'est comme ça que tu veux la jouer, tant pis. Je n'ai pas l'intention de rester là à me faire ignorer comme un malpropre. J'en ai marre de marcher sur des œufs quand tu es là.

— Qu'est-ce que ça veut dire ?

Ben le dévisagea.

— Tu veux que je te l'épelle ? Si tu n'as pas l'intention de prendre tes responsabilités et d'arrêter ces conneries, tu n'as qu'à te chercher un nouvel employé.

Merde. Wade se retrouvait entre le marteau et l'enclume, à deux doigts de se faire écraser. Le départ de Ben réglerait son problème, mais…

Je n'ai pas envie qu'il parte. Pas maintenant. Pas alors qu'il n'avait pas encore atteint son but.

Dis quelque chose. Fais-le rester.

Wade poussa un soupir saccadé.

— Tu as raison. Je t'évitais, c'est vrai. Peut-être parce que je savais que cette conversation était inévitable. Mais c'est fait, maintenant. Ça y est, on en a parlé.

Ben en resta bouche bée.

— Et je ne comprends toujours pas ! Je n'ai pas la moindre idée de pourquoi c'est moi que tu as choisi de prendre dans ton collimateur au lycée, putain.

Il plissa les yeux.

— Et tu n'as pas l'intention de me le dire, avoue ?

— Je *peux* pas, tu piges ?

Ces mots lui avaient échappé d'une voix si forte dans le silence ambiant.

— Tout ce que je peux faire, c'est te dire que je vais changer mon fusil d'épaule. Que j'arrêterai de t'éviter. Qu'il n'y aura plus de silences gênants. Si… si tu me promets de ne pas démissionner.

Face aux sourcils arqués de Ben, Wade se lança :

— Tu t'en sors super bien. Maman et Papy comptent tellement sur toi, maintenant.

— Donc, si je reste, ce serait pour *eux*.

Et pour moi. Parce que si je m'étais comporté autrement au lycée, peut-être que toi et moi...

Oui, mais non. Wade ne se berçait pas d'illusions. Ce pont-là n'était pas juste coupé, il était réduit en miettes.

— Si tu restes, il faut que ce soit pour *toi*, pas pour eux. Je serai le premier à dire que tu es génial avec la clientèle. On a *tous* besoin de toi.

Il déglutit.

— Je t'ai promis d'agir mieux. À toi de me laisser une chance de faire mes preuves.

Il avait une boule au ventre et un étau lui serrait tellement la poitrine qu'il avait du mal à respirer.

— Si tu es sincère... si les choses changent *vraiment*... alors, oui, je reste.

Le poids qui pesait sur Wade se dissipa, ses poumons se remplirent d'air.

— Merci.

— Mais ce n'est pas pour toi, c'est bien clair ? Je reste pour ta mère et pour Papy.

Ben toussota.

— Il se fait tard. Occupons-nous de tout ça pour pouvoir rentrer chez nous.

Ses yeux croisèrent ceux de Wade.

— Demain est un autre jour, hein ?

Wade hocha la tête.

— Et ce sera un jour meilleur, je le jure.

L'espace d'un instant, Ben ne répondit pas, son regard inébranlable. Il finit par hausser les épaules.

— Ça reste à voir.

C'était une trêve... pour le moment. Et Wade

comptait bien la saisir.

CHAPITRE NEUF

Ben tremblait encore lorsqu'il rentra enfin chez lui. Il avait cru que la marche l'aiderait à se débarrasser de ses tensions, mais *nooon*, il était encore plus remonté que la vieille horloge de Mamie. Il était allé s'acheter à manger avant la fermeture du magasin, mais il avait à nouveau les crocs.

Et il avait besoin de se confier à quelqu'un.

Il s'affala sur son petit canapé et sortit son portable. Il était bien trop tard pour appeler Levi. Ce n'était pas un oiseau de nuit. Dylan était sûrement déjà au lit et devrait se lever tôt le lendemain pour aller au bout. L'hôtellerie n'était pas un métier de tout repos. Pas *question* qu'il appelle Finn : Dieu seul savait quel genre de cochonneries il interromprait.

Ben avisa son lit défait. Il lui semblait si… vide.

Je pourrais prendre ma moto, dimanche, et aller jusqu'à Ogunquit. Ou Portland. N'importe où, du moment qu'il y ait une chance pour que j'y rencontre un mec canon qui aurait envie de me faire grimper aux rideaux. Un rire nasal lui échappa. *De qui je me moque ? J'ai pas besoin d'un mec* canon, *là ; juste d'un corps contre lequel me lover, de bras pour me serrer, de lèvres qui m'embrasseraient jusqu'à ce que les miennes soient gonflées…*

Il avait un type canon *au boulot* ; c'était surfait.

Et voilà qu'il recommençait à penser à Wade.

C'était peut-être ce qui lui faisait le plus mal dans tout ça.

Putain, pourquoi fallait-il qu'il soit si… si… ? À certains moments, au lycée, Ben surprenait Wade en train de le fixer et ça le faisait frissonner parce qu'il savait, sans le moindre doute, que *quelque chose* allait lui tomber dessus. Une moquerie, une pique, une insulte… Celui ou celle qui avait dit que les mots ne pouvaient pas vous blesser n'en avaient sans doute jamais reçus en pleine face.

Sauf que tout avait changé.

Maintenant, quand Wade l'observait, Ben frissonnait pour une tout autre raison. Et bordel, ça durait depuis son tout premier jour à la boutique.

Quel genre de mots sortent de tes lèvres si douces quand tu as une fille dans tes bras ? Quand tu la touches ? Quand tu t'enfonces en elle ? Ben ferma les yeux et son esprit s'occupa du reste, comme il s'y attendait. *Qu'est-ce que ça ferait d'être allongé sur le dos, Wade me tenant contre le matelas sans rien d'autre à faire pendant des heures que de m'abandonner à ses baisers et ses caresses ?* Il pouvait presque le sentir, son *poids*, sa solidité, sa *chaleur…*

Mais il n'a pas de copine. Il n'a même pas d'amis, d'après Mary. Et ce genre de pensées commençait à le faire bander.

Ben leva les yeux vers le plafond. *Tu vois, Dieu ? Il n'arrive même pas à me faire de vraies excuses, il m'évite comme la peste… et pourtant, malgré tout ça, je continue à avoir envie de lui.* C'était toute la preuve dont Ben avait besoin pour savoir que le Seigneur avait un sens de l'humour déplorable. *Regarde-moi. Obsédé par un hétéro. Une cause perdue s'il en était. Tu ne crois pas que tu pourrais au moins m'envoyer un* homo, *mon Dieu ?*

S'envoyer en l'air ce week-end assouvirait ses envies, très certainement, mais ce n'était pas de ça dont il avait besoin, pas vraiment. Ce qu'il lui fallait, c'était de quoi nourrir son *âme*, de quoi effacer l'amertume que les soi-disant « excuses » de Wade avaient laissée dans sa bouche.

Ben avait besoin de *respirer* et il connaissait l'endroit parfait pour ça.

Ses pouces composèrent un texto si vite qu'ils semblaient voler sur l'écran. Il était peu probable qu'Aaron le voie avant le lendemain matin, mais au moins…

Son portable retentit, la sonnerie stridente le faisant sursauter.

— Il est tard, tu devrais être couché, dit-il à Aaron en décrochant.

Ce dernier rigola.

— Ça ne t'a pas empêché d'envoyer un message, à ce que je sache. Tout va bien ?

Ben comprit tout de suite.

— Tu as parlé avec les autres.

— Sans déc. J'attendais ton coup de fil d'un jour à l'autre. Désolé de ne pas avoir pu vous rejoindre à Camden. Mes horaires étaient inflexibles, ce week-end-là.

— J'imagine qu'ils ne sont pas plus flexibles *ce* week-end-ci ?

Ben croisa les doigts. Certes, il s'y prenait un peu à la dernière minute, mais même si Aaron n'avait que le temps d'un déjeuner à lui accorder, il le prendrait.

— Eh bien, ça dépend. Tu as prévu quoi, dimanche ?

Il se figea.

— Tu ne bosses pas ce jour-là ?

Aaron gloussa.

— J'ai le droit à une remise de peine pour bonne conduite, parfois. Je dois comprendre que tu es libre aussi ?

— Libre et en manque cruel de rando.

Aaron s'esclaffa.

— Les choix ne manquent pas. Maintenant, si c'est d'une montée d'adrénaline que tu as besoin, il y a toujours…

— Nan. Nan. Nan. On fera pas la Precipice Trail.

Aaron essayait de le convaincre de la tenter depuis qu'il était devenu garde-forestier. *Peut-être un jour.*

Un nouvel éclat de rire.

— D'ac. Que dirais-tu de brise océanique, d'arbres, de vues sur les plages de sable, du bruit des vagues sur les rochers…

— Oh, mon pote, tu viens de me vendre du rêve.

C'était exactement tout ce dont il avait besoin.

— Compris. Tu n'as pas besoin que je te rappelle les taux de fréquentation qu'on atteint en été, si ?

Ben se fendit d'un rire moqueur.

— Je ne compte pas attendre que ça se calme en septembre.

— Très bien. Alors, lève-toi tôt dimanche, monte sur ta moto et je te retrouve sur le parking près de Beehive Lagoon. C'est le point de départ du trail Ocean Path. N'oublie pas d'amener à boire et à manger. On y passera la journée ou aussi longtemps que tu en auras besoin.

Une vague de chaleur se déversa en lui.

— Merci, Aaron.

La voix de son ami se fit plus douce.

— À quoi ça sert, les potes ? Va te coucher ; on se dit à dimanche.

Sur ce, il raccrocha.

Ben prit une grande inspiration. Encore deux jours de boulot. Il pouvait tenir le coup. Plus que deux jours et il pourrait oublier toutes ces conneries pendant une journée entière.

Seigneur, fais en sorte qu'il prenne deux jours de congés. Tu peux bien faire ça, non ?

C'était beau de rêver.

Ben observait le sable doré.

— J'aurais dû apporter mon maillot, blagua-t-il.

La Sand Beach était juste à côté du parking et commençait déjà à se remplir malgré l'heure matinale.

— Il n'est que huit heures trente.

Il s'était levé à l'aube, conscient des deux heures de trajet qui le séparaient de Bar Harbor et du trafic qu'il y aurait. *Bon Dieu. La Route 1 est une vraie torture en été dès qu'on dépasse Wiscasset.* La première partie de son chemin avait longé la côte, et ce jusqu'à l'embranchement qui retournait vers les terres en passant par Orland puis Ellsworth avant de redescendre sur Trenton pour ensuite traverser jusqu'à l'île des Monts Déserts et Thompson Island d'où il avait emprunté la Bar Harbor Road jusqu'à la plage.

Aaron avait l'air cool dans son short vert foncé et tee-shirt assorti.

— Tu n'es pas venu là pour nager, rappela-t-il à Ben.

Les sangles de son sac à dos étaient bien ajustées autour de ses épaules et de ses aisselles.

Ben frotta son menton lisse.

— Au fait, ça te va bien, ce petit duvet.

Il était un peu plus étoffé qu'en juin.

— Alors, comment va notre seul et unique

rouquine ?

Aaron ricana.

— Tu peux parler.

Ben repoussa ses cheveux bouclés en arrière.

— Je ne suis pas rousse. Mais sérieusement, comment vas-tu ?

Ils quittèrent la plage et suivirent le sentier qui serpentait au cœur des arbres, le clapotis des vagues les accompagnant tout du long.

— Il s'est passé quelque chose entre toi et cette fille à l'anniv de Mamie ? Comment elle s'appelait, déjà ? Angie ?

— Tu aurais voulu qu'il se passe quoi ? Elle n'était là que pour voir ses grands-parents un week-end avant de retourner à ses études.

— Donc toujours personne à l'horizon ?

Aaron pouffa.

— C'est bien ça. Qui a du temps à perdre avec l'amour ?

— Tu travailles combien d'heures par semaine ?

— Quarante.

Ben s'arrêta net et le dévisagea, bras croisés.

— Ça te laisse *énormément* de temps pour l'amour.

Aaron arqua les sourcils.

— Et tu vois quelqu'un, *toi* ?

Face au cillement de Ben, Aaron afficha un air suffisant.

— C'est bien ce que je me disais. C'est quoi déjà, le proverbe ? « Médecin, guéris-toi toi-même » ?

Ben renâcla.

— Qui dit encore ça ?

Il éclata de rire lorsque, s'étant regardés droit dans les yeux, tous deux répondirent « Mamie » en chœur.

Aaron désigna un passage entre les arbres.

— Prends par là.

Suivant ses instructions, Ben eut un hoquet de surprise quand ils émergèrent sur un promontoire rocheux fait en pierre chaleureuse, beige et dorée, le ressac martelant le rivage en contrebas. Çà et là, des arbres avaient poussé dans les crevasses de la falaise, la base des troncs entourée d'une épaisse mousse verte et de bruyère. Des arbustes jonchaient le paysage, leurs feuillages jaunes, rouges et verts, si vifs en contraste avec la couleur du belvédère.

— C'est magnifique.

Ben s'approcha du rebord et jeta un œil en bas. Les vagues se brisaient sur les rochers et il pouvait voir les endroits où l'eau avait érodé la pierre, créant des bassins et des saillies. Il s'assit sur une corniche réchauffée par le soleil et se perdit dans les profondeurs aigue-marine de la baie sur leur gauche.

— Je pourrais rester là à profiter de cette vue toute la journée, murmura-t-il.

Aaron le rejoignit et se pencha en arrière en s'appuyant sur ses mains.

— Ce n'est pas comme si on avait un horaire à respecter, hein ? On peut rester là aussi longtemps qu'on veut.

Cette idée lui semblait parfaite.

Ben se débarrassa du sac à dos et en sortit sa bouteille d'eau, dont il but la moitié.

— Dylan m'a dit, au fait.

Ben tourna brusquement la tête vers lui.

— Il t'a dit quoi ?

— Qui s'est avéré être ton boss. Je dois avouer que c'est la poisse.

— Oh. Ça.

Ben prit une nouvelle gorgée.

— C'est de sa faute si j'ai dû venir ici. J'avais besoin de m'évader pour réfléchir.

Heureusement, Wade n'avait pas donné signe de vie au cours des deux derniers jours.

Voyez-vous ça ! Parfois, Dieu entend vraiment nos prières.

— Il te mène la vie dure ?

Un soupçon de mordant s'était emparé de la voix grave d'Aaron.

— Je m'en fous qu'il ait eu la carrure d'un rugbyman à l'époque, je suis prêt à le ratatiner s'il te pourrit la vie. Il s'en est tiré à bon compte au lycée, mais plus maintenant.

Cela lui mit du baume au cœur.

— Pas besoin d'aller jusque-là. Je crois que j'ai mis les choses au clair, mais merci d'avoir dit ça.

Aaron se fendit d'un grand sourire.

— À ton service. Tu n'as qu'à me passer un coup de fil si tu changes d'avis et que tu décides que je peux le pulvériser.

Il pencha la tête de côté avant de reprendre :

— Alors… comment il est ? Parce que s'il y a la moindre justice dans ce monde, il a dû devenir obèse et hideux.

Ben pouffa.

— Oh, arrête ton char. Wade n'aurait *jamais* pu devenir hideux.

Aaron haussa les sourcils ; Ben se racla la gorge.

— Ce que je voulais dire, c'est que… eh bien, il a toujours…

Son ami se retenait de sourire.

— Je vois. Eh bien, tu arrives encore à me surprendre.

Son visage se fit plus sérieux avant d'enchaîner :

— Dis-moi qu'il n'est plus le même enfoiré qu'il a été.

Ben se devait d'être honnête.

— Non, il a changé. Il a même essayé de s'excuser il y a quelques jours.

Aaron écarquilla les yeux.

— Sans déc. Ouah. Wade Pearson a une conscience.

Il observa l'expression de Ben.

— Donc… ce n'est plus un enfoiré et il est canon…

— Est-ce que j'ai dit ça ? Hein ?

Aaron gloussa.

— Pas besoin, rétorqua-t-il avec un air critique. C'est ça qui te chamboule ? Le fait qu'il t'attire ?

— Oui ! C'est complètement barge, non ? Comment je peux être attiré par lui alors qu'il m'a traité comme de la merde, putain ?

— Mais il n'est plus le même, c'est toi qui l'as dit.

— Quelle importance ? Il m'attirait déjà à l'époque. La seule chose qui a changé, c'est qu'il encore *plus* canon. Sérieux, où est la justice là-dedans ?

Son pouls et sa respiration s'accéléraient.

— C'est peut-être ce fameux syndrome dont tout le monde parle.

Ben fronça les sourcils.

— Quel syndrome ?

— Tu sais bien… Le syndrome de Stockholm.

Le jeune homme se mordit la lèvre.

— Je suis presque sûr que Wade Pearson ne m'a jamais enlevé ou retenu contre mon gré. Et je suis *aussi* quasi certain de ne pas être amoureux de lui.

Sous le charme ? Oui. Obsédé ? On y arrive. Et est-ce que

À son tour, Aaron récupéra sa bouteille d'eau.

— Tu sais quoi ? T'as besoin d'un mec.

— Pardon ? répondit Ben, bouche bée.

Aaron hocha la tête.

— Quelqu'un qui te traitera bien. Mieux que *lui*, en tout cas.

Ben avait du mal à cerner la logique de son ami.

— On dirait que tu es en train de dire que j'ai besoin d'un remplaçant pour Wade. Sauf que peu importe la façon dont Wade me traite : il ne sera jamais un petit ami potentiel puisque je n'ai pas le bon matos entre les jambes. Même s'il n'a pas de copine en ce moment, je n'ai pas oublié le fait qu'il n'aime pas les mecs. Il a été très clair à ce sujet au lycée.

— Les gens changent, répondit Aaron d'un ton factuel.

Ben se gaussa.

— Tu crois que Wade Pearson a changé de *bord* ?

— Quoi, ça arrive. On en entend parler tout le temps de personnes qui font leur coming out à quarante ou cinquante ans, voire plus encore. Regarde le chéri de Finn, Joel.

— Pas Wade, rétorqua Ben d'une voix déterminée.

— Je persiste à dire que tu as besoin d'un mec. Merde, on est *tous* dans le même bain.

L'étau qui comprimait la poitrine de Ben se desserra légèrement.

— Même toi, Môssieur le Garde-forestier ?

Aaron sourit.

— Il faut croire que je me fais plus tatillon avec l'âge.

Ben laissa échapper un rire moqueur.

— T'as vingt-six ans, mon gars. C'est pas vieux.

— Vingt-sept le mois prochain et, après ça, il ne reste qu'un pas avant les trente balais. Regarde-moi.

L'expression d'Aaron se fit plus sobre.

— Quand j'avais dix-sept, dix-huit ans et que je sautais avec la première paire de seins qui passait, je me disais que je finirais par me poser. Mais la bonne personne ne s'est jamais manifestée et…

Il soupira.

— Et je n'ai pas trouvé cette… connexion que je cherchais, alors j'ai fini par abandonner.

— Ce n'est pas le but des rencards, par contre ? Rencontrer des gens pour augmenter nos chances de *trouver* cette connexion ? répondit Ben, tout sourire. C'est toi qui l'as dit à l'anniv de Mamie : si *Finn* peut trouver quelqu'un, il y a de l'espoir pour le reste d'entre nous. Et ce n'est pas parce que tu n'as pas encore trouvé ce que tu cherches que ça te donne le droit d'abandonner la partie.

Les yeux d'Aaron scintillaient quand il dit :

— Prendre Finn comme exemple n'était peut-être pas l'idéal. En revanche, si ç'avait été *Seb*…

Ben fit comme s'il avait un frisson théâtral et Aaron le fixa plus attentivement.

— Tu as froid ?

Le jeune homme se fendit d'un sourire.

— Nan. Je m'imaginais juste l'enfer en train de geler.

Tous deux rirent à gorge déployée.

— On pourrait parler en marchant, tu sais, lui fit remarquer Aaron avec un petit rire en se remettant debout. Et on a encore pas mal de chemin à parcourir.

Ben le hua.

— Il y a un peu plus de 3 kilomètres jusqu'à Otter

Point. Ça fait entre deux et trois heures de marche tranquille, sans compter le temps qu'on passera à ton endroit préféré.

Face au froncement de sourcils d'Aaron, il découvrit les dents.

— Thunder Hole.

Aaron leva les yeux au ciel.

— Trois kilomètres aller *et* trois kilomètres retour. Et pendant qu'on avance, tu pourras tout me dire sur ton nouveau boulot. *Surtout* les moments où tu bosses avec Wade.

Son ami gloussa.

— Il n'est pas devenu obèse, alors ?

— Non, gronda Ben. Il a maigri.

Et pourquoi je le laisse occuper mes pensées, bordel ?

Aaron avait raison. Il avait besoin de se trouver un mec, ne serait-ce que pour pouvoir entrer dans la boutique bras dessus, bras dessous avec lui et voir la tronche de Wade. Ben n'aurait jamais droit à une explication satisfaisante sur les raisons pour lesquelles Wade avait décidé de lui pourrir la vie.

La revanche apaiserait ses frustrations.

CHAPITRE DIX

Août

— Seigneur, ça cogne dur dehors, bougonna Papy en rentrant dans la boutique.

Il retira son chapeau et se frotta le front avec son mouchoir en tissu.

— C'est par ce temps que je regrette de ne pas avoir installé l'air conditionné.

Ben gloussa. Ce n'était pas la première fois que Papy lançait le sujet cet été.

— On est en août. J'ai ouvert les portes de derrière.

Même si le mois d'août n'était pas aussi lourd, d'ordinaire. Il jeta un œil à Wade, qui vérifiait les chiffres de vente. La canicule avait *quelques* avantages : Wade avait retiré veste et cravate et ouvert les boutons de col de sa chemise.

Qu'est-ce qui fait que je me liquéfie devant un homme en chemise blanche bien repassée ? Ben détourna le regard.

Ce qui ne servit à rien. Il pouvait *sentir* Wade, un mélange enivrant d'eau de Cologne, de savon et de sueur musquée.

On recommence à la jouer déloyal, Seigneur ?

Pourquoi se faisait-il subir de telles choses ? Était-il donc tombé si bas pour qu'un *hétéro* lui fasse autant d'effet ?

— Les garçons, vous arriverez à vous débrouiller seuls si je vais m'asseoir dans le bureau ? demanda Papy.

Ben le regarda plus attentivement.

— Tout va bien ?

Les traits du vieillard étaient tirés.

— Je suis fatigué, c'est tout.

Papy posa une main sur sa poitrine.

— Et la soupe que j'ai mangée à midi me fout une de ces brûlures d'estomac. Alors je comptais m'installer dans la chaise et mettre le ventilateur au maximum.

— Vas-y, oui, lui dit Wade de derrière la caisse. Reste le plus possible au frais.

Il balaya soudain le magasin.

— Écoute, il n'y a pas beaucoup de monde, Cameron est là et ma mère arrivera à quinze heures. Si tu préfères rentrer à la maison, vas-y. On se débrouillera.

— C'est la chaleur, c'est tout. Ça ira mieux quand je me serai rafraîchi.

Papy se rendit dans le bureau et en ferma la porte. Quelques secondes plus tard, le moteur du ventilateur vrombit de l'autre côté du panneau de bois.

Ben croisa le regard de Wade.

— Je me fiche de ce qu'il dit. Il n'avait pas l'air en forme.

— On va le garder à l'œil. On fera des sauts dans le bureau le plus souvent possible pour voir comment il va.

Ben se mordit la lèvre.

— Oui, parce que si on le fait trop de fois, il le remarquera.

— Tu sais quoi ? répondit Wade, un éclat de malice dans les yeux. Je crois que c'est l'heure de la pause-café.

Un grand sourire s'empara de Ben.

— En *voilà* une bonne excuse pour entrer là-dedans. J'en veux bien un.

Il haussa la voix pour interpeller Cameron.

— Tu veux un café ?

— S'il te plaît, répondit Cameron. Et de l'eau aussi ?

Il était occupé à débarrasser la terrasse arrière et à réapprovisionner le thé, le café ainsi que les dosettes de lait et d'édulcorant.

Wade s'approcha du bureau et Ben sourit intérieurement. Le cessez-le-feu semblait perdurer et c'était la première fois que Wade montrait la moindre pointe d'humour depuis que Ben avait commencé à travailler pour lui.

Peut-être que cet armistice tiendra le coup. Il n'y avait plus le moindre signe que Wade essayait de l'éviter, bien qu'un silence gêné ou deux surviennent encore de temps à autre. C'était *tellement* mieux que ces horribles moments qui lui retournaient l'estomac auparavant.

Une bien petite victoire, certes, mais Ben était ravi de la saisir.

Il alla se poser dans l'entée, les yeux rivés sur Main Street. Le pic soudain de température semblait trop important même pour les visiteurs estivaux. Les clients s'étaient faits fort peu nombreux jusqu'à présent, mais il n'allait pas s'en plaindre. Une douce brise choisit cet instant pour souffler dans la rue et Ben savoura son passage rafraîchissant sur sa peau.

— Ben !

Il sursauta.

— Le magasin a pris le feu ou quoi ? demanda-t-il en se retournant.

Wade arrivait vers lui à toute allure, le visage blême. *Oh, putain.*

— Qu'est-ce qu'il y a ?

Les yeux foncés de Wade étaient grands ouverts.

— C'est Papy. Je crois qu'il fait une crise cardiaque.

Mon Dieu, non. Le pouls en vrac, Ben débarqua dans le bureau en un battement de cils. Papy était recroquevillé sur la chaise, la respiration laborieuse, mais toujours conscient.

Ben s'accroupit près de lui.

— Ça va, Papy ? Dites-moi ce que vous ressentez.

Wade était penché au-dessus d'eux.

Papy déglutit avec une difficulté évidente.

— Comme si un gros caillou appuyait sur ma poitrine. J'arrive pas à respirer, s'efforça-t-il à répondre.

— Vous ressentez des douleurs ou des gênes dans les bras ?

Ben essayait de se rappeler tous les symptômes d'une crise cardiaque appris lors de la formation aux premiers secours qu'il avait suivie chez Hannaford.

Papy réussit à confirmer de la tête.

— Dans les deux. Me sens mal.

Son front luisait de sueur, pourtant il frissonna.

— J'ai froid tout d'un coup.

— Il ne va pas mourir, hein ?

Ben tourna brusquement la tête vers Wade pour lui dire d'arrêter ces conneries tout de suite, mais ses reproches se tarirent avant de franchir ses lèvres lorsqu'il vit le visage de son patron. Il était effroyablement *pâle*.

OK, il va falloir que je prenne les rênes.

Ben attrapa le téléphone sur le bureau et composa le numéro des secours.

— Le 911, expliquez-moi le problème.

— J'ai besoin d'une ambulance. Un homme de quatre-vingt-trois ans est en train de subir ce qui ressemble à une crise cardiaque.

L'assistante au bout du fil lui posa d'autres questions, et Ben fit de son mieux pour garder son calme et lui fournir autant d'informations que possible. Lorsqu'elle lui demanda si Papy prenait des médicaments pour un problème au cœur, il transmit le message à Wade en espérant que celui-ci serait suffisamment alerte pour s'en souvenir. Ce dernier secoua la tête. Une fois que la standardiste eut tous les détails nécessaires, elle lui affirma que les secours étaient déjà en chemin, qu'ils venaient de la caserne de Camden et qu'ils emmèneraient Papy au centre médical de Pen Bay, à Rockport. Ben la remercia avant de raccrocher.

Il se tourna vers Wade, qui, agenouillé près de son grand-père, lui tenait la main, l'air complètement abasourdi, la respiration tout aussi difficile que celle de son aïeul.

— Hé, lui dit doucement Ben. Les pompiers sont en route. Tout va bien se passer.

Wade tressaillit.

— Je peux pas le perdre.

— On ne va pas le perdre, tu m'entends ? Continue comme ça, c'est très bien. Parle-lui.

Wade hocha la tête, puis reporta son attention sur Papy.

Ben appuya sur la touche du numéro abrégé de Mary. Celle-ci gloussa avant qu'il ait pu ouvrir la bouche.

— Je serai là d'ici une heure environ. Ça ne pouvait pas attendre ?

— Papy est en train de faire une crise cardiaque. Les secours sont en route.

— Oh, doux Jésus.

Elle semblait aussi paniquée que Wade et Ben jeta un coup d'œil à ce dernier.

— Quand ils seront arrivés, je conduirai Wade à l'hôpital avec sa voiture.

Sa moto était chez lui, non qu'il puisse s'imaginer Wade derrière lui sur sa Kawasaki. En outre, son patron n'était pas en état de conduire.

— Tu es sûr ? demanda Mary.

— Absolument. Cameron pourra se charger de la boutique en attendant mon retour. L'hôpital n'est qu'à dix minutes d'ici, et encore. Je compte juste déposer Wade, demander où Papy a été transféré, puis m'assurer qu'ils sachent qui est Wade et que vous n'allez pas tarder. Après ça, je reviendrai.

— Tu devrais peut-être fermer pour aujourd'hui.

— Ce ne sera pas nécessaire. Appelez-moi dès que vous êtes arrivée à l'hôpital et donnez-moi des nouvelles. Je reviendrai aussi vite que possible dès que la journée sera terminée.

Le soupir de Mary atteignit ses oreilles.

— Merci. Je suis soulagée que *quelqu'un* réussisse à garder son sang-froid. Je me mets en route tout de suite.

Elle raccrocha et Ben reposa le combiné sur son socle. Wade avait desserré la cravate de Papy et déboutonné sa chemise.

Ben prit la main du vieil homme pour vérifier son pouls. Celui-ci était irrégulier, mais bien présent.

— Hé, Papy, vous êtes toujours là ?

L'intéressé montra sa poitrine d'un de ses longs doigts.

— Mal là.

Ben hocha la tête.

— Les secours sont en route. Tout va bien se

passer. Ils vont prendre soin de vous, dit-il avec toute l'assurance dont il se sentait capable.

En quelques minutes à peine, les pompiers arrivèrent et Ben fut soulagé de les voir prendre le relais. Il attrapa Wade par le bras et le tira hors de la pièce après avoir récupéra la veste de ce dernier sur le dossier de la chaise de bureau. Une fois dans la salle principale, Ben lui tendit son manteau.

— Clés de voiture.

Wade le dévisagea comme si une deuxième tête lui avait poussé.

— Tes clés de voiture, répéta Ben. Où sont-elles ? Pour qu'on puisse les suivre en voiture. Je prends le volant.

— OK, acquiesça Wade.

Il se raidit pourtant lorsque les secouristes firent sortir Papy sur un brancard. Ils lui avaient mis un masque à oxygène et celui-ci s'embuait avec chaque expiration. Papy était d'ores et déjà relié à un moniteur qui semblait presque biper en synchro avec l'égouttement de la perfusion accrochée à son bras.

— Oh, Seigneur, Ben. *Regarde*-le.

Ben posa la main dans le dos de Wade. Malgré sa taille, ce dernier semblait… s'être *ratatiné*, comme sous le poids de ses angoisses et de sa détresse.

— Hé. Il est encore parmi nous, compris ? Et ils vont prendre soin de lui.

Cameron, bras croisés, les regarda charger Papy dans l'ambulance. Ben s'approcha de lui.

— OK, on te confie les rênes jusqu'à ce que je revienne. Ça ne devrait pas me prendre plus d'une demi-heure.

Cameron cilla et Ben lui tapota le bras.

— Tu sais ce que tu fais.

Son ton confiant réussit à atteindre le jeune homme, qui prit une profonde inspiration.

— Vous pouvez compter sur moi.

Ben lui adressa un sourire chaleureux.

— Je sais.

Il tira ensuite sur la manche de Wade.

— Allez, viens. On y va.

Wade avait retrouvé un peu de self-control.

— Ma voiture est garée sur le parking au bout de la rue.

— Alors, allons la chercher.

Ben ne pouvait imaginer ce que Wade était en train de traverser. *Oui, parce que tu n'as pas perdu autant de proches que lui.* Ces quatre grands-parents étaient toujours en vie, même si Ben n'avait pas l'occasion de les voir souvent.

Tout ce qui comptait pour l'instant, c'était d'aider Wade.

La nuit était presque tombée lorsque Ben revint à l'hôpital. Il gara la voiture de Wade sur le parking et se précipita vers le bâtiment, suivant tous les indicateurs. Mary lui avait expliqué par SMS qu'ils étaient au niveau des soins intensifs de cardiologie. Tandis qu'il en approchait, il repéra mère et fils assis sur des chaises dans le couloir. Wade avait les yeux clos, tête posée contre le mur.

Mary se leva pour s'approcher de lui. Elle indiqua son fils d'un mouvement de tête.

— Il s'est exténué tout seul. Ça ne m'étonne même pas. Je sais ce qu'il ressent. Ni lui ni moi ne sommes prêts à voir Papy partir.

Elle semblait si épuisée. Ben partageait leur fatigue. Rester aux aguets jusqu'à la fermeture n'avait pas été de tout repos. Ses pensées n'avaient cessé de se tourner vers l'état dans lequel il avait vu Papy ainsi que la détresse évidente de Wade, et se concentrer sur les clients lui avait demandé un effort considérable. À vingt et une heures tapantes, il avait renvoyé Cameron chez lui, verrouillé les portes et était remonté dans la voiture de son jeune patron.

— Comment va-t-il ?

— Il est toujours parmi nous. Les médecins lui font passer tout un tas d'examens. D'après eux, il n'a pas besoin de passer sur le billard ; il répond au traitement et ne souffre plus.

Ben poussa un soupir de soulagement qui fit trembler tout son corps.

— Dieu soit loué.

Il se mit soudain à froncer les sourcils.

— Pourquoi n'êtes-vous pas avec lui ?

— Son docteur est avec lui pour l'instant et ils veulent qu'on le laisse se reposer après ça. D'autant que les heures de visite sont terminées depuis plus d'une heure.

— Comment va-t-il ? demanda la voix de Wade, qui papillonnait des paupières et se frottait les yeux. Pourquoi tu m'as laissé dormir ?

Mary retourna à ses côtés.

— Parce qu'il était évident que tu en avais besoin.

Et d'ailleurs, là tu vas rentrer à la maison et tu vas aller te coucher.

— Non, protesta-t-il. Je veux rester.

Mary posa une main contre l'arrière de sa tête.

— Mon cœur, tu ne peux rien faire de plus ici. Il reçoit les meilleurs soins possibles. Et s'il savait que tu étais assis là à te faire un sang d'encre…

Wade se mordit la lèvre.

— Ouais. J'imagine bien ce que ça lui ferait.

Ben tendit à Wade les clés de sa voiture.

— Si tu penses être en état de conduire. Si pas, je t'emmène.

Wade les accepta.

— Je crois pouvoir rester éveillé assez longtemps pour rentrer.

Soudain, il prit la main de Ben dans la sienne.

— Merci. Je ne sais pas ce que j'aurais fait sans toi, aujourd'hui. Tu as gardé ton sang-froid alors que j'avais perdu le mien.

Ben pouvait entendre la sincérité dans sa voix.

— Ce n'est vraiment pas étonnant, tu sais. C'est *ton* grand-père, pas le mien. Ne te méprends pas, c'est un homme merveilleux, mais lui et moi n'aurons *jamais* les mêmes liens que ceux qui vous unissent.

Il serra les doigts de Wade.

— Il va s'en sortir. Tu devrais aller te reposer un peu.

— Tu comptes rester ? demanda Wade.

— Un petit peu. J'aimerais le voir avant de rentrer. Si on m'y autorise.

— Mais comment vas-tu faire pour rentrer chez toi ?

— Je le ramènerai, le rassura Mary avant de lui embrasser la joue. Tu pourras revenir demain matin, tu sais.

Il hocha la tête.

— Tu as raison. J'ai vraiment besoin de dormir.

Wade attrapa sa veste et s'adressa à Ben :

— On se voit demain.

— Non, pas *question*, répondit ce dernier d'une voix ferme.

Comme Wade le dévisageait, confus, Ben serra son bras.

— Parce que moi, je serai au magasin, et que *toi*, tu seras ici à passer du temps avec Papy. T'as pigé ? Il n'y a pas intérêt à ce que je te voie de toute la journée, demain. On s'occupe de la boutique. Tu n'as pas besoin de t'inquiéter pour ça.

Wade en eut le souffle coupé.

— « Merci » n'est tellement pas adapté, mais c'est tout ce qui me vient pour l'instant.

Avec un dernier hochement de tête à l'attention de sa mère, il se traîna vers la sortie, les épaules voûtées.

Mary adressa un sourire reconnaissant à Ben.

— Tu as été merveilleux, aujourd'hui. Merci, du fond du cœur.

Elle se pencha plus près et l'embrassa sur la joue.

— Je suis ravie d'avoir eu raison à ton sujet.

Voilà qui intrigua Ben.

— Et vous aviez raison à quel sujet ? Sur le fait que j'arrive à garder la tête sur les épaules en cas de crise ?

Elle secoua la tête.

— Je savais que tu étais quelqu'un de gentil qui ferait un atout de taille pour notre équipe.

— Vous voulez que je vous dise ? demanda Ben en lui serra la main. Je ne vois pas ça comme une équipe… mais plus… comme une famille.

Le visage de Mary s'illumina.

— Tu m'en vois ravie pour ça aussi.

La porte des soins intensifs s'ouvrit sur une femme médecin, qui adressa un sourire amiable à Mary.

— Nous allons le maintenir sous surveillance pendant les prochaines vingt-quatre heures, et nous verrons à ce moment-là. Vous pouvez aller lui souhaiter bonne nuit, mais après ça, ce sera tout. Il a besoin de repos.

— Combien de temps va-t-il devoir rester là ? s'enquit Mary.

— S'il reste stable au bout des vingt-quatre heures, nous le transférerons à un autre étage où l'équipe de cardiologie pourra s'occuper de lui. Il devrait pouvoir rentrer chez lui dans deux à quatre jours.

La doctoresse salua Ben de la tête avant de s'en aller.

Une infirmière ouvrit derechef la porte.

— Voulez-vous venir le voir quelques minutes ?

Elle les mena à l'intérieur des soins intensifs et leur indiqua la chambre la plus proche.

Le lit de Papy était entouré de moniteurs et de lumières clignotantes. Il avait un masque à oxygène sur le visage et semblait être endormi. Mary s'approcha et lui prit la main. Ben se posa à côté d'elle, yeux baissés vers le grand-père.

— Il a l'air d'avoir pris dix ans, murmura-t-il.

La main libre de Mary s'enroula autour de celle du jeune homme et s'y accrocha fermement.

— Je serai juste derrière la porte, les informa l'infirmière.

Elle vérifia le pouls de Papy et son niveau d'oxygène, puis les laissa seuls.

Mary se pencha pour embrasser le front de son

beau-père.

— Je t'aime, chuchota-t-elle.

La gorge de Ben se noua. Il se rapprocha tandis que Mary se reculait.

— Il va falloir vous remettre sur pied très vite, murmura-t-il. Qui va se charger de flanquer la frousse aux sales gosses pendant que vous serez ici ?

Il entendit le rire étouffé de Mary.

L'infirmière réapparut.

— Je suis désolée, mais c'est l'heure.

Mary la remercia et ils quittèrent les soins intensifs. Elle s'immobilisa soudain alors qu'ils passaient devant un distributeur automatique.

— Ça te dirait, un chocolat chaud ? J'ai vraiment besoin d'un peu de sucre.

Ben plongea la main dans sa poche et en retira une poignée de monnaie.

— Je m'en charge.

Il glissa les pièces dans la machine et, une ou deux minutes plus tard, ils avaient chacun un gobelet en carton fumant. Ils repartirent vers la sortie et se retrouvèrent au cœur de la nuit noire.

— On va s'asseoir dans ma voiture, proposa-t-elle. Je ne suis pas prête à partir tout de suite.

Ben non plus.

Ils s'installèrent donc et Mary posa sa boisson dans le porte-gobelet.

— Seigneur, je suis rincée.

— Vous voulez que je conduise ?

Elle lui tapota le genou.

— Ça ira mieux quand j'aurai bu mon chocolat chaud.

Suite à quoi, elle s'adossa à son siège et ferma les yeux.

— Pourquoi les mauvaises choses n'arrivent-elles jamais seules ? Il faut toujours que les ennuis se présentent par deux, voire pire, par trois.

Ben étudia son visage.

— Bon, on n'est que tous les deux, alors pourquoi ne pas me dire ce qui se passe maintenant ?

Elle soupira.

— J'ai eu beaucoup de pain sur la planche, c'est tout.

— Mais bien sûr. Vous êtes à l'ouest depuis que vous êtes revenue de New York.

Son estomac se contracta.

— Il est arrivé quelque chose au bébé ?

— Non, répondit Mary, les yeux exorbités. Rien de tel. Lucy va bien.

— Alors, où est le problème ? C'est votre fils ? Votre belle-fille ?

Elle souffla.

— Non, ils vont bien. C'est… c'est mon petit-fils, Liam.

Oh, merde.

— Il est malade ?

— Non, il rencontre quelques difficultés à l'école.

Ben fronça les sourcils.

— Quel âge a-t-il ? Sept ans, bientôt huit, c'est ce que vous m'aviez dit, non ?

Face à la confirmation de Mary, il ajouta :

— Alors de quel genre de problème est-on en train de parler, là ?

Un ange passa et la nuque de Ben se couvrit de chair de poule.

— On le harcèle à l'école. Et je crois que l'attitude de David ne l'aide en rien.

Une vague de nausée déferla en lui.

— Il y a une raison derrière ces maltraitances ?

Mary déglutit.

— Liam tient plus de sa mère que de son père. C'est un petit père tout en délicatesse, qui n'aime pas le football ni le sport en général. Il adora la musique. Il apprend à jouer du piano. Et quand un enfant est *aussi* différent que ça, il finit toujours par attirer les brutes.

— C'est tellement vrai, souffla Ben.

À travers le pare-brise, Mary fixait les fenêtres éclairées de l'hôpital, si vives en contraste avec le ciel nocturne.

— On pense qu'avec le temps, on arrive à mieux gérer les choses. On pense qu'arrivés à mon âge, on a réponse à tout. Mais c'est faux. Et c'est tout aussi bouleversant au deuxième round.

Ben la contempla, perdu.

— Comment ça ? Je ne comprends pas.

Elle le regarda droit dans les yeux.

— C'est une de ces conversations qui ne doivent jamais être répétées, tu m'entends ? Wade ne *doit* pas savoir qu'on a parlé de ça.

Il hocha la tête en silence, les pensées allant dans tous les sens. *C'est quoi, ce bordel ?*

— Bon, d'accord. La vérité, c'est que… j'ai déjà vécu tout ça, quand Wade était petit.

Son cœur lui martelait la poitrine. *Oh mon Dieu, elle est au courant.*

— Oh ?

Il ne fut pas capable d'articuler autre chose. *Il lui a dit ?*

Elle hocha la tête.

— Je n'avais qu'une envie : attraper tous ces gosses jusqu'au dernier et les faire pendre par les testicules pour tout ce qu'ils lui faisaient subir. Ça peut être tellement mesquin, un gamin. Tu n'as pas la *moindre* idée de la souffrance qu'ils lui ont infligée.

Ben se figea. *Une minute…* Wade *aurait subi des maltraitances ?*

CHAPITRE ONZE

La tête lui en tournait.

— Mais… j'étais avec lui au lycée. Personne ne prenait Wade comme souffre-douleur.

Personne n'aurait osé.

— C'était avant le lycée.

Il la dévisageait.

— Sérieux ?

Il n'arrivait pas à s'y faire. *Mais… c'était* lui *le monstre.*

— Il était gros quand il était petit. D'ailleurs, il ressemblait *tellement* à son père.

Mary soupira.

— Je crois bien que mon mari a incinéré toutes les photos de son enfance. Wade était pareil. À l'école, on se moquait de lui à cause de son poids et ça faisait de sa vie un enfer. Imagine un gamin de sa taille – il a toujours été très grand – devoir porter trop de poids. Ils auraient aussi bien pu lui peindre une cible dans le dos.

L'esprit de Ben lui renvoya toutes ces statistiques qui disaient combien de gosses qui avaient subi des maltraitances durant l'enfance finissaient par devenir les bourreaux.

— Qu'est-il arrivé ?

— Quand il est arrivé en cinquième, il m'a dit qu'il voulait faire du sport. Il n'avait pas le droit d'aller en salle parce qu'il était trop jeune et il ne voulait pas le faire à l'école à cause des moqueries que ça engendrerait. Alors, il m'a demandé de lui acheter des haltères.

Le menton tremblant, Mary tourna la tête pour regarder Ben.

— Comment aurais-je pu lui refuser ?

Ben avait perdu l'usage de la parole. Sa gorge s'était nouée et une chaleur douloureuse menaçait de le subjuguer. Son cerveau ramait ; il n'arrivait pas à se faire à l'idée que Wade ait pu souffrir autant qu'il l'avait fait souffrir.

— Le temps qu'il arrive au lycée, il avait transformé une grande partie de son poids en muscle. Je n'arrêtais pas de lui dire qu'il n'avait pas besoin de se transformer en armoire à glace, mais je crois qu'il avait perdu trop d'assurance après ce qu'il avait vécu. Il était obsédé par son image corporelle.

Elle avisa Ben, curieuse.

— Dans *tes* souvenirs, comment était-il à cette époque ?

Eh merde, comment je fais pour répondre à ça ?

— On avait beau être au même lycée, nos cercles d'amis étaient très différents, finit-il par dire d'une voix qu'il avait du mal à garder neutre. C'était un sacré gaillard, ça, je me rappelle. Pas dans le sens de surpoids, mais… bien bâti.

Le genre de mecs qui attiraient inconsciemment Ben, même s'il n'en avait pas encore conscience à ce moment-là. Il n'avait remarqué que bien plus tard qu'il avait un penchant particulier. Oubliez les gars de sa trempe : Ben voulait un homme qui pouvait l'envelopper, le cerner, le protéger.

Quelle écrasante ironie.

— Wade a développé la silhouette qu'il a maintenant en vieillissant, surtout pendant ces années fac. Il doit travailler dur pour la maintenir, tu sais. Pas en termes d'excès sportifs au point de vivre à la salle de sport ; non, on parle de régime, là. Parce qu'après ce qui est arrivé à son père, il a juré qu'il ne suivrait pas le même chemin. Il ne voulait pas finir en pourcentage dans une énième statistique de cardiopathie.

— Je ne savais pas.

— Il ne parle jamais de son père, dit Mary à voix basse. Son décès a bien failli le briser.

Elle récupéra son gobelet et en but une gorgée.

— Mais à l'époque où tout ça se passait ? Toutes ces horreurs ? Il était *tellement* malheureux.

Elle déglutit avec difficulté.

— Au point qu'à un moment, j'ai eu peur qu'il fasse une bêtise. Je sais que ça peut paraître dramatique – ce n'était qu'un gosse, après tout –, mais ça le touchait profondément. J'imagine que celui qui n'a jamais été le souffre-douleur d'un autre ne peut pas savoir ce que ça fait.

Ben éclata d'un rire amer.

— Croyez-moi, je sais *pertinemment* ce que ça fait.

Mary en eut le souffle coupé.

— Oh, Ben. Toi aussi, tu as subi ça.

Ce n'était pas une question.

Ben prit une décision hâtive.

— Bon. Je vais invoquer votre règle des conversations qui doivent rester entre nous. Vous ne le répétez à *personne*. Pas même à Papy.

Et pitié, pour l'amour de Dieu, pas un mot à Wade.

— Tu as ma parole.

Il but une gorgée de son chocolat chaud. *Seigneur, que c'est dur.* Ben prit une grande inspiration.

— Quand j'étais au lycée, j'ai été harcelé par une personne qui pensait que j'étais gay. Apparemment, ça ne lui plaisait pas… peut-être que ça mettait à mal son sens de la masculinité, qui sait ? Et du coup, il m'a pourri la vie. L'ironie dans tout ça ? C'est qu'à l'époque, je me cherchais encore. Je ne savais *pas* qui j'étais.

Il marqua une pause.

— Sauf que… ce n'est pas tout à fait vrai. Je disais justement à un ami il y a quelques semaines que, peut-être, au fond de moi, je savais déjà que j'étais gay. Que ce qui me faisait mal, c'était la façon dont… cette brute me culpabilisait de l'être. Et si je n'avais pas eu mes amis, je crois qu'il m'aurait achevé aussi.

— Alors, je suis contente que tu les aies eus.

Elle toussota.

— Je ne peux pas dire que ça m'étonne… parfois, on a cette *impression*, tu comprends ? Alors oui, ce n'est pas vraiment une surprise. J'ai le sentiment que ce n'est qu'une facette de qui tu es ; ça ne te définit pas pour autant.

Ben haussa les épaules.

— Je ne le crie pas sur tous les toits, mais je ne me cache pas non plus. Il y a un pin's arc-en-ciel sur mon sac à dos, pour ceux qui prennent la peine de regarder.

Son regard se porta sur l'hôpital.

— Papy l'a remarqué. Il savait ce que ça voulait dire aussi.

Mary gloussa.

— Ça ne m'étonne pas. Rien ne lui échappe. Ça ne l'a pas dérangé, je présume ?

Ben le lui confirma.

— C'est à ce moment-là que j'ai su avoir trouvé ma place.

Enfin, en dehors du comportement de Wade, mais ils avaient tourné la page depuis.

Du moins l'espérait-il.

— Je n'arrive pas à croire que Wade et toi ayez tant de choses en commun. Ces expériences que vous avez vécues… Je sais que j'ai dit espérer qu'il t'engage parce que je voulais que vous deveniez amis. Mais maintenant ? Je crois que c'était le destin. Il a besoin de quelqu'un qui comprenne ce qu'il a vécu.

Ben avait le cœur serré. Il ne pouvait tout bonnement pas lui avouer la vérité. Parce qu'elle le prendrait pour un fou.

Je pourrais tomber amoureux de Wade en un clin d'œil s'il n'était le même type que celui qui a gâché mon adolescence. Oh, et s'il n'était pas hétéro. Évite de l'oublier, ce détail. Alors, à moins qu'il ait réellement changé du tout au tout, je ne vois pas comment quelqu'un comme lui pourrait un jour être ami avec quelqu'un comme moi.

Non, un tel aveu lui briserait le cœur.

— Je crois que je ferais mieux de te ramener maintenant, dit-elle avec un regard perçant. Si je te donne les clés du magasin, pourrais-tu te charger de l'ouverture demain matin ? J'aimerais revenir à l'hôpital.

Ben carra les épaules.

— Bien sûr que je peux. J'enverrai aussi un message aux autres pour savoir qui est disponible pour vous remplacer. Tout le monde sur le pont, hein ?

Il posa la main sur celle de Mary.

— Vous vous concentrez sur Papy. C'est lui le plus important, là.

Elle déglutit.

— Oui, ton arrivée était prédestinée.

Elle se frotta les yeux.

— Allez, mettons-nous en route.

Tandis qu'elle faisait une marche arrière, les pensées de Ben ne se tournèrent pas vers le lendemain, mais vers Papy… et vers Wade.

Mary venait de le prendre au dépourvu et il ne

savait pas du tout comment réagir.

Deux heures du matin et Ben ne dormait toujours pas. À cette allure, il serait sur les rotules lorsqu'il serait temps d'aller bosser. Il n'arrivait pas à faire taire son cerveau.

Je pensais savoir où j'en étais. Je pensais que je maîtrisais la situation. Mais maintenant ?

Il avait la tête remplie d'images de Papy entouré de tous ces tuyaux et moniteurs ainsi que de visions d'un Wade bien plus jeune et plus enrobé à la merci d'autres gosses. C'était tellement à l'opposé de tous les souvenirs qu'il avait jamais eus de Wade qu'il n'arrivait pas à le gérer.

Tendant la main vers la table de nuit, il attrapa son portable, dont l'éclairage de l'écran, lorsqu'il apposa son empreinte pour le déverrouiller, illumina le plafond. Il composa un texto, plus un épanchement de ses pensées en vrac qu'un message cohérent.

On peut parler dès que tu as le temps ? Suis complètement paumé là. Tu vas jamais me croire. Ouais, c'est à propos de Wade. Rien de surprenant, j'imagine ? Mec, c'est en train de me retourner la cervelle.

Il l'envoya à Dylan et reposa son téléphone. Quelques secondes plus tard à peine, celui-ci s'anima. Ben le récupéra et décrocha.

— Qu'est-ce que tu fous éveillé à cette heure, putain ?

Dylan pouffa de rire.

— Ça s'appelle bosser de nuit. Tu sais, quand tu vas à l'hôtel et qu'au beau milieu de la nuit, tu décides d'appeler la réception parce que tu viens de réaliser qu'il te faut absolument quelque chose, ou quand tu vas aux toilettes et que la cuvette se dérobe sous tes fesses, ou encore que tu tires la chasse et que tu te retrouves avec la chambre sous l'eau… *quelqu'un* doit s'occuper de répondre présent. Et ce soir, eh bien, c'est moi.

— Tu termines à quelle heure ?

— Sept heures, et j'y suis depuis vingt-trois heures.

Un nouveau gloussement, puis :

— Mon pote, c'est tellement *mort*.

— Du coup, tu fais quoi de ta nuit ?

Ne rien glander, assis sur ses fesses ? Ça rendrait Ben dingue, à sa place.

— Non, non. Je ne te dirai rien. Disons juste que si je me faisais choper, je serais dans la merde totale.

Malgré ses nerfs et son esprit agité, Ben éclata de rire.

— *Maintenant* je sais pourquoi tu as répondu aussi vite au téléphone. Tu étais déjà dessus, avoue ? Mais tu faisais quoi avec, au juste ?

Comme s'il n'en avait pas une idée très précise.

— Je refuse de répondre à cette question parce que cela risquerait de m'incriminer. De toute façon, ça peut attendre. Qu'est-ce qui te retourne la cervelle ? On savait déjà que Wade est un sale con.

— Tu ne vas jamais me croire.

— Tu l'as déjà dit dans ton SMS, ça. Accouche,

c'est quoi que je vais pas croire ?

L'espace d'un instant, Ben hésita.

— Bon, j'ai promis de ne pas en parler, mais je crois que c'était plus dans le sens où il ne faut pas que *Wade* sache que *je* sais, si tu comprends ce que je veux dire.

— Pour l'instant, je ne comprends rien du tout.

— C'est un truc que la mère de Wade m'a dit. Je vais te révéler une confidence, mais ce n'est pas comme si tu allais le rencontrer un jour. Il faut que j'en parle à *quelqu'un*, ne serait-ce que pour ne pas perdre les pédales.

— Combien de fois faudra-t-il qu'on ait cette discussion ? La pédale, c'est pas moi, ici.

— Chut.

Il résuma rapidement l'essentiel de sa conversation avec Mary. Une fois qu'il eut terminé, Dylan ne répondit rien.

— T'es toujours là.

— Toujours là. Complètement paumé, mais toujours là.

— Ça fait deux, comme ça.

— Dans ton cas, pourquoi ça te retourne la cervelle, au juste ?

Ben essaya de mettre des mots sur l'enchevêtrement de ses émotions.

— Je croyais que c'était to. Que les rôles étaient clairement définis. Moi, j'étais la victime. *Lui*, la grosse brute.

— Et maintenant, tu sais qu'il a été une victime aussi. Est-ce que ça change quoi que ce soit ?

— Ça ne devrait pas, non, répondit Ben avec fermeté. Parce que rien ne peut excuser le harcèlement que j'ai subi.

— Sauf que tu as commencé à le voir différemment, c'est ça ?

Merde.

— Oui. J'y peux rien. Je crois que ce qui m'a le plus touché, c'est quand Mary m'a dit qu'elle avait eu peur qu'il fasse une grosse bêtise. Pas même dans mes pires moments je n'ai été *aussi* loin. D'un autre côté, moi, je vous avais, vous. Lui, il n'avait personne, de ce que j'en ai compris. Alors quel genre d'horreurs il a dû vivre pour que ça en vienne à ce point ?

Il n'y avait pas que ça, toutefois. Ben avait vu un Wade tout à fait différent, ce soir-là. Un Wade effrayé de perdre quelqu'un de cher. Un Wade subjugué par la panique.

À l'opposé *total* du Wade que Ben connaissait.

— Est-ce que ça va changer ton comportement vis-à-vis de lui ? demanda Dylan.

— Comment veux-tu que je réponde à ça ?

Il ne le saurait que la prochaine fois que Wade et lui se verraient.

— Ce soir, il était vulnérable. Je ne l'ai jamais vu comme ça.

— On dirait bien que c'est la première fois que tu le voyais en tant qu'être humain.

Ben en eut le souffle coupé.

— Peut-être.

Bon Dieu, qu'il était fatigué !

— Écoute, merci d'avoir appelé. J'avais tellement besoin d'entendre une voix amicale.

— Quand tu veux. Va te reposer. On sait jamais, tu y verras peut-être plus clair demain matin.

Dylan gloussa.

— Enfin, dans quelques heures. J'imagine que quand moi j'en aurai fini, toi tu seras en train de te préparer pour y aller. Rends-moi service : ne m'appelle pas à cette heure-là.

Ben pouffa.

— Promis. Allez, retourne à ton porno.

Il raccrocha pendant que Dylan émettait un hoquet de surprise. Il reposa le portable sur la table de chevet, se roula en boule sur un côté, un oreiller contre son cœur.

C'était une chose de vouloir qu'un homme grand et fort le prenne dans ses bras… c'en était une tout autre d'être confronté à ce que cet homme cachait sous son masque d'impassibilité.

Un Wade vulnérable était un Wade dont Ben pourrait tomber amoureux *si* facilement.

CHAPITRE DOUZE

Son portable contre une oreille, Wade s'arrêta devant les portes des soins intensifs et jeta un regard par la vitre.

— Je dis quoi à Papy s'il demande où tu es ?

Sa mère gloussa.

— Dis-lui que je serai là dans une heure. Je trouvais que vous auriez besoin d'un peu de temps rien que tous les deux.

— Merci. À tout à l'heure.

Il raccrocha, puis appuya sur l'interphone mural. À l'intérieur, l'infirmière le remarqua et appuya sur le bouton d'ouverture. Elle le rejoignit, souriante.

— Bonjour.

— Bonjour. Comment va mon grand-père ?

— Il a passé une bonne nuit. Je ne sais pas s'il est déjà réveillé, mais allez-y, entrez. Il y a une chaise à votre disposition. Je viendrai prendre ses constantes toutes les vingt minutes environ.

Ses yeux pétillaient lorsqu'elle ajouta :

— Il est en très bonne voie de rétablissement. C'est un sacré numéro.

Wade se mordit la lèvre.

— C'est là que je dois vous présenter des excuses en son nom ?

Elle éclata de rire.

— Voilà ce qu'on va faire : laissez-moi deux minutes et je viendrai l'aider à s'installer sur son fauteuil.

— Il peut sortir du lit ?

Elle sourit.

— Il va même sans doute pouvoir sortir tout court

d'ici après-demain. Je vais lui faire des prises de sang toutes les huit heures et nous pourrons le laisser rentrer si rien d'anormal n'apparaît sous soixante-douze heures après l'admission. Allez le voir, ajouta-t-elle en lui tapotant le bras.

Il la remercia et entra dans la chambre de Papy. Effectivement, ce dernier dormait encore. Il avait regagné quelques couleurs depuis la veille au soir et le masque à oxygène avait été remplacé par un tube nasal transparent. Accroché à un pied à perfusion placé près du lit, un sachet tout aussi transparent déversait son continu au goutte à goutte via les tuyaux attachés à l'avant-bras de son grand-père. D'un côté du lit se trouvait un fauteuil inclinable et de l'autre un support mobile sur lequel était posé un ordinateur.

Wade repéra une autre chaise sous la fenêtre. Il s'en saisit aussi discrètement que possible pour la rapprocher un peu du lit. S'y étant assis, son regard s'attarda sur les machines qui vrombissaient alentour et les bips réguliers du moniteur. Tout ça lui flanquait la trouille.

— T'as l'air d'être en pleine déprime. Arrête ça.

Wade amorça un mouvement de recul.

— Pour l'amour du ciel, Papy. Je parie que maman te donne des leçons sur comment me flanquer la pétoche.

Papy ricana.

— Allons bon. Je dirais plutôt que c'est *moi* qui lui ai appris un truc ou deux.

Wade n'en doutait pas.

— Et évidemment que j'ai le moral dans les chaussettes. J'étais présent, hier, tu te souviens ?

— Je suis toujours là, non ? Tu vas pas te débarrasser de moi aussi facilement.

Papy déglutit avant de reprendre :

— Tu veux bien me passer ce gobelet avec la glace pilée ? J'ai la bouche tellement sèche.

Wade le récupéra, ainsi que la cuillère en plastique à côté, et porta quelques morceaux de glaçons aux lèvres de Papy. Ce dernier agita la main après une deuxième cuillerée.

— Ça ira. Ça irait encore mieux s'ils éteignaient les lumières pendant la nuit. J'ai l'habitude qu'il fasse plus noir que noir dans ma chambre.

Wade reposa le gobelet, puis attrapa la main ridée de son grand-père.

— Tu nous as fait tellement peur.

Papy soupira.

— Personne n'est éternel, tu sais ?

— Bien sûr, mais non. Pas toi, pas maintenant. Tu as encore des *années* devant toi.

Il l'espérait, en tout cas.

— Il y a des jours où je suis plus que prêt à faire mon dernier voyage et d'autres où j'ai plutôt envie d'en découdre pour gagner quelques années.

Wade ne put s'empêcher de sourire.

— Mame disait toujours ça aussi. Quand je lui faisais une frayeur ou une farce, elle me hurlait dessus : « Wade Christopher Pearson, je ne suis pas prête à faire mon dernier voyage ! »

Il trouvait que c'était une façon charmante de parler de la mort.

Les yeux de Papy luisaient.

— De qui penses-tu que je tiens ça ?

Wade lui tendit un mouchoir en papier d'une boîte sur sa commode ; Papy sécha ses larmes. L'infirmière arriva et se dirigea vers l'ordinateur. Papy la désigna d'un geste.

— Je te présente Clare. Elle n'est pas du coin, mais on ne peut pas lui en vouloir.

Il ricana de plus belle.

L'intéressée leva les yeux au plafond.

— Dès que vous avez ouvert les yeux ce matin, j'ai su que vous seriez un sacré cas.

Elle avisa le moniteur.

— Vous avez l'air en forme, Lionel.

Elle tapa sur le clavier, les touches cliquetant dans le silence de la pièce.

— Je reviens tout de suite.

Dès qu'elle fut partie, Papy lâcha un rire nasal.

— Je me souviens de l'époque où une infirmière m'aurait appelé « M. Pearson ». Je crois que je préférais ce temps-là. Ça me plaît pas, une jolie jeune fille qui m'appelle par mon prénom. C'est par là qu'on voit à quelle époque on vit, ajouta-t-il avec un long soupir suivi d'un froncement de sourcils. J'en étais où ?

Wade gloussa.

— Tu voulais en découdre avec Dieu pour gagner quelques années.

— Ah oui, voilà. Non, je n'en ai pas terminé. Il y a encore des choses que j'aimerais voir avant de passer l'arme à gauche.

Wade s'en vit intrigué.

— Tel que ?

— Ta mère, pour commencer. Il serait temps qu'elle retrouve quelqu'un.

Wade ne s'y était pas attendu.

— Papa n'est parti que depuis…

— Sept ans. Je sais. Et peut-être qu'elle fait encore son deuil. Dieu sait que pas un jour ne passe où je ne pense pas à ta grand-mère. Je ne cherche pas à la remplacer, comprends-moi bien. Même si je ferais un sacré beau parti, dit-il en essayant au mieux de faire le beau.

Wade dut sourire.

— Oh, sans conteste, et plus encore. Même affublé d'une blouse d'hôpital.

Papy leva les yeux au ciel.

— Ne m'en parle pas. Ces trucs ne sont pas de la dernière mode et y a un de ces courants d'air dans le dos.

Il fronça les sourcils.

— Ta mère a encore des dizaines d'années devant elle… du moins je l'espère. Ce ne serait pas normal qu'elle les passe toute seule. Elle a besoin d'aller danser, de se sociabiliser, de vivre des choses. Sapristi, même la réunion des commerçants du quartier devrait lui fournir un *certain* potentiel de romance.

Il marqua une pause.

— Sans parler de toi.

— Moi ?

Clare réapparut avant qu'il ait pu demander à son grand-père ce que celui-ci entendait par là. Elle remplaça son gobelet de glace pilée par un autre gobelet avec une paille.

— Ne vous avisez pas de tout boire d'un coup, l'avertit-elle en le posant sur la table de chevet.

— Entendu, m'dame.

— Maintenant, si votre petit-fils veut bien reculer un peu, nous allons vous installer dans votre fauteuil.

Papy lui adressa un regard amusé.

— Nous ? Je suis quasi certain de pouvoir y arriver de mon propre chef.

Clare plissa les yeux.

— Je n'en doute pas le moins du monde, mais je vais quand même vous assister.

Wade pouffa.

— Prends sur toi, Papy, et fais ce qu'elle dit.

Il recula sa chaise pour leur faire de la place et l'infirmière attendit que son grand-père ait fait glisser ses jambes par terre. Elle l'attrapa par un bras et l'aida à se lever ; bientôt, il fut installé dans le fauteuil inclinable. Clare rapprocha un tantinet le pied à perfusion et vérifia que le tuyau n'était pas aplati autour de l'accoudoir, puis elle attrapa une couverture sur le lit et l'étala sur les genoux du vieil homme.

Ce dernier soupira et l'infirmière lui serra l'épaule.

— On est mieux, là, non ? Si vous voulez dormir, je peux même baisser le dossier pour vous.

Les yeux de la jeune femme scintillaient.

— Tout pour vous éviter de rester plus longtemps au lit.

Il attendit qu'elle soit hors de vue avant d'appuyer sur le bouton de l'accoudoir. Le repose-pied se leva et Papy soupira d'aise.

— C'est mieux comme ça.

Son regard croisa celui de Wade.

— Je disais… David est marié, il a des enfants. Tu n'es pas prêt à te poser, toi ?

Il fallut une minute au jeune homme pour trouver les mots.

— Pour que ce soit possible, il faudrait déjà que je trouve la personne *avec qui* me poser. Tu veux de l'eau ? demanda-t-il en indiquant le gobelet.

Papy le fixa d'un regard entendu.

— Mon garçon, je lis en toi comme dans un livre ouvert. Non, je ne veux pas d'eau, pas pour l'instant. Mais j'ai compris le message ; changeons de sujet.

— Ça me convient.

Les yeux de Papy s'illuminèrent.

— Parlons plutôt de Ben.

— Tu veux parler de quoi ? répondit Wade dont le pouls s'accéléra un chouia.

— C'est un chouette gars, tu ne trouves pas ? Gentil, prévenant, malin…

— Évidemment. Je n'engage pas d'enfoirés dans nos magasins. Et oui, il est correct.

Papy redressa ses sourcils quasi inexistants.

— D'après ce que *moi* je vois, tu le trouves bien mieux que « correct ».

Le cœur de Wade se mit à tambouriner et sa bouche s'assécha.

— Je peux te prendre une gorgée d'eau ?

— Fais-toi plaisir.

Wade tira sur la paille et le liquide frais imbiba aussitôt ses muqueuses déshydratées.

— Pas plus tard que l'autre jour, il était occupé à papoter et à rire avec des clients, comme il fait toujours.

Le regard de Papy se fit soudain plus aiguisé.

— Et *toi*, tu étais occupé à le regarder. À chaque fois qu'il tournait la tête dans une autre direction.

Le rythme cardiaque de Wade battait la chamade.

— Je ne vois pas où tu veux en venir. Je le surveillais simplement pour voir comment il interagit avec les clients, c'est tout.

Papy hocha lentement la tête.

— Mais tu préférerais qu'il interagisse avec *toi*. J'ai tort ?

Oh putain.

À ce moment précis, Clare réapparut dans la chambre et Papy la fusilla du regard.

— Nom d'une bourrique, vous faites plus de va-et-vient qu'un blanc-bec dans son lit de noce !

Elle en resta bouche bée.

— Eh bien, voilà qui est… imagé.

La voix de Papy s'adoucit.

— Mes excuses, Clare. Je… J'ai besoin de parler à mon petit-fils. C'est important, et c'est difficile quand quelqu'un…

Elle leva une main.

— Je reviendrai dans dix minutes. Ça ira ?

Il lui décocha un sourire radieux.

— Merci, ma petite.

Elle le fixa d'un regard intransigeant.

— Après ça, vous vous reposerez. C'est bien compris ?

— Oui, m'dame.

Il attendit qu'elle soit repartie pour reporter son attention sur Wade.

— Tu crois que je ne sais pas qui tu es, fiston ? Tu crois que je ne sais pas pourquoi tu n'as jamais ramené une seule fille à la maison ?

Non. Non. Il ne peut pas savoir. Personne *ne sait.*

— J'ai été trop pris par mes études et les magasins pour avoir le temps de…

— Arrête ton char. Et ce n'est pas comme si j'étais le seul à l'avoir remarqué. Ton père ? Il savait aussi. Il s'inquiétait beaucoup pour toi.

— Vraiment ?

Wade déglutit.

— Il savait que tu étais malheureux. Il aurait voulu que tu te confies à lui.

Papy posa un regard chaleureux sur lui.

— Mais tu n'en as pas eu l'occasion. Nous attentions que tu nous en parles.

— « Nous » ?

Bon Dieu, c'était de pire en pire.

— Ton père et moi. Je n'en ai jamais rien dit à ta

mère. J'ignore si lui l'a fait.

Cette réponse l'aida à respirer un peu plus facilement.

— Comment l'as-tu su ? Pour moi, je veux dire.

Papy sourit.

— Gamin, je te *connais*. Je t'ai regardé grandir depuis que tu n'étais pas plus grand qu'un pet dans un caleçon. Alors, voilà tout ce que j'ai à dire sur le sujet : si Ben te plaît… lance-toi, tu as ma bénédiction.

Wade éclata de rire.

Les rides sur le front de son grand-père s'accentuèrent.

— J'ai dit quelque chose de drôle ?

— Tu… tu parles comme si c'était si simple, mais ça ne l'est pas. C'est compliqué.

— Ça n'a rien de compliqué de là où je suis. *Il* aime les garçons… *Tu* aimes les garçons… Tu l'aimes, *lui*… Qu'est-ce qu'il y a de compliqué là-dedans ?

Le cœur de Wade était gonflé d'amour pour son aïeul.

— Je sais que pour toi, ça a l'air simple, mais ça ne l'est pas. Et c'est quelque chose dont je ne peux pas parler, pas même à toi.

— Tu sais que ça me fait une belle jambe que tu aimes les garçons, j'espère ? Dieu sait qu'il y en a plein des ahuris qui prennent ombrage de ce genre de choses, mais pas moi. C'est ce que j'ai dit à Ben il y a plusieurs semaines. Où est le mal à aimer quelqu'un d'autre ?

Papy serra la main de Wade.

— Tu n'as d'yeux que pour lui depuis qu'il a commencé à travailler pour nous.

Il pencha la tête sur le côté avant de reprendre :

— Peut-être même plus longtemps que ça. Je ne suis pas aveugle. Je sais que vous vous connaissiez déjà.

Je ne sais juste pas dans quelles circonstances.

La poitrine de Wade se comprima.

— Le genre de circonstances que je n'ai pas envie de ressasser. Le genre de circonstances qui fait que je ne pourrai *jamais* lui dire ce que je ressens pour lui.

Papy se raidit.

— Alors, j'avais raison à ce sujet.

Wade soupira.

— Comme je l'ai dit, c'est compliqué. Et encore, c'est un euphémisme.

— Eh bien, pendant que tu restes planté là à me dire combien c'est *compliqué*, laisse-moi te donner matière à réflexion, rétorqua Papy, une lueur dans les yeux. Toutes ces fois où je t'ai surpris en train de le regarder ?

Wade hocha la tête.

— Qui crois-tu que *lui* regardait quand toi tu avais le dos tourné ? Pas à chaque fois, certes, mais oui, môssieur, il t'a à l'œil aussi.

Papy lâcha un rire allègre.

— Tu trouves toujours ça trop compliqué ?

Il devait se tromper. Il était encore confus. Il avait eu des hallucinations.

Wade n'avait jamais eu autant de mal à respirer.

— On pourrait parler d'autre chose ?

Papy posa sur lui un regard empli de compassion.

— Comme tu veux. Même si ça ne fera pas disparaître le problème…

Il serra la main de Wade.

— Tout le monde a le droit à un peu de bonheur, fiston. Même toi.

Non, pas moi. Pas après ce que je lui ai fait.

Plus Wade y pensait, plus il se convainquait que Papy n'avait vu que ce qu'il voulait voir. Il n'y avait aucune chance au monde que Ben puisse l'apprécier, et croire le contraire n'entraînerait qu'un seul résultat possible.

La déception.

CHAPITRE TREIZE

Cela faisait deux jours qu'il n'avait pas mis les pieds dans la boutique, mais lorsque Wade y entra le jeudi matin, il eut l'impression que ce n'était pas le cas. Il avait également l'impression qu'il pourrait dormir une semaine entière. Un coup d'œil dans le miroir suffit à lui montrer que les derniers événements l'avaient marqué.

Pas seulement ce qui était arrivé à Papy. Non, de fait, la raison principale de ses nuits blanches se tenait présentement derrière la caisse, les yeux rivés à l'écran.

Papy s'est forcément planté.

Ben écarquilla les yeux lorsqu'en levant la tête, il vit Wade approcher.

— Je ne m'attendais pas à te voir.

— Ma mère est à l'hôpital avec Papy. Elle m'a dit de te remercier pour les coups de fil, d'ailleurs. Il se porte bien. Et tu as suffisamment gardé le fort comme ça.

Ben leva les yeux au plafond.

— La vache. Deux jours entiers. Pour citer Papy : Tu vois ? Les murs tiennent toujours, non ?

Un grand sourire s'étala sur son visage et il enchaîna :

— Tu ne pouvais pas rester à l'écart plus longtemps, avoue ?

Wade était content qu'il s'agisse d'une question rhétorique.

— J'ai de la paperasse à traiter.

Ce sourire était aussi bienvenu qu'inattendu. C'était peut-être un mélange entre les conversations téléphoniques nocturnes et leur angoisse commune pour Papy, mais Wade avait l'impression que Ben avait tourné la page, d'une certaine manière.

Dieu soit loué.

— Et tu ne pouvais pas t'en occuper de chez toi ?

Wade gloussa.

— Pas vraiment, puisque je devais venir récupérer les papiers. Tu penses pouvoir gérer la boutique encore un peu pendant que je m'enferme dans le bureau ?

— Aucun problème. J'ai fait du café il y a genre cinq minutes. Sers-toi, du moment que tu m'en laisses pour ma pause. Qui ne devrait plus tarder, ajouta-t-il en vérifiant l'heure sur l'écran.

Wade se rendit au bureau et referma la porte derrière lui. Il ne pensait pas avoir déjà vu Ben aussi détendu depuis qu'il avait commencé à bosser chez Trésors. Son changement d'humeur ne pouvait pas être *entièrement* dû à la promesse que Wade lui avait faite. À moins que Papy ait bel et bien raison et qu'il se cache autre chose là-dessous… quelque chose qui dépassait l'entendement.

Son portable sonna. Son cœur s'emballa lorsqu'il vit « Maman » s'afficher.

— Il y a un problème ? Papy va bien ?

— Tout va bien, le rassura-t-elle. Ils vont le laisser sortir cet après-midi.

Une vague de soulagement déferla en lui.

— Oh, quelle bonne nouvelle !

— Il a hâte de se faire la malle. Je peux déjà imaginer le calvaire que ça fait être de le faire s'asseoir sur le fauteuil roulant pour aller jusqu'à la porte principale. Mais ce n'était pas pour ça que j'appelais.

— D'accord.

— Je crois qu'on devrait inviter Ben à dîner à la maison ce week-end.

L'espace d'un instant, il fut complètement perdu.

— C'est pour une journée spéciale « Faites à manger pour l'un de vos employés » dont j'ignore tout ? blagua-t-il.

Son rythme cardiaque s'était accéléré. *Pourquoi ? Tu trouves que je ne souffre pas déjà assez de le voir constamment ici ?*

— Il s'est donné tellement de mal pour nous. Bien au-delà de ses responsabilités, et je trouve qu'on doit faire en sorte de lui montrer à quel point nous apprécions tout ce qu'il a fait. Donc… samedi soir, il est invité à dîner.

Certes, il comprenait pourquoi elle voulait faire une telle chose.

— Eh bien, dans ce cas, appelle-le et invite-le toi-même.

— Non, je crois que ce serait mieux venant de ta part.

— Pourquoi ?

— C'est toi, le patron. En plus, tu l'as dit toi-même. Il a été génial. S'il n'avait pas gardé son sang-froid…

— OK, l'interrompit-il à contrecœur. Je m'en occupe.

— Dis-lui que Clare me rend barge, bougonna Papy en bruit de fond.

Wade éclata de rire.

— C'est qu'elle fait bien son travail, alors.

Il leur dit au revoir et raccrocha, puis se servit une tasse de café. Il retourna à la porte du bureau pour l'ouvrir. Ben venait tout juste de finir avec un client et lui faisait un signe de la main.

— Tu as une minute ?

Ben se tourna vers lui.

— Pour l'instant. Qu'est-ce qu'il y a ?

Il s'approcha de Wade, qui se tenait toujours dans l'embrasure.

— Samedi soir. Si tu n'as rien de prévu, maman voudrait que tu te joignes à nous pour le dîner. Papy sort aujourd'hui.

— Oh. C'est l'idée de ta mère ?

Face au hochement de tête de Wade, Ben se frotta la mâchoire.

— Eh bien, je suppose que je *pourrais* garder ma pizza surgelée pour un autre soir.

Un sourire illumina son visage alors qu'il continuait :

— Dis à Mary que c'est très gentil et que je viendrai volontiers.

— Je lui passerai le message. Tu as des restrictions alimentaires ou des allergies ?

— Je suis un petit omnivore tout ce qu'il y a de plus normal. Tu peux me servir n'importe quoi. Le plus simple des invités que tu recevras jamais, enchaîna-t-il, une lueur dans le regard.

Ben pencha soudain la tête sur le côté.

— Ne le prends pas mal, mais tu as l'air d'avoir besoin d'une pause.

Wade redressa les sourcils.

— Je vais essayer de ne pas prendre ça comme un commentaire sur mon apparence. Et je te signale que je viens d'avoir deux jours de congé.

— Ce n'est pas de ça que je parlais, répondit Ben en plissant les yeux. Qu'est-ce que tu fais quand tu ne bosses pas.

Wade lui décocha un regard de fausse stupéfaction.

— Qu'est-ce que ça veut dire, « quand tu bosses

pas » ?

— C'est exactement de ça que je parlais. Quand tu n'es pas dans cette boutique-ci, tu es dans l'une des autres. Tu sais ce qu'on dit : tant va la cruche à l'eau…

— Es-tu en train de me suggérer de trouver un hobby ?

Ben gloussa.

— Rien d'aussi drastique. Mais… peut-être que tu aurais bien besoin d'un endroit où te reposer et recharger tes batteries… Je parie qu'elles sont presque complètement épuisées, là.

Wade était quasi sûr que ses batteries étaient à deux doigts de lâcher, oui.

— Tu connais un endroit comme ça ?

— Quelques-uns, oui. Le parc de Camden Hills, la crête du mont Battie, le parc national d'Acadia… Celui-là a tout un tas de sentiers de randos accessibles. Tout dépend du niveau d'énergie que tu veux mettre en œuvre et de si tu as les couilles pour.

Wade cilla.

— Ça veut dire quoi, ça ?

— Tu te souviens d'Aaron Allen, du lycée ? Il est garde-forestier à Acadia et il essaie sans arrêt de me traîner sur la Precipice Trail.

— Qu'est-ce que c'est ?

— Oh, rien de plus qu'un mur d'escalade aux prises en barreaux de fer qui mène à une falaise à pic avec des dénivelés de plus de trente mètres et qui monte à plus de trois cents mètres sur la face est de la montagne Champlain, c'est tout.

Tout sourire, Ben continua :

— Aller-retour, ça fait quatre kilomètres et ça prend entre deux et trois heures. D'après Aaron.

— Ça a l'air génial.

Wade ne rigolait pas. Il le pensait vraiment.

— Ouais. Peut-être qu'un jour, j'aurais l'occasion de le faire, ce trail.

Un groupe de clients entra dans la boutique et Ben soupira.

— Pas de repos pour les braves.

— Je vais te servir une tasse de café et te la ramener.

Ben lui lança un sourire reconnaissant.

— Merci.

Wade retourna dans le bureau et attrapa une tasse propre.

Il a raison, évidemment. Se trouver un endroit où décompresser était exactement ce dont Wade avait besoin. Son regard se posa sur les piles de papier qui l'attendaient. *Pas maintenant, par contre. Le travail n'attend pas.*

Wade remplit la tasse et retourna à la porte. Ben était occupé à parler à deux clients, ses mains gesticulant comme à son habitude, et tous trois rigolaient.

Il va venir dîner. Non seulement ça, mais sa remarque sur le besoin de Wade de faire une pause indiquait une certaine forme d'inquiétude. À cette pensée, une vague de chaleur s'empara de lui, jusqu'à ce qu'il se souvienne… Leur trêve tenait bon, mais ça n'était rien d'autre que ça : une trêve.

J'ai envie de la seule chose que je ne peux pas avoir.

Peu importait ce qu'en disait Papy. Ben n'aurait jamais – ne *pourrait* jamais éprouver – le moindre sentiment pour lui, et Wade ne pouvait en vouloir qu'à lui-même.

— Merci pour ce délicieux repas.

Ben accepta la tasse de café que Mary venait de lui servir.

— Je ne pourrais pas vous dire à quand remonte la dernière fois qu'on a cuisiné pour moi.

Ils avaient papoté tous ensemble au cours du dîner, Wade y compris. Le voir en jean et en tee-shirt, au lieu de son sempiternel costume trois pièces, s'était avéré un peu gênant au début.

Cela lui avait servi de piqûre de rappel que son patron était *canon*, même si Ben n'en avait guère eu besoin. Il était soulagé que Wade ait disparu dans la cuisine pour s'occuper de la vaisselle.

Baver dans son café n'était pas super cool.

— Ravie que ça t'ait plu.

Mary tourna les yeux vers Papy, qui s'était assoupi dans son fauteuil ; elle sourit.

— Ça lui arrive souvent depuis qu'il est rentré.

— Mais il va bien quand même ?

Papy avait meilleure mine que la dernière fois qu'il l'avait vu, entubé de partout à ces machines.

— Oui, il va bien.

Un gloussement et elle reprit :

— Par contre, il n'est pas du tout impressionné par les recommandations diététiques que l'hôpital lui a données. Ce n'est pas comme s'il mangeait mal d'habitude, il prend soin de lui, mais s'entendre dire qu'il ne pouvait plus manger de chocolat a semble-t-il été la goutte de trop.

Mary se renfonça dans le canapé.

— Tes parents habitent-il toujours à Wells ?

— Oui. Je leur rends visite de temps à autre. Ma mère est débordée. Je suis l'aînée et elle a quatre enfants, avec un écart de huit ans entre moi et la petite dernière, Grace. Elle vient tout juste de terminer le lycée. Notre sœur cadette vit encore chez nos parents.

Il but une gorgée de café.

— Vous viviez tous à Wells quand Wade était au lycée ?

Il la voyait mal entreprendre le trajet jusqu'à la boutique tous les jours.

— Oui. Il y avait moi, mon mari Steven et Wade. David était à la fac ; il y a six ans d'écart entre Wade et lui. Une fois son diplôme en poche, il est parti vivre à New York.

Elle se mordit la lèvre.

— Il avait tellement hâte de se tirer d'ici.

Ben n'avait jamais compris les gens comme ça. D'un autre côté, il avait la chance de vivre dans une région magnifique de l'État et peut-être que ce n'était pas le cas de tout le monde.

— Vous travailliez déjà au magasin, à l'époque ?

— Non, Papy et Judy s'en occupaient, avec une petite équipe d'employés.

Son regard se posa derechef sur l'intéressé et elle baissa la voix :

— Quand Judy nous a quittés il y a neuf ans, ça a été très dur pour lui. Steven et moi avons décidé qu'il ne pouvait pas gérer la boutique tout seul, sans parler des autres succursales que son père avait bâties, alors nous avons vendu notre maison à Wells et sommes venus vivre à Camden pour prendre le relais.

Elle indiqua la maison autour d'eux.

— Elle appartient à Papy. Il n'a pas eu la force de la vendre – trop de souvenirs, je crois – et nous avons emménagé avec lui. Wade avait terminé le lycée entre-deux et s'apprêtait à faire un BTS.

— Vous aviez toujours eu l'intention de laisser Wade prendre la relève ?

— Je crois que c'était davantage en réaction à la perte de sa grand-mère. Papy lui a mis cette idée en tête, et Wade a voulu la réaliser. Quand il en a eu fini avec ses études, il n'est pas parti. Bien sûr, nous avons perdu son père entre-temps, alors peut-être que c'est la vraie raison.

Elle se fendit d'un petit sourire.

— Non, il n'y a pas de « peut-être ». C'est un adorable garçon. Il voulait rester auprès de moi et de Papy.

Encore un exemple d'un Wade qui n'était aucunement similaire à celui que Ben avait connu.

— Ton immeuble a l'air bien, de l'extérieur, commenta Mary. Même si je n'en ai pas vu grand-chose en pleine nuit comme ça.

— C'est une grande maison qui a été entièrement divisée en appartements. Vous avez vu les petites fenêtres dans le toit ?

Voyant Mary opiner, Ben lâcha un sourire narquois.

— L'une d'elles est à moi. Ce n'est pas tant un appartement qu'une boîte à chaussures. Et en bonus, j'ai une proprio qui me casse *vraiment* les… pieds.

Elle gloussa.

Wade revint dans le salon ; Papy se réveilla

lorsqu'il passa à côté de son fauteuil.

— On ne prend pas le café, ce soir ?

Wade éclata de rire.

— Pourquoi tu veux du café ? Ça ne ferait que t'empêcher de dormir.

Papy poussa un grognement nasal.

— Tu vas bouger tes fesses jusqu'à cette table et me servir une tasse.

Tandis que son petit-fils obéissait à ses ordres, Papy se mit à maugréer contre « ces imbéciles de médecins qui n'allaient *pas* le priver de ça aussi ».

— La maison n'est pas bien grande, continua Mary, mais en même temps, nous ne sommes que trois.

Elle se mordit la lèvre.

— Il y a encore moins d'espace dans la chambre de Wade. Avec tous ces cartons. Il n'en a pas ouvert un seul depuis qu'il a emménagé.

Elle décocha un regard entendu à son fils.

— Et lorsqu'il aura trouvé un pied à terre, il les emportera tous, jusqu'au dernier.

Wade s'empourpra.

— Tu vas déménager ? s'enquit Ben.

— J'y pensais, oui. Mais ça, c'était avant, conclut-il en jetant un coup d'œil à son grand-père.

Malheureusement pour lui, Papy ne le loupa pas.

— T'avise pas de rester dans les parages en pensant que tu dois me tenir à l'œil. J'ai ma propre vie à mener. De toute façon, je veux que tu déguerpisses avant que je commence à ramener mes conquêtes à la maison. Comment je pourrais les impressionner si elles tombent sur tes caleçons en train de sécher dans la salle de bains ?

Wade ouvrit grand les yeux.

— Je ne mets *pas* mes caleçons à pendre dans la

salle de bains !

Mary de s'esclaffer :

— Tes conquêtes ?

Papy ricana.

— On sait jamais. Le toit a beau être couvert de neige, il y a encore du feu dans la…

— Papy, je t'en prie, tais-toi, l'interrompit Wade dans un gémissement.

Mary fixa Papy, les lèvres tressautant.

— Navrée d'être porteuse de mauvaises nouvelles, mais la neige sur ton toit a fondu depuis *bien* longtemps.

L'ambiance était la même que lorsque Ben rendait visite à Levi et Mamie pendant leur adolescence. Des échanges confortables, pleins de bons sentiments comme autant de tranches de son ancienne vie et que ça faisait du bien.

— Apparemment, j'ai besoin d'une pause, déclara soudain Wade, le regard scintillant. Du moins, à en croire Ben.

Ce dernier lui lança un regard faussement venimeux.

— Hé, je crois que tu étais super motivé par l'idée d'une rando à Arcadia.

Ce n'était pas la première fois de la soirée que le changement chez son boss le laissait coi. Peut-être était-il dû au retour de Papy de l'hôpital, à son rétablissement évident. Quelle qu'en soit la raison, l'humeur de Wade semblait bien plus légère.

Les yeux de l'octogénaire brillaient.

— Je n'ai pas mis les pieds là-bas depuis des années. C'était l'un de mes endroits préférés où emmener ma Judy.

Il gloussa.

— À l'époque, c'était notre lieu de prédilection

quand on avait besoin d'être seuls un moment.

Ben ne put résister :

— Je parlais justement à Wade de la Precipice Trail.

Papy hocha la tête.

— J'en ai entendu parler, mais je ne l'ai jamais faite. Je crois que si j'en avais même ne fût-ce que soulevé l'idée, Judy aurait fait une syncope.

Wade pouffa.

— Elle était bien plus coriace que ça. Je dois l'avouer, ça m'a l'air vraiment génial. Ce n'est pas quelque chose qui m'est déjà passé par la tête, avant.

— Alors, lance-toi, lâcha Mary à brûle-pourpoint.

Wade fronça les sourcils.

— Sérieux ?

Ben la regarda, l'air surpris.

— Pourquoi pas ? Ça te ferait une nouvelle expérience.

Elle se tourna vers Ben :

— Tu l'as déjà faite, toi ?

— Non, mais j'ai un ami qui me harcèle pour que je la tente depuis des lustres. Il est garde-forestier à Arcadia.

Il jeta un regard à Wade.

— On *pourrait* tenter. Le problème c'est que tu es éternellement attaché à ton bureau, quand tu n'es pas en train de te rendre à un *autre* bureau, ou à faire *autre* chose.

Il réalisa soudain qu'il voulait entendre Wade lui dire oui.

— C'est décidé, annonça Papy en pointant un doigt noueux en direction de son petit-fils. Tu prends ta journée de demain.

Ce dernier cillait, perdu.

— Ah bon ?

— Ouais, et ça vaut pour tous les deux.

Avant que Ben ait pu répondre quoi que ce soit, Papy se tourna vers Mary :

— Tu penses pouvoir réunir assez de main-d'œuvre pour gérer la boutique demain ?

— Sûrement, répondit celle-ci en attrapant son téléphone. Cameron et Madison sont déjà prévus, et Abi adorerait avoir des heures supplémentaires. Elle économise pour partir en vacances.

— Je peux venir aussi, proposa le vieillard qui se renfrogna sous le concert de « non » que cela provoqua.

Mary secoua la tête.

— Tu as entendu les conseils du médecin. Du repos. Tu dois y aller mollo pendant au moins deux mois. Ça veut dire, pas de boulot pour toi.

— Je ne serais là qu'en tant que superviseur, insista-t-il. Tu sais, je pourrais m'asseoir droit comme un roi et donner des ordres à tout le monde.

Ben gloussa.

— Ils sont tenaces, tous les deux, hein ?

Il avait l'impression qu'aussi bien Wade que lui venaient de se faire avoir.

— On va réellement faire une chose pareille ? demanda Wade d'une voix autoritaire.

Ben haussa les épaules.

— Pourquoi pas ? Il faut une première fois à tout.

Et l'idée commençait carrément à lui plaire.

— Promets-moi seulement de le ramener en un seul morceau, lui intima Papy, les yeux rivés à ceux de Ben.

— C'est promis.

Wade s'éclaircit la voix.

— Tu veux bien m'aider à débarrasser les tasses à

café ?

Ben comprit le message. Wade voulait lui parler.

— Bien sûr.

Il rassembla les tasses sur le plateau, qu'il emporta vers la cuisine en suivant Wade. Une fois à l'abri des oreilles indiscrètes de la mère et du grand-père, Wade croisa les bras.

— Rien ne t'oblige à le faire, d'accord ? Je sais que Papy peut se montrer assez tenace, mais tu *as* le droit de dire non. Il n'a pas à avoir le dernier mot à chaque fois.

— Y a aucun problème. Ça fait un moment que j'ai envie de le faire.

Un grand sourire aux lèvres, il ajouta :

— Et comme ça, cette fois c'est *toi* qui devras appeler les urgences si je tombe de la falaise.

S'il était honnête envers lui-même, une part de lui était ravie à l'idée de se retrouver dans l'un de ses endroits préférés… seul avec Wade.

Il avait l'impression que Dieu se donnait du mal pour se racheter de toutes les horreurs qu'il avait vécues.

On en a besoin. Au cours des derniers jours, Ben avait fini par accepter que se raccrocher au passé ne pourrait que lui faire du mal. Il devait aller de l'avant. Ses conversations avec Aaron et Dylan lui revinrent en mémoire.

Peut-être qu'ils ont raison et que je devrais lui offrir le bénéfice du doute. Il n'est clairement plus le même gars que celui que je connaissais.

Et c'était bien le problème.

Le Wade de ses souvenirs avait beau être physiquement attrayant, c'était un connard fini.

Ce Wade-*ci* continuait de combler toutes ses

attentes, et la dernière chose dont Ben avait envie, c'était de s'enticher d'un hétéro.

CHAPITRE QUATORZE

— Tu peux me rappeler une nouvelle fois pourquoi on devait se lever si tôt ? demanda Wade alors qu'ils longeaient la route menant au départ du trail. Il n'est que sept heures trente. Et il n'y avait que deux autres voitures sur le parking.

Ben rigola.

— Tu vas devoir me faire confiance. Le parking se remplit à vitesse grand V. Sans parler des voitures qui se garent le long de la route.

Il avait appelé Aaron une fois rentré chez lui la veille au soir, et ils avaient parlé pendant une heure du trail. Ben avait omis de lui dire qu'il ne s'y rendrait pas seul, sans vraiment savoir pourquoi.

— C'est un trail si populaire que ça ?

— Ce week-end, c'est sûr. D'après Aaron, il était fermé depuis mars, à cause des faucons pèlerins qui y font leurs nids, mais il rouvre aujourd'hui.

Ben avisa les bottes de son compagnon et remarqua :

— Content de voir que tu as suivi mes conseils.

— Tu m'as dit de mettre des chaussures de marche, répliqua Wade en levant les yeux au ciel. Je n'allais pas rappliquer en tongs.

— Tu serais étonné des choix vestimentaires de certains.

Aaron se plaignait sans arrêt des ahuris qui arrivaient avec des tenues complètement inappropriées.

Wade était à l'opposé de ça. Il portait un short et un tee-shirt bleu foncé ; Ben avait bien du mal à ne pas baver devant ces bouts de tissus qui moulaient son large torse ferme et la courbe de ses biceps.

Doux Jésus, t'es magnifique.

Il se racla la gorge.

— Tu as apporté de l'eau ?

— Et de quoi grignoter. Et de la crème solaire. Et de l'insecticide.

Wade lui décocha un pseudo regard noir.

— Tu comptes la jouer comme ça tout du long ?

Ben gloussa.

— Je suis de super humeur, alors me gâche pas mon plaisir.

La randonnée leur promettait un moment d'excitation qu'il avait hâte de vivre. Aaron lui avait envoyé les liens de petites vidéos au sujet du trail, pour lui donner une idée de ce qui les attendait.

— Il y a une chose que j'ai oublié de te demander.

— C'est-à-dire ?

— Tu n'as pas le vertige, j'espère ?

Wade le dévisagea, les sourcils relevés.

— Vu que tu as dit qu'on allait grimper à plus de trois cents mètres, il vaudrait mieux pas.

D'autres plis creusèrent son front.

— Combien de temps tu as dit que ça allait nous prendre, encore ?

— Entre deux et trois heures. On devrait pouvoir rentrer d'ici le début de l'après-midi.

Ben préférerait que ce ne soit pas le cas, toutefois. Il voulait passer autant de temps que possible dans le parc.

— Mais on peut prendre notre temps, non ?

Ben gloussa.

— Un peu qu'on peut.

Il semblait que Wade n'était pas non plus pressé de rentrer chez lui.

Ce dernier indiqua les marches de l'autre côté de la route et le panneau indicateur à côté.

— C'est là ?

Ben hocha la tête.

— C'est le départ du sentier.

Un petit escalier de pierre disparaissait dans l'accotement boisé.

— Je ne comprends pas pourquoi tu insistais sur la difficulté de ce trail. Il m'a l'air facile.

Comme Ben se figeait et le dévisageait avec incrédulité, Wade se fendit d'un sourire narquois.

— Je blaguais.

Ben secoua la tête.

— Tu comptes la jouer comme ça tout du long ?

— Seulement si tu as *beaucoup* de chance.

Ben n'allait pas s'en plaindre. Wade sorti du contexte de la boutique était une véritable révélation. *Il en a sûrement besoin.* L'occasion de se lâcher, de respirer… Dieu savait à quel point la crise cardiaque de Papy les avait stressés et savoir qu'il s'en était tiré avait été un soulagement. *Peut-être qu'on en a besoin l'un comme l'autre.*

Ils gravirent les marches et pénétrèrent dans la forêt ; le sentier partit en pente dès leur tout premier pas. Wade s'immobilisa lorsqu'ils atteignirent un nouvel escalier, fait de rochers celui-ci.

— On a le droit de s'arrêter quand on veut pour s'hydrater, dis ?

Ben éclata de rire.

— Ce n'est pas comme si on était chronométrés ou que j'avais prévu de donner un compte-rendu à Papy. Si tu as envie de faire une pause, tu le signales et on stoppera. Si tu as envie de manger un bout, dis-le. On a pris le petit déj il y a trois heures, alors c'est normal si on commence à avoir la dalle. En tout cas, dans *mon* cas.

Wade leva les deux mains.

— OK, je voulais juste être sûr.

Cet escalier de fortune n'était que le premier d'une série et il ne leur fallut pas longtemps avant de se retrouver à escalader des varappes tant bien que mal, accrochés à des barres de fer encastrées çà et là dans la pierre. La taille de certains rochers dépassait la raison : plusieurs étaient plus grandes qu'une voiture.

— Comment sait-on par où aller ? s'enquit Wade. Je ne vois que des pierres, moi.

Ben lui indiqua un éclat de peinture bleue sur le roc en face d'eux.

— Tu suis ces traces.

Aaron lui en avait parlé, pourtant, lorsque l'un des marqueurs bleus leur indiqua de suivre un chemin qui passait *sous* l'un des rochers, il se demanda si quelqu'un n'était pas en train de leur faire une farce.

Wade s'en approcha et avisa le passage.

— On dirait que ça va être serré.

Ses yeux scintillaient.

— C'est chouette.

Ben était ravi de ne pas être le seul à le penser.

Au fil du trail, ils durent passer sous divers blocs, par-dessus d'autres, en contourner aussi, le sentier était parsemé de barreaux de fer grâce auxquels ils se hissaient pour franchir les obstacles rocheux.

Quand ils atteignirent un terrain plus plat, Wade s'arrêta, toutes dents dehors.

— Hé, on s'en sort pas si mal.

Ben éclata de rire.

— Désolé de briser tes rêves, mais les barreaux de fer qu'on a vus, là-bas ? C'était un genre de test pour les randonneurs du dimanche.

Aaron lui avait dit de les voir comme une mise en condition pour la suite.

— Et je l'ai passé ?

Ben gloussa.

— Ouais, tu l'as passé.

— Le moment est-il bien choisi pour dire que j'ai besoin d'eau ?

Un nouveau rire.

— Je crois bien, oui. Il faut que tu réapprovisionnes tout ce que tu viens de perdre.

Wade jeta un œil à son tee-shirt auréolé de transpiration, puis leva les yeux au ciel.

— Ça alors. On pourrait presque croire qu'il fait chaud. Ou, comme qui dirait, qu'on est en train de faire un minimum d'effort.

Il avisa le tee-shirt jaune pâle de Ben.

— Je crois bien que tu devrais faire pareil.

Ben n'avait rien contre la sueur, encore moins quand c'était Wade qui en était recouvert. Ce dernier sentait bon dans les meilleures conditions : ajoutez de la sudation à l'équation et cela en revenait à une attaque divine contre les sens de Ben.

Ils sortirent leurs bouteilles d'eau et s'abreuvèrent goulûment. Ben tenta de ne pas fixer la gorge de Wade tandis que celui-ci déglutissait, mais les soubresauts de sa pomme d'Adam l'hypnotisaient. Il fourra la main dans son sac à dos pour en retirer un tupperware en plastique.

— Tu en veux ? demanda-t-il en arrachant le couvercle.

Wade en examina le contenu.

— On dirait des bananes avec… c'est quoi à l'intérieur ?

— Du beurre de cacahuète. Mon casse-croûte préféré pour les randonnées. Je coupe la banane en deux, j'étale le beurre de cacahuète sur un côté et je referme le tout avant de l'emballer.

Il lui tendit le conteneur.

— Goûtes-en une. J'en ai plein. C'est super sain, comme collation.

Wade se mordit la lèvre.

— Moi qui pensais que tu nous apporterais des chips ou des biscuits au fromage.

Ben lui décocha un grand sourire.

— Les biscuits attendant dans mon sac.

Son compagnon éclata de rire.

— Ravi de savoir que je ne me suis pas *complètement* planté à ton sujet.

Il prit un des fruits et tous deux grignotèrent en silence au cœur des arbres, accompagnés par le chant des oiseaux.

Leur halte terminée, ils reprirent le sentier jusqu'à atteindre un pont en bois qui enjambait l'espace entre la forêt et le flanc de la colline.

Wade se planta au centre de la structure et décocha un grand sourire à Ben.

— Hé, regard, sans les mains.

Il agita celles-ci dans les airs.

— Sans rambarde aussi, alors fais gaffe où tu mets les pieds.

De là, ils observèrent l'océan et les îles Porc-épic. De l'autre côté du pont s'étendaient une série d'étroites corniches, des balustrades en fer rouillé d'un côté et la falaise abrupte de l'autre. Ils débouchèrent sur un escalier de rochers taillés et empilés l'un sur l'autre, telle l'invention d'un montage en blocs de construction d'un enfant. Wade s'y arrêta au pied, les yeux rivés vers le haut.

— On doit être à mi-chemin, là, non ?

Ben s'esclaffa.

— Bien essayé, mais non, loin de là même. Allez, ouste, grimpe.

— Tu comptes me rattraper si je tombe ?

Un rire nasal, puis :

— Si tu tombes sur moi, tu m'écrase.

— Alors tu devrais passer en premier.

Ben agita la main.

— Bouge tes fesses et grimpe ces rochers.

Passer derrière lui offrait l'opportunité parfaite de mater *le* derrière de *Wade*.

Et fiou !

Quand il eut atteint le sommet, Wade tourna la tête vers lui, un sourire ravi aux lèvres.

— Ce n'était pas trop dur non plus.

— Je suis ravi… que tu passes un… si bon moment, répondit Ben en attrapant le dernier barreau.

Une fois de retour sur la terre ferme, il remarqua un panneau en bois dont le piquet avait été coincé par une pile de rochers.

— OK. Aaron m'a parlé de ça. On est officiellement à six cent quarante mètres du point de départ.

— C'est tout ? répliqua Wade, l'air horrifié. Mais tu as dit que c'était un trail de quatre kilomètres.

— Oui, c'est bien ça. Alors peut-être serait-il judicieux d'envisager les différentes possibilités.

Wade cilla.

— Il y en a plusieurs ?

Ben acquiesça.

— Vois-tu, c'est l'heure de prendre une décision. Si nous prenons à gauche, nous suivrons le chemin jusqu'au sommet de la montagne Champlain. Si tu trouves que c'était déjà trop compliqué pour toi, alors nous suivrons les marqueurs du sentier orange et noir qui nous ramèneront au parking.

Wade le dévisageait.

— Je n'ai pas *l'intention* de faire marche arrière.

Ben sourit de toutes ses dents.

— Moi non plus. En revanche, je devrais préciser que c'est maintenant que ça devient intéressant.

À en juger par le sourire de Wade et l'éclat dans son regard, il attendait ça avec autant d'impatience que Ben.

Le terrain se modifia abruptement. Une fois le panneau dépassé, la cime des arbres s'affaissa sous leur champ de vision. Ils grimpèrent à flanc de corniches en s'aidant de nombreuses barres en fer encastrées dans la falaise qui donnaient l'impression que quelqu'un s'était un peu trop amusé avec une agrafeuse géante. Ils durent franchirent de nombreuses saillies, bien plus étroites celles-ci, et sans rambarde, seulement d'autres tiges de ferraille enchâssées.

Le sol était très, très loin.

— Je t'ai déjà dit que c'est *la* piste la plus dangereuse d'Acadia ? demanda Ben avec entrain lorsqu'ils firent une nouvelle pause hydratation. Et que des randonneurs sont *morts* en la gravissant ?

Wade le fusilla du regard.

— Tu ne crois pas que c'était un détail dont il aurait fallu me parler avant ? Genre, quand tu as lancé cette idée ?

— Oh, je n'en ai pas parlé, alors ? Zut ! Laissons glisser, répondit Ben avant de glousser. Enfin, métaphoriquement parlant. Heureusement, la chance doit être avec nous. Il n'a pas plu, alors les pierres ne sont pas glissantes.

Oh oui, il s'amusait énormément.

Une fois qu'ils eurent grimpé un peu plus haut en s'accrochant aux barreaux qui marquaient le flanc de la falaise telle une échelle, le sentier traversa une forêt tout en continuant à monter en altitude. Wade arrêta pour se désaltérer.

Ben pouffa.

— Tu tiens le coup ?

Wade lui jeta un regard noir.

— C'est ton beurre de cacahuète. Ça m'a donné soif.

— Mais bien *sûr*, rétorqua-t-il avant de céder. On peut faire une halte ici. Dieu sait que je transpire comme un porc, moi aussi. Encore heureux qu'il ne fasse pas *si* chaud que ça, aujourd'hui. De toute façon, on ferait mieux de reprendre notre souffle, vu ce qui nous attend.

Wade ouvrit de grands yeux.

— Pourquoi ? Qu'est-ce qui nous attend ?

— La partie difficile, répondit Ben, tout sourire.

— Comment tu appelles la partie qu'on vient de faire, alors, bordel ? rétorqua Wade d'un ton autoritaire.

— Avance encore un peu et tu verras de quoi je parle.

Ils continuèrent le long du sentier pour émerger sur une série de barreaux en fer et de promenades à flanc de coteau.

— La récompense, c'est la vue qui nous attend tout là-haut.

C'était, semblait-il, l'apothéose du trail, la partie de la randonnée qui faisait bouillir les sangs et monter l'adrénaline.

Wade avisa l'échelle de fer.

— Comment se fait-il que tu en saches autant sur ce trail si tu ne l'as jamais fait avant ?

— C'est le cas, mais Aaron lui, l'a déjà fait plein de fois. Il m'en parle depuis qu'il a commencé à bosser ici en tant que garde-forestier. Et la nuit dernière, il m'a dessiné une carte du chemin et m'a donné tous les détails, étape par étape.

Wade baissa la tête pour regarder son compagnon.

— Il a fait attention à toi, comme tu es en train de le faire pour moi.

— Comme tu dis, confirma Ben avec un sourire. Prêt pour la dernière partie ?

Les yeux de Wade étincelèrent.

— Pas qu'un peu.

En quelques minutes à peine, ils avaient grimpé plus d'une centaine de mètres et l'expérience était grisante. Il y avait des virages, mais toujours vers le haut. Ils avançaient le long de corniches étroites qui s'arrêtaient brusquement et la seule manière de continuer était d'escalader une nouvelle volée de barres en fer. Le chemin suivait le flanc de la falaise et il suffisait d'un regard vers la canopée en contrebas pour que le cœur de Ben s'emballe. Ils finirent par atteindre le sommet où la roche formait un plateau.

— On a réussi ! s'exclama Ben.

Il ne se rappelait pas s'être déjà senti aussi *vivant* entre son cœur qui battait la chamade et l'adrénaline qui pulsait dans ses veines.

Le visage de Wade était rougi par l'effort, ses yeux scintillaient et un sourire étirait ses lèvres comme s'il ne comptait plus jamais s'en défaire.

— Oh, ouah. Regarde un peu ça.

Ils se placèrent au sommet du pic, estampillé de la

sorte par une petite plaque en métal ronde, et observèrent le panorama. Les rayons du soleil faisaient briller l'Océan Atlantique et une brise secouait la cime sylvestre si loin en dessous d'eux. Ils étaient les deux seuls êtres humains là-haut ; Ben éprouva l'écrasante sensation d'être tellement minuscule face à une telle splendeur.

— C'est époustouflant, déclara Wade dont la voix était emplie de respect. Dis-moi qu'on n'est pas obligés de redescendre tout de suite.

— On peut rester là aussi longtemps qu'on voudra.

Ben savait que d'autres randonneurs finiraient par atteindre le sommet, mais en cet instant, il n'y avait que Wade et lui, et c'était *parfait*.

Ils s'assirent sur une saillie, ouvrirent leurs sacs à dos et sortirent casse-croûtes et boissons. Ben s'hydrata avidement, savourant la fraîcheur de l'eau.

— Alors ? Je sais que tu avais une bonne idée de ce à quoi t'attendre, mais est-ce que ça répond à toutes tes attentes ?

Ben soupira.

— C'est encore mieux.

Ce devait être le trail le plus éreintant qu'il ait jamais fait, pourtant la récompense…

— C'est génial, conclut-il.

— Je dois bien avouer qu'il y avait des moments absolument effrayants, dit Wade en frissonnant. Tu sais, des fois j'ai regardé en bas et je me suis dit : « Putain, j'aurais pas dû faire ça ».

Ben s'esclaffa.

— Tu n'as pas eu l'impression d'être une fourmi en train de grimper une pierre ?

— Seigneur, si. Comme si on était tout

bonnement… insignifiants.

Wade fit un signe en direction de la vue.

— Maintenant, je sais pourquoi tu aimes passer du temps ici.

Sa voix s'adoucit lorsqu'il enchaîna :

— C'est l'occasion de n'entendre rien d'autre que le vent, les oiseaux, les battements de ton cœur, le souffle de ta respiration…

Ben hocha lentement la tête. *Il comprend.*

— L'occasion de réfléchir, sans le brouhaha de la vie de tous les jours.

Ni l'un ni l'autre n'ajouta quoi que ce soit pendant un moment, et c'était très bien ainsi.

— Merci, finit par dire Wade.

— De quoi ?

— De m'avoir proposé de venir. D'avoir joué le jeu quand Papy nous a forcé la main. D'avoir partagé ce moment avec moi.

Wade lui jeta un coup d'œil.

— C'est ton endroit rien qu'à toi, si je ne m'abuse ?

— Plus bas, dans le parc ? répondit Ben en souriant. Oui, mais c'est assez large pour le partager.

— Je m'en sors comment ? lâcha Wade de but en blanc.

Ben arqua les sourcils.

— Je ne suis pas sûr de comprendre la question.

— J'ai juste l'impression… Enfin, je veux dire, on a discuté… et j'ai promis de faire un effort.

Wade ne le regardait plus et triturait la bouteille entre ses mains.

Ben saisit où il voulait en venir.

— Je ne vais pas mentir. Je ne pourrai jamais oublier le passé. Après tout, c'est ce qui fait de nous ce que nous sommes, non ? Et j'ai besoin de croire que traverser tout ça a fait de moi quelqu'un de plus fort. Cela dit… j'ai la capacité de tourner la page.

Il avait beaucoup songé à leur situation. La révélation de Mary concernant l'enfance de son fils avait quelque peu altéré sa vision des choses. Toutes les brutes n'avaient pas des circonstances atténuantes pour expliquer la raison de leurs agissements : certaines étaient simplement des gens mesquins, qui se plaisaient à faire du mal aux autres. Ben aurait continué à croire que Wade faisait partie de ceux-là, si Mary ne lui avait pas parlé de son passif. Toutefois, quand bien même son enfance avait été horrible, cela ne constituait qu'une *raison* à son comportement, et non une excuse.

Wade était parfaitement immobile à côté de lui, le visage détourné.

— Quand j'ai découvert que c'était avec *toi* que j'allais bosser, je dois admettre que ça m'a glacé d'effroi, dit Ben d'une voix basse.

Wade refusait toujours de le regarder.

— Je ne peux pas te le reprocher. Pas après la façon dont je t'ai traité.

— Et tu n'as *toujours* pas envie de m'éclairer à ce propos ?

Le fait que Wade semble en avoir le souffle coupé s'avéra très révélateur.

— Je sais que ça doit te paraître incompréhensible, mais je ne *peux* pas. C'est une partie de ma vie que j'aimerais tellement oublier. Principalement parce que j'ai été un vrai connard envers plein de gens. Toi, en particulier. Je sais que tu ne pourras jamais me pardonner, mais je fais de mon mieux pour te montrer que j'ai changé. J'essaie de me racheter comme je peux.

— Tu penses que tu pourrais me regarder pendant que tu essaies ?

Lentement, Wade redressa le menton et leurs yeux se croisèrent.

— J'ai le sentiment d'avoir appris à te connaître un peu mieux, cette semaine. J'ai vu quel genre d'homme tu es. Et je ne pense pas que ça te surprenne grandement d'apprendre que ma mère et Papy t'adorent.

— Ce sont des gens vraiment à part.

— Je… J'ai dit que je te devais des excuses, mais ce n'étaient pas des excuses en bonne et due forme, alors si tu veux bien me laisser réessayer ?

Ses prunelles ambrées se fixèrent sur Ben.

— Je suis *vraiment* désolé.

Il savait ce que Wade attendait de lui, toutefois ce ne fut qu'en cet instant précis qu'il réalisa être en mesure de lui offrir. Ben prit une profonde inspiration.

— Je ne comprendrai jamais pourquoi tu m'as traité comme tu l'as fait, mais à chaque jour qui passe, tu me montres que tu es un homme différent. Aussi… j'accepte tes excuses.

Wade cligna des paupières.

— Sérieusement ? Tu le penses ?

Ben hocha la tête.

— Il arrive un moment où se raccrocher au passé ne fait que causer encore plus de mal. J'ai déjà assez souffert comme ça.

Wade lâcha une expiration saccadée.

— Seigneur, si tu savais à quel point j'avais besoin d'entendre ça.

Un silence tomba entre eux, sans que Ben ne fasse aucune tentative pour le combler. De toute façon, il n'avait plus de mots. Il ouvrit son sachet de biscuits au fromage et mangea en contemplant l'océan. *Tout ce qu'il me fallait pour trouver un peu de paix, c'était d'escalader une montagne.* Sauf que ce n'était pas tout à fait vrai.

Il avait fallu qu'il l'escalade avec Wade.

— Je peux en avoir ?

Ben sourit.

— Tel grand-père, tel petit-fils.

Il lui tendit le paquet et Wade se servit une poignée.

— C'est quoi la suite, maintenant ?

L'espace d'une seconde, Ben ne sut de quoi Wade voulait parler.

— Pardon ?

Wade indiqua le marqueur métallique.

— On est arrivé. Qu'est-ce qu'on fait maintenant ?

— On redescend par là où on est montés.

Son boss en resta bouche bée.

— Avec tous ces rochers ? Les gravir, c'était une chose ; je ne pense pas pouvoir les prendre dans *l'autre* sens.

Ben explosa de rire.

— Si tu pouvais voir ta tronche. Je te charriais, Wade. C'était un sens unique. *Maintenant,* on va suivre les marqueurs qui indiquent le chemin de la descente. Et ça va être beaucoup plus facile. Ça nous ramènera au parking.

Wade avisa l'horizon.

— Je n'oublierai jamais cette journée.

Ben savait qu'il ne parlait pas de la randonnée.

— Moi non plus.

CHAPITRE QUINZE

Ben était allongé dans son lit, le haut-parleur du portable activé. Cette journée l'avait épuisée, mais il était d'excellente humeur.

— Alors, comment ça s'est passé ? s'enquit Aaron. Tu es rentré en un seul morceau. C'est toujours un bon point.

— C'était tellement euphorisant. Je ne crois pas être redescendu de mon nuage, encore. Jeux de mots totalement voulus, ajouta-t-il en réponse au grognement de son ami. Tout ce dont j'ai envie maintenant, c'est de recommencer.

— Je te l'avais dit, jubila Aaron. Pourquoi crois-tu que j'aie tellement insisté pour que tu le fasses, ce trail ? Je savais que tu kifferais.

— C'était effrayant. À des endroits, on a cru qu'on allait tomber, mais quand on est arrivés en haut…

— Une minute. Ouah. Rembobine un peu. « On » ?

Putain.

— OK, je n'y suis pas allé tout seul, en vrai.

Un ange passa.

— Tu comptes me dire avec qui tu l'as fait ?

— Je pense que tu connais déjà la réponse.

Un autre silence, suivi d'un murmure étouffé de la part d'Aaron.

— J'y. Crois. Pas. Tu as emmené *Wade* ? Ouah. Je l'ai pas vu venir.

— Ce n'était pas mon idée… enfin, c'est moi qui lui en ai parlé, puis Papy a pris le contrôle de la situation… mais au final, tout s'est bien passé. Je crois qu'il en avait besoin autant que moi. Et une fois qu'on est arrivés au sommet, on a pu discuter un peu.

— C'est toujours bon de discuter. Surtout vous deux, qui avez plus de choses à régler que la plupart des gens.

Aaron ricana avant de reprendre :

— Je dois comprendre que la discussion s'est bien passée ? J'entends : est-ce qu'il a redescendu la montagne par lui-même ? Ce n'est pas toi qui l'as poussé de tout là-haut ?

Ben éclata de rire.

— Il est redescendu sans anicroches. Et oui, la discussion nous a fait du bien.

Il marqua une pause.

— Je lui ai dit que j'acceptais ses excuses, et ce n'était pas un mensonge. Il faut croire que je vais enfin tourner la page.

Le jeune homme ne pouvait le nier : sa décision lui faisait du bien. Ils avaient pris leur temps sur le chemin du retour et lorsqu'ils avaient atteint le parking, Ben n'était pas prêt à voir la journée s'arrêter là. Wade l'avait ramené à Camden, puis était rentré chez lui passer du temps avec son grand-père.

— Donc, vous êtes potes, maintenant ? Parce que tout ça me paraît très amical.

— Pas de la façon dont *vous* êtes mes amis, mais oui. Je crois qu'il en a bien besoin. Je ne l'amènerai pas à l'une de nos réunions, par contre.

Il avait du mal à imaginer les autres l'accueillir à bras ouverts.

— Je suis content. Pas que tu refuses de l'amener aux réunions, hein ; je parle du fait que tu aies tourné la page. On dirait que tu mets de l'ordre dans ta vie. Un boulot que tu aimes, des gens que tu apprécies, une ville que tu adores… Je ne pourrais pas être plus heureux pour toi. Tout le monde n'arrive pas à se prendre en main.

— Tu penses que tu y arrives, toi ?

Un silence s'imposa avant qu'Aaron lui soumette sa réponse :

— Je vis à Bar Harbor, qui, je crois, est mon endroit préféré au monde… même si je n'en ai pas vu grand-chose, au final, mais de ce que j'ai vu du Maine ? Ouais. J'ai un métier que j'adore. Enfin, la *plupart* du temps, du moins. Certes, il est vrai que je croise parfois des enfoirés du Massachusetts, mais je rencontre aussi des gens formidables. Je ne pense pas que je pourrais bosser ailleurs. Je crois que cet endroit s'est ancré dans mon *âme*.

— Tout ce qu'il te manque maintenant, c'est quelqu'un avec qui partager tout ça. Quelqu'un qui l'aimera autant que toi. Il ne faut surtout pas que tu baisses les bras.

Aaron était un chic type. Il avait besoin de quelqu'un d'aussi spécial que lui.

— Je pourrais dire la même. Tu t'es trouvé un nouvel ami ; maintenant, il est temps de te trouver un mec.

Ben soupira.

— Je l'ai déjà trouvé. Mais pas la peine de te réjouir. Ça n'arrivera jamais.

Le hoquet de surprise à l'autre bout du fil fut très audible dans le silence de l'appartement.

— Comment ? Qui ça ? Tu ne m'as rien dit !

— Ne te mets pas dans tous tes états, il est hétéro.

Une autre pause.

— On est de nouveau en train de parler de Wade, c'est ça ?

— C'est bien ça. Dylan est le seul à qui je l'aie dit,

mais… quand j'avais dix-sept ans ? J'en pinçais grave pour quelqu'un. Le problème, c'est que c'était un enfoiré. Un connard fini, et la *dernière* personne sur qui j'aurais dû avoir des vues, mais bon, le cœur a ses raisons. Et nous voilà, des années plus tard, sauf qu'il est plus attirant que jamais et tellement moins désagréable. Peu importe le nombre de fois où je me dis que ça ne mènera à rien, je n'arrive pas à passer à autre chose.

Un moment de silence accueillit sa déclaration avant qu'Aaron lui réponde :

— Je ne sais pas quoi te dire. D'un côté, je suis content que tu m'en aies parlé. D'un autre, je suis désolé pour toi. Ton job paradisiaque ne me paraît plus aussi idyllique à présent, si tu dois bosser avec quelqu'un que tu désires, mais qui ne voudra jamais de toi.

— Oui, eh bien, c'est la vie.

Ben jeta un œil à l'heure.

— Je ferais mieux de te laisser te coucher. Tu dois te lever tôt demain.

— Dans le mille. Fais de beaux rêves.

— C'est le seul endroit où je *peux* être avec lui : dans mes rêves.

Ils raccrochèrent et Ben mit son portable en sourdine. Il éteignit la lumière et resta allongé dans le noir. Le calme n'était plus aussi intense qu'avant, cependant. *Mme Smith fait encore la fête. Génial.* Il avait presque envie de sortir du lit, de descendre au rez-de-chaussée et de frapper à sa porte, toutefois il était à son aise, il avait du lubrifiant à portée de main et un homme magnifique l'attendait dans les ténèbres.

Il y avait quelque chose de tellement illicite à se tirer doucement sur la tige en imaginant que c'était la main de Wade autour de son sexe. Les yeux fermés, Ben agitait le bassin, s'enfonçant dans le tunnel de ses doigts. Il n'avait aucune envie de voir son minuscule appartement ; au lieu de ça, il s'imaginait là dehors, sur le promontoire rocheux qui dominait Sand Beach. Le soleil lui faisait un bien fou en réchauffant son torse nu. Il n'y avait pas âme qui vive à des kilomètres à la ronde, excepté Wade.

Oh mon Dieu, Wade…

Tous deux portaient un jean, braguettes ouvertes, et Ben avait la main pleine. Il savait qu'il était fort probable qu'une bande de randonneurs apparaisse à tout moment et cela devait expliquer la vitesse avec laquelle les doigts de Wade s'animaient sur son sexe.

— Va falloir faire vite, dit Wade dont les yeux sombres luisaient. T'as l'air à deux doigts de tout lâcher.

— Tu crois ? grogna Ben alors que son amant accélérait le rythme. Seigneur…

— Non, moi c'est Wade.

Ben leva les yeux au ciel, puis les baissa vers l'entrejambe de son compagnon.

— Ouah. T'es énorme de part en part, hein ?

Wade ralentit ses gestes.

— Tu crois pouvoir supporter cette grosse teub dans ton petit trou serré ?

Un gémissement échappa à Ben.

— Oh, putain.

Il se vida brusquement tandis que son esprit imaginait déjà les délicieuses sensations d'étirement que cela lui provoquerait. Il dut retenir un cri lorsque Wade se pencha pour aspirer son gland et en nettoyer toute trace de sperme. Ben tressaillit quand son amant passa la langue dans sa fente sensibilisée.

Ben rouvrit les yeux. Il tremblait, son ventre ainsi que sa main étaient collants, et un fin voile de sueur recouvrait son torse.

Nom de Dieu.

Ben s'affirma que Wade ne dirait jamais ce genre de choses.

Que la queue de Wade n'avait sûrement pas la taille d'un petit anaconda.

Que Wade n'aimait pas les garçons.

Merde, j'ai le droit de rêver, non ? En parlant de rêves, il avait très envie d'y retourner séance tenante.

Ben voulait voir le visage de Wade sous le coup de l'éjaculation.

Il lui restait une heure à tenir avant sa pause déjeuner, mais une fringale le prit soudain et le poussa à s'éclipser dans le bureau à la recherche d'une collation. Lorsqu'il en ouvrit la porte, il trouva Wade derrière l'ordinateur portable, les yeux rivés à l'écran. Il avait passé la matinée là, à bosser sur les comptes.

— Désolé de te déranger pendant ta pause déjeuner, murmura Ben en se dirigeant vers son sac à dos.

— Hmm ? fit Wade en levant la tête. Oh, t'inquiète.

Et de retourner à ce qui l'absorbait tant.

— Ça n'a aucun sens, bougonna-t-il.

Ben attrapa son paquet de biscuits au fromage.

— Pourquoi la présenter comme ça ? Qui aurait *l'idée* de faire une chose pareille ? Qu'est-ce qu'ils avaient en tête, bordel ?

Le jeune employé cilla.

— Tu es au courant que se parler à soi-même est le premier signe de la folie ?

Wade leva à nouveau la tête et lui adressa un regard contrit.

— Désolé.

Ben gloussa.

— C'est rien. Mais j'avoue que ça m'intrigue. Sur quoi tu bosses, au juste ?

Il désigna l'ordinateur.

— J'ai le droit de jeter un œil à ce qui te met en rogne ou c'est top secret ?

— C'est pas un secret.

Wade retourna la machine et Ben avisa l'écran. Cela ressemblait à un site de conception de maison.

— O… K.

Ben mâcha une poignée de biscuits.

Wade se fendit d'un sourire narquois.

— Maintenant, tu voudrais savoir ce que je fabrique sur un site pareil.

Ben hocha la tête.

— Tu te souviens quand ma mère a dit que je voulais déménager ? Eh bien, j'ai commencé à regarder les maisons et les apparts, et cetera. Le problème, c'est que ce que j'avais en tête coûte un bras et une jambe.

Ben avala ce qu'il avait en bouche.

— Tu cherches quoi, un manoir ? Neuf chambres, une piscine, un jacuzzi…

Wade éclata de rire.

— Rien d'aussi extravagant. C'est surtout la *localité* qui dicte les prix.

— Attends deux secondes, demanda Ben avant de passer la tête dans l'embrasure de la porte. Madison ? Ça t'ennuie si je prends ma pause maintenant ?

— Vas-y, aucun souci.

Il ferma la porte, puis s'approcha du frigidaire qui prenait un coin de la pièce. Ben en sortit sa salade au poulet et Wade arqua les sourcils.

— Super healthy.

Ben se mordit la lèvre.

— On ne peut pas survivre qu'avec des biscuits au fromage.

Il farfouilla dans son sac en quête de sa fourchette avant de s'asseoir en face de Wade.

— OK, dis-moi tout. Où as-tu établi tes recherches pour que ça soit si cher ?

Il empala un morceau de poulet.

Wade s'adossa à son siège.

— Pour être honnête, j'aime vivre dans la région. Je n'ai pas envie de trop m'éloigner de ma mère et Papy. Et même si je dois gérer quatre magasins, ils sont tous faciles d'accès depuis ici. Mais…

Ben avala le bout de volaille.

— Où est le problème ? Il doit y avoir des tas de propriétés en vente dans le coin.

Wade confirma.

— Oui, c'est le cas. J'ai repéré des maisons qui seraient parfaites. D'où je pourrais regarder par la fenêtre et contempler l'océan.

— Ahhh, s'exclama Ben avec un sourire. *Maintenant,* je comprends le souci. Ce genre de vues n'est pas pour rien, hein ?

— Comme tu dis. Ça monte dans les deux à trois *millions* pour certaines de ces propriétés. Ma mère veut que je me serve de l'argent hérité de mon père pour acheter une maison, mais il n'y en aura jamais *assez* pour ça. Alors, je me suis demandé si je ne pouvais pas avoir *exactement* ce dont j'ai envie, là où j'en ai envie, et pour le bon prix ?

Ben indiqua l'ordinateur avec sa fourchette.

— Tu m'expliques le site de conception, du coup ?

— Quand j'étais au lycée, j'ai pris des cours de dessin industriel. Je passe beaucoup de temps sur ce genre de sites. Depuis des années.

Ben gloussa.

— Ouais. Pour leur dire qu'ils ont fait ça n'importe comment. Ou que tu aurais pu faire bien mieux.

Wade éclata de rire.

— Je sais que ça paraît dingue. Quelqu'un de mon âge qui songe à se faire construire une maison sur mesure. Ce n'est pas comme si j'avais vécu dans beaucoup d'autres endroits, seulement deux, et que j'avais les connaissances nécessaires pour comparer. Suivre cette voix, ce serait plutôt la décision de quelqu'un de plus âgé qui a vu du pays.

Ben le dévisagea.

— D'après qui ? Finn Anderson, il était au lycée avec nous, a fini par devenir charpentier. Il construit des maisons d'un bout à l'autre de la côte. En ce moment, il s'occupe d'un hôtel à Kennebunkport. Il a notre âge, et son rêve est de se construire sa propre maison.

Wade referma le capot du portable.

— Je vais continuer à regarder les maisons. Je devrais peut-être faire un compromis sur la localisation, mais je finirai par trouver. Ce n'est pas comme si je devais déménager dans l'urgence, tu vois ?

Ben piqua un autre bout de poulet.

— Je comprends ce que tu veux dire vis-à-vis des prix. Tu aurais dû me voir quand je cherchais un logement sur Camden. C'est pour ça que j'ai fini par emménager dans une boîte à chaussure.

— C'est vraiment si petit que ça ?

Ben lâcha un rire nasal.

— C'est si petit que j'ai besoin de sortir quand je veux me vider la tête.

Il mâcha sa prochaine fourchetée en essayant d'ignorer l'ébauche d'une idée qui venait de le frapper. *C'est de la folie.* Pourtant, elle refusait de se dissiper.

Wade abandonna sa chaise.

— J'en ai fini pour aujourd'hui. Enfin, ici, tout du moins.

Il récupéra le portable, qu'il glissa dans sa sacoche.

— Un autre magasin à inspecter, un autre morceau de l'empire à construire.

Wade s'esclaffa.

— Je n'appellerais pas quatre magasins un empire.

Il passa les bras dans les manches de sa veste.

— Au fait… j'ai vraiment adoré notre trail. Tu penses que…

Comme rien d'autre ne venait, Ben lui adressa un regard interrogateur.

— Vas-y. Termine ta question.

L'hésitation de Wade était presque mignonne.

— Est-ce qu'on pourrait s'en refaire un ?

Ben avait tapé dans le mille lors de sa conversation avec Aaron. *Il a désespérément besoin d'un ami.*

— Si tu veux. Et si on faisait l'Ocean Path, la prochaine fois ? C'est tout aussi long, mais c'est un terrain plat sur un sentier qui longe la côte.

Wade sourit.

— Ça me plaît beaucoup. Faisons ça.

Ben gloussa.

— Et quoi, tu ne vas pas attendre que Papy t'ordonne de le faire, cette fois ?

Wade rigola.

Ben enchaîna :

— Et si, cette fois, c'était *moi* qui nous y conduisais ?

— Sur ta moto ?

Un grand sourire étira les lèvres de Ben.

— Allez, quoi. Vis un peu.

Wade déglutit dans un geste théâtral et Ben éclata de rire.

— D'accord, je te promets de ne pas aller *trop* vite.

— Marché conclu. On a qu'à vérifier quel jour ni toi ni moi ne travaillons et on s'organisera à ce moment-là.

Ben aimait *vraiment* cette idée.

— Bon, je vais te laisser finir de déjeuner en paix. À demain.

Une fois Wade parti, Ben sortit son téléphone.

Je me demande si…

Wade s'agrippait au siège, les doigts enfoncés dans le rembourrage.

— Tu comptes me dire où on va ? hurla-t-il alors qu'ils roulaient sur la Route 1.

Tout ce que Ben lui avait dit lors de son coup de fil de la nuit précédente, c'était qu'il souhaitait emmener Wade faire un tour avant le travail. Intrigué, le jeune patron avait accepté. Lorsque Ben était apparu au bout de l'allée, était descendu de sa moto et avait retiré un deuxième casque du coffre à l'arrière, il s'était retrouvé plus intrigué encore, d'autant plus quand Ben avait refusé de lui indiquer leur destination avec la promesse de le ramener chez lui bien avant l'heure d'ouverture du magasin.

Ils prirent la direction du nord à la sortie de la ville tandis que le soleil se levait sur l'Atlantique et que le ciel se découvrait dans un mélange époustouflant de rouge, d'orange et d'or. C'était la première fois qu'il montait à moto et il avait l'impression que Ben y allait mollo pour son bien.

— On y est presque, répondit Ben sur le même ton.

— D'accord, mais presque où ?

Ils avaient quitté Camden depuis environ dix minutes et il n'y avait pas grand-chose à voir en dehors des arbres sur leur gauche et de l'océan sur leur droite. Ils passèrent quelques maisons disséminées çà et là, ainsi qu'un centre médical.

Soudain, Ben ralentit et indiqua qu'il allait tourner à droite. Il quitta la Route 1 pour un chemin de terre étroit. Lorsqu'il s'immobilisa entièrement et coupa le moteur, Wade balaya les alentours du regard.

C'est quoi, ce bordel ?

— On y est, dit Ben en descendant.

Wade se hissa de la moto et retira son casque.

— OK, mais qu'est-ce qu'on fait là ?

Ben enleva son casque et se passa les mains dans les cheveux.

— Bienvenue à Lincolnville.

Wade sourit.

— Il n'y a pas grand-chose à voir à Lincolnville.

Ben lui fit signe avec un doigt.

— Viens par là.

Il mena Wade le long d'une route cahoteuse.

— Tout ce mystère commence à me rendre dingue, l'avertit Wade.

Il n'y avait rien à voir à part les arbres et, devant eux, les premiers éclats du soleil matinal sur la surface de l'eau.

— Patience et lumière sera faite.

Wade émit un rire nasal.

— Du moment qu'on n'est pas aveuglés.

— L'autre jour, quand on s'est parlé, ça m'a fait réfléchir.

— Oh, oh. Je dois m'inquiéter ?

Ce qui l'emplissait d'allégresse n'était pas tant la promenade en bord de mer que la façon dont Ben interagissait avec lui.

Je croyais qu'on ne pourrait jamais en arriver là. Depuis leur randonnée, une certaine aise s'était imposée dans leur relation. *Sauf qu'on n'a aucune relation.*

Ce qu'il avait, c'était un *ami*, et ça lui convenait très bien ainsi. C'était le plus proche qu'il parviendrait de ce qu'il voulait réellement, mais ça, ce n'était qu'une chimère et il en avait conscience.

Un ami, ça me convient très bien.

Ben éclata de rire.

— Patience.

Ils continuèrent d'avancer sur le chemin jusqu'à ce qu'enfin, ils arrivent à l'océan.

— Comment tu la trouves, cette vue ?

— Elle est vachement belle.

Wade aurait pu rester là des heures. Quelque chose chez l'océan l'attirait. Il adorait toutes ces humeurs : le calme comme la tempête.

— Imagine-toi franchir ta porte d'entrée et voir ça. Ou ouvrit la fenêtre de ta chambre et entendre le bruit des vagues.

Wade gloussa.

— Ça y est, j'ai capté. Tu m'as amené là pour me torturer.

Ben lui fit face.

— Au contraire. Je t'ai amené là pour te redonner espoir.

Wade n'avait pas la moindre idée de comment interpréter cette remarque.

Ben indiqua l'endroit où il avait laissé sa moto.

— Il y a une pancarte là-bas. Pas sûr que tu l'aies vue. Ce terrain est à vendre.

Wade avisa les alentours.

— Je ne vois aucune délimitation. De quelle surface on parle, là ?

— Un peu plus de quatre-vingts ares.

Wade souffla, contrarié.

— J'imagine déjà le prix de départ d'un terrain pareil.

Les yeux de Ben brillaient.

— Que dirais-tu de soixante-neuf mille ?

Wade en resta bouche bée.

— Sérieux ?

Ben acquiesça.

— C'est le prix de base du terrain. Quatre-vingt-quatre ares, pour être vraiment précis. Alors, je n'ai pas la moindre idée de ce que ça coûte de faire construire une maison, mais je suis quasi certain que ça ne te demanderait pas plusieurs millions pour obtenir quelque chose d'assez grand pour tes besoins. Les maisons que tu regardais sur ce site… elles n'étaient pas fort grandes. On aurait dit plutôt des cottages à la mode Cape Cod.

Ben croisa les bras.

— Donc, voilà ce que je te propose. Je ne t'oblige pas à acheter *ce* terrain en particulier, mais à changer ta façon de penser. Suis ton instinct. Commence à regarder les *parcelles* en vente, plutôt que les maisons. Quand tu auras trouvé l'endroit qui te convient, je connais quelqu'un qui pourra te construire ta maison. Et s'il est trop occupé, il connaîtra quelqu'un pour le faire à sa place.

Il fallut un moment pour que Wade encaisse.

— Tu es sérieux.

Ben hocha la tête.

— Et toi, tu adores cette idée.

Wade était tout sourire.

— Putain, carrément. Ça vaut le coup d'y réfléchir.

Il balaya derechef le terrain. Au loin, il pouvait voir quelques maisons, mais rien de bien proche. Presque un hectare, cela lui paraissait beaucoup. *Mais cette vue…*

— Ça prend combien de temps pour construire une maison ?

Les yeux de Ben rutilaient.

— Quelle taille fait un bout de corde ? Je n'ai pas la réponse, mais je connais quelqu'un qui l'a.

Il remit son casque.

— Et maintenant que je t'ai retourné la tête, il est l'heure de retourner à la réalité. Je dois bosser, tu te souviens ?

Wade le dévisagea.

— Tu t'attends à ce que j'arrive à me concentrer sur le boulot après m'avoir confronté à une telle chose ?

Il n'avait qu'une envie : se caler à l'ordinateur et trouver le plan de maison parfait.

CHAPITRE SEIZE

Ben, Mary et Wade se tenaient au centre de la boutique, étudiant l'espace disponible. Les samedis en fin d'après-midi étaient généralement une période calme ; Cameron et Madison s'occupaient des quelques clients qui restaient.

Mary secoua la tête.

— Je continue de dire qu'il est trop tôt pour sortir les produits de Noël, affirma-t-elle. On est encore en août. Et même si j'adore l'idée de ces décorations dont tu me parles, j'ai une question importante.

Elle tendit le bras dans un geste démonstratif.

— Où comptes-tu mettre le présentoir ?

Ben gloussa.

— Je sais d'où ça vient.

Il adressa un regard entendu à Wade.

— Tu as regardé ces pubs en ligne pour la boutique de Noël près des Chutes du Niagara, avoue. Je t'ai vu.

— Je persiste à dire que ça constitue un marché potentiel, rétorqua Wade en croisant les bras. Ça vaut au moins la peine d'y réfléchir. On peut commander le stock et faire le lancement en septembre, si tu trouves qu'il est encore trop tôt.

— À quel genre de stock tu pensais ? s'enquit Mary.

Elle se mit à arpenter la boutique, remettant un objet en place par-ci et réarrangeant un étalage par-là. Ben adorait cette manie chez elle : sa façon de toujours chercher à embellir les présentoirs.

— J'ai un catalogue. On pourra y jeter un œil ce soir quand on sera rentrés.

Mary soupira.

— Tu ne lâches rien, il faut bien l'admettre. Et c'est toi le directeur général. Très bien. On en reparlera. Tu as conscience que Papy voudra s'impliquer aussi ?

Ben éclata de rire.

— Une chouette conversation en perspective.

Il appréciait l'approche pragmatique de Papy vis-à-vis du magasin.

Mary se tourna vers lui avec un sourire.

— Alors, pourquoi ne viendrais-tu pas aussi, comme ça tu pourras y participer ?

Il fronça les sourcils.

— Si vous discutez de l'avenir du magasin, je…

— Ma mère a raison, l'interrompit Wade. Tu travailles ici tous les jours. Ton avis est important.

Ben ouvrit la bouche pour exprimer son désaccord, mais Mary se racla la gorge.

— En plus, Papy m'a appelé pour dire qu'il avait préparé de la chaudrée de palourdes et des canapés aux huîtres.

Oh, mon Dieu.

— Hé, c'est déloyal, ça.

Il se servait généralement un bol de soupe le soir en rentrant chez lui, en raison de l'heure tardive, alors la promesse d'une chaudrée aux palourdes était un véritable coup bas.

Sauf que je finis tôt, aujourd'hui. Cameron et Madison s'occuperaient de la fermeture. Ben bavait déjà rien qu'à penser à la chaudrée.

Wade gloussa.

— Je crois que ça veut dire oui.

— D'ailleurs, Papy demandait de tes nouvelles pas plus tard que ce matin, ajouta Mary. Je pense que vos papotages lui manquent.

— À moi aussi.

Ben savait que Lionel devait y aller mollo, mais il espérait qu'ils le reverraient bientôt à la boutique.

— D'accord. Chaudrée aux palourdes, canapés et Noël. Ça m'a tout l'air d'une super soirée.

De qui se moquait-il ? Ça avait l'air *génial*. La dernière fois qu'il avait parlé à sa mère, il avait blagué sur le fait que les Pearson l'avaient « adopté ». Cette dernière ignorait tout de ce qu'il avait vécu au lycée et du rôle que Wade avait joué ; Ben s'était donné beaucoup de mal pour cacher ses problèmes.

Ça valait mieux ainsi.

Ben rapporta les bols vides à la cuisine, où Wade était en train de remplir le lave-vaisselle.

— C'était délicieux. Papy en prépare souvent ?

Wade gloussa.

— Pourquoi tu poses la question ?

Le jeune employé leva les yeux au plafond.

— Bah, parce que je veux être là la prochaine fois qu'il en fera, tiens. Mary a dit qu'elle voudrait une infusion à la camomille et Papy a commandé son « nouveau comme d'habitude », quoi que ça puisse vouloir dire.

Wade sourit.

— Ma mère essaie de lui faire perdre l'habitude de

prendre un café le soir. Maintenant, on lui sert une infusion spéciale qui l'aide à dormir. C'est du moins ce qui est marqué sur la boîte.

Il attrapa des tasses sur l'égouttoir.

— Tu veux goûter ?

Ben lâcha un grognement dérisoire.

— Je n'ai aucun problème avec ça. Je m'endors à la seconde où ma tête touche l'oreiller.

Enfin, la *plupart* du temps. Au cours de la semaine écoulée, son esprit s'était entiché d'autres occupations plutôt que le sommeil.

La raison à ça était d'ailleurs occupée à faire du thé.

Mary entra dans la cuisine.

— Au fait… lâcha-t-elle avec un sourire malicieux. Tu risques d'avoir un problème à atteindre ton lit, ce soir.

Wade se figea.

— Je ne suis pas encore allé dans ma chambre. Qu'est-ce que tu as fichu ?

Tous trois avaient à peine eu le temps de franchir la porte d'entrée à dix-huit heures que Papy avait déclaré le repas prêt et qu'ils devaient « activer leurs fesses jusqu'à la table ». Une fois le dîner terminé, le catalogue avait été sorti et Wade avait mené un débat animé avec l'assemblée.

Mary avait vu juste : Papy avait beaucoup à dire sur le sujet.

Cette dernière se mordait présentement la lèvre.

— Rien, je t'assure.

— Maman.

Ben ravala un gloussement. Il avait tellement l'habitude des interactions de Mary et Wade en tant que directeur et employée qu'il lui arrivait parfois d'oublier qu'ils avaient également une tout autre relation. Il supposait que Wade tenait de son père : Mary n'était pas beaucoup plus large que Ben, et voir ce beau gosse musclé essayer de tenir tête à sa minuscule mère était adorable.

Oui, c'est un sacré beau morceau.

— Papy et moi avons eu l'occasion de discuter, c'est tout, et avons décidé qu'il était temps de faire du tri. Alors, ce matin, avant de partir au boulot, je suis montée au grenier et j'ai descendu tous les cartons avec ton nom dans ta chambre. Ça m'a pris un temps *fou*, acheva-t-elle en le toisant d'un air inébranlable.

— Maman ! se récria Wade en la fusillant du regard. Tu ne t'es pas dit qu'il y en avait déjà *assez* comme ça ? Il fallait que tu en rajoutes au-dessus ?

Elle rayonnait.

— Tu n'as plus d'excuses, comme ça.

Sur ce, elle quitta la cuisine en ajoutant :

— Je prendrai mon infusion au salon, s'il te plaît.

Ben lança à Wade le regard le plus innocent dont il fut capable.

— Il y a un problème ?

Wade était tout renfrogné.

— Juste ma mère qui joue les… casse-couilles, c'est tout, termina-t-il à voix basse. Elle sait que je déteste faire ça.

— Faire quoi, au juste ?

Comme s'il n'en avait pas déjà une très bonne idée.

— Jeter des affaires. On ne sait jamais quand quelque chose pourra s'avérer utile.

Ben recula d'un pas, la bouche grande ouverte.

— Oh, mon Dieu, fit-il dans un ton faussement horrifié.

— Quoi ?

— Tu es un *entasseur compulsif*.

Wade pouffa.

— Et tu veux en venir où ?

Ben secoua la tête.

— Non, non, non. Tu dois te montrer impitoyable. Brutal, même. Tu devrais voir mon appartement. Le terme « minimaliste » frôle l'euphémisme. Quand j'ai quitté le nid, je me suis débarrassé de tellement de trucs.

Wade versa l'eau bouillante dans les tasses.

— Tu m'en vois ravi. Mais je ne suis pas comme ça, OK ?

Ben lui décocha un grand sourire.

— Je parie que je pourrais jeter un œil à toutes tes merdes… pardons, affaires… et décidé intensément si c'est à garder, bon pour Emmaüs, ou à jeter.

Wade le regarda droit dans les yeux.

— J'accepte.

— Hein ?

— Je recours à tes services. Tu vas m'aider à trier toutes ces mer… affaires.

Les yeux de son boss luisaient.

— Tu es sérieux.

— À quel sujet ? demanda Mary, qui venait de passer la tête dans l'embrasure. Papy m'a envoyée demander ce qui prend autant de temps. Il a dit qu'à ce rythme, il finirait par s'endormir avant d'avoir pu voir son thé.

— Ben va m'aider à trier les cartons, déclara Wade. Apparemment, c'est un expert en la matière.

Le ton clairement taquin et l'air amusé de Wade finirent de le convaincre.

— Très bien, j'accepte.

Mary éructa un hoquet de surprise qu'elle avait

tenté d'étouffer.

— Je crois que tu ferais mieux d'évaluer l'ampleur du problème avant de laisser Wade extorquer ton aide. Je n'exagérais pas du tout quand j'ai parlé de la quantité.

— Montrez-moi.

Ben ne laisserait *pas* Wade remporter la partie. Il croisa son regard.

— Tu crois que je vais me débiner, avoue ?

— Si tu as un gramme de jugeote, carrément, marmonna Mary. Par ici.

Il la suivit dans le couloir, Wade sur ses talons. Elle s'arrêta devant l'une des portes.

— Prépare-toi.

Elle poussa le battant.

Ben jeta un œil à l'intérieur.

— Nom de D…

Mary éclata de rire.

— Crois-moi, je m'attendais à une expression bien pire. Mais puisque vous êtes là, allez-y, regardez. Je vais m'occuper du thé. Comme ça, on aura au moins de quoi nous désaltérer au cours des quelques heures qu'il reste avant d'aller nous coucher.

Ben franchit le perron.

— Il y a bien un lit quelque part là-dedans, rassure-moi ? plaisanta-t-il.

Les piles de cartons s'entassaient contre les murs, au pied du lit, sous le bureau et l'appui de fenêtre… Bouche bée, il se tourna vers Wade.

— Je retire ce que j'ai dit. Tu n'es pas un entasseur. Tu es un *méga*-entasseur.

Il balaya de nouveau la pièce du regard.

— Et je te parie que la plupart de ces trucs peuvent aller à la poubelle.

— On verra. Tu n'as qu'à en choisir un et y

plonger ton œil expert ? rétorqua Wade avec un sourire narquois.

— C'est parti, mon kiki.

Ben attrapa le carton le plus proche et le posa sur le lit avant de s'asseoir à côté. Il en força les rabats et jeta un œil à son contenu.

— Oh, doux *Jésus*.

— Quoi ? Qu'est-ce que tu as trouvé ?

Précautionneusement, Ben retira un bout de pâte à modeler cuite.

— C'est censé être quoi, ça ?

Wade se mordit la lèvre.

— C'est un crocodile. Je l'ai fait à la maternelle.

Ben essaya de ne pas rire.

— C'est le croco le plus difforme que j'aie jamais vu.

Il le posa sur le lit et l'observa avec une objectivité glaciale.

— OK. Poubelle.

— Pardon ?

Ben en resta pantois.

— Bah voyons ! Si c'était un chef-d'œuvre de toute beauté, je te dirais oui en un clin d'œil, mais ça ne *ressemble* même pas à un crocodile. Merde, quoi, j'ai dû te demander ce que c'était.

Il plongea derechef la main dans le carton et en retira cette fois un bloc de plâtre.

— Et ça ? demanda-t-il en le posant sur l'édredon.

— C'est un moule de ma paume.

Ben arqua les sourcils.

— Et tu avais *quel âge* quand tu l'as fait ?

— Cinq ans, rétorqua-t-il avec une pointe d'agressivité. C'est ma mère qui m'a dit de le garder.

Ben croisa les bras.

— Et quand l'heure de Mary sera venue, le plus tard possible, tu diras que « tu comprends » et tu continueras à le garder. Parce que c'est dans ta nature, nota-t-il en désignant les boîtes. Comme je viens de l'apprendre.

Ben récupéra le bloc de plâtre et le lui tendit.

— Poubelle.

— Pardon ?

Un sourire narquois étira les lèvres du jeune homme.

— Tu te répètes beaucoup, ce soir. Qu'est-ce que tu comptes en faire, sinon ? Le garder pour pouvoir dire, « Mince alors, ma *main* a tellement grandi depuis le CP » ?

— J'ai changé d'avis, déclara Wade. On ne peut pas faire ça maintenant. Il est tard. Tu ferais mieux de rentrer chez toi.

— Comment ? Sans avoir bu mon thé ?

Ben commençait à s'amuser.

— Et il n'est pas tard. Il est à peine vingt heures.

Il avait compris le message, néanmoins.

— OK, et si on vidait au moins *un* carton ? Hmm ? Comme ça, on aura fait un premier pas dans la bonne direction.

Il avisa le reste de la chambre.

— Un de moins, et tout plein, tout plein d'autres encore.

— D'ac. Ce carton-là.

Ben ricana.

— Oh non, pas question. Je parlais d'un tout *autre* carton.

— Qu'est-ce qu'il reste dans celui-là ?

Ben y jeta un œil.

— Pour être honnête, je crois qu'on peut se passer

d'intermédiaire et aller le vider directement dans la poubelle sans attendre.

Il souleva la boîte et la fourra dans les bras de Wade.

— Dessine une croix dessus. On en a terminé avec lui.

Ben s'approcha d'une autre victime.

— Mec, tu rigolais pas quand tu as dit que je devrais me montrer brutal, remarqua Wade en frottant sa mâchoire barbue. Je te découvre une toute nouvelle facette.

— Hé, on ne se moque pas. Tu as *besoin* de mes talents, répliqua Ben, tout sourire. Et moi, j'ai besoin d'un thé. Alors, du balai, esclave.

Wade tira sur la mèche de cheveux qui pendant sur son front.

— Bien, maître.

Il quitta la chambre en gloussant.

Ben sourit intérieurement tandis qu'il ouvrait le carton suivant. *Ouah, il a besoin de moi.* Certes, pas de la manière dont Ben *voulait* qu'il ait besoin de lui, mais bon, il s'en contenterait bien.

La deuxième boîte était remplie de… *Ce sont des notes de maths ?* Il y avait des manuels scolaires et des piles de papier, ainsi que plusieurs livres à couverture rigide que Ben reconnut aussitôt. Il en sortit un du carton sans pouvoir se retenir de sourire. *Il a gardé les albums de promo.* Un gloussement lui échappa. Wade avait *tout* gardé. Sur la première couverture s'étalait une photo du lycée, l'entièreté du corps estudiantin et du personnel enseignant regroupés de chaque côté. Ben l'étudia, essayant de se rappeler où il se trouvait sur cet ultime cliché. Il savait qu'il était proche du devant. *Avec tous les autres gosses de petite taille.*

Ben avait jeté son exemplaire bien des années plus tôt. *Oh, mec, ma photo perso était horrible.* Il feuilleta les pages en papier glacé en quête de cette dernière. *Elle n'était peut-être pas si terrible que dans mon souvenir.* Quand il arriva à la bonne page, il se figea.

C'est. Quoi. Ce. Putain. De. Bordel ?

À côté de la photo de Ben, quelqu'un en avait collé une autre. De Wade, découpé proprement le long des contours. Ce qui l'avait interpellé, c'était le cœur qui les entourait, dessiné grossièrement au stylo rouge, de nombreuses fois.

— Putain !

Une tasse rebondit sur la moquette, son contenu se répandant tout autour.

Relevant violemment la tête, Ben trouva Wade en train de le fixer, l'air ahuri. Le jeune homme lui montra l'album photo.

— Tu veux bien m'expliquer ?

Le teint de Wade avait viré au cendré, ses lèvres frémissaient. Il s'accroupit pour ramasser la tasse de ses mains tremblantes.

Ben déglutit.

— C'est quel genre de plaisanterie de mauvais goût, ça ?

— Pas… pas une plaisanterie, répondit Wade d'une voix brisée. Je *peux* t'expliquer, je te jure.

— Ah ouais ?

Ben retourna le livre ouvert contre sa poitrine.

— Regarde-moi ça. *Regarde*, je te dis. C'est *toi* qui as fait ça.

Wade hocha la tête.

— Pourquoi ?

La poitrine de son interlocuteur se soulevait à un rythme saccadé.

— Ce n'est pas évident ?

Ben cilla.

— T'es sérieux ? Tu as encerclé une photo de nous deux collés l'un à côté de l'autre avec un cœur, genre tu en *pinçais* grave pour moi au lycée…

Voyant Wade se raidir, lèvres ouvertes, Ben sentit son pouls s'accélérer et une vague de chaleur l'envahir.

— C'est une putain de *blague*, oui. Tu voudrais me faire croire ces *conneries* ? Que tu m'en as fait baver autant parce que tu étais trop poule mouillée pour m'avouer que tu avais *envie* de sortir avec moi ?

Il se redressa et laissa tomber l'annuaire par terre, comme si le toucher l'avait brûlé. Il était possible que Mary et Papy aient tout entendu, il le savait, puisque la maison n'était pas bien grande, d'autant qu'il n'avait pas pris la peine de baisser le ton, mais en cet instant, il était trop remonté pour en avoir quoi que ce soit à foutre.

— Je *t'interdis* de rester planté là à essayer de me faire gober que tu avais le béguin pour moi au lycée. Pas après le calvaire que tu m'as fait subir.

— Mauvais temps, croassa Wade.

Ben le dévisagea.

— C'est censé vouloir dire quoi ?

— Je… *J'avais* le béguin pour toi à l'époque, oui… mais… c'est toujours le cas.

Ces cinq derniers mots franchirent ses lèvres dans ce qui était à peine un murmure.

Le volcan de ses sentiments menaçait d'ensevelir Ben. Il n'arrivait plus à réfléchir, plus à *respirer*…

Rien de tout ça n'avait de *sens*, putain.

Il avait besoin d'air. Besoin de s'isoler pour penser. Et il ne pouvait faire ni l'un ni l'autre tant qu'il restait là à fixer Wade.

— Je reviens.

Il passa devant Wade à toute vitesse, direction la porte.

— Tu... Tu t'en vas ?

Ben fit volte-face.

— J'ai bégayé ? J'ai bien dit *je reviens*, non ? Pour l'instant, je ne sais pas quand, exactement. Mais quand je remettrai les pieds ici, toi et moi on aura une grande discussion.

Il s'immobilisa avant d'enchaîner :

— J'ai dit « on », mais c'est *toi* qui vas avoir beaucoup de choses à dire.

Sur quoi, il déguerpit. Quand il entra dans le salon, Papy l'observa avec une inquiétude évidente.

— Tout va bien, fiston ?

— Non, pas vraiment.

C'était tout ce qu'il avait la force de répondre. Il attrapa sa veste du dossier où il l'avait posée.

Mary le fixait de ses yeux ronds comme des soucoupes.

— Ben, tu devrais peut-être...

Il leva la main.

— Je devrais peut-être *rien du tout*. Ce n'est pas avec moi que vous devriez avoir cette conversation. Je reviendrai quand j'aurai eu le temps de réfléchir à tout ça.

Il traversa la pièce, franchit la porte d'entrée et se retrouva dehors à frissonner tandis qu'il enfilait sa veste, car l'air nocturne était frisquet sur ses bras nus.

Ben remonta l'allée et s'assit sur le muret qui délimitait le devant de la propriété. Il se cacha le visage dans ses mains, pris de tremblements.

C'est quoi, ce bordel ?

CHAPITRE DIX-SEPT

Alors qu'il sortait de sa chambre d'un pas trébuchant, Wade entendit la porte d'entrée claquer.

Eh merde.

Quelles étaient les chances que Ben tombe sur *ça* ? Non pas que ça ait la moindre espèce d'importance, désormais. Son secret avait jailli au grand jour tel un diable de sa boîte en carton.

— Wade ? l'interpella Papy, l'air irrité.

Il entra dans le salon. Son grand-père avait éteint la télé et le fixait. Sa mère était à la fenêtre, les rideaux repoussés.

— Il est juste assis là. Je vais aller…

— Laisse-le. Et tire-toi de la fenêtre.

Wade s'était obligé à insuffler autant de force que possible dans sa voix. Sa mère releva brusquement la tête vers lui, les yeux grands ouverts.

Papy plissa les siens.

— Qu'est-ce que tu as fichu, gamin ?

J'ai tout fait foirer, voilà ce que j'ai fichu.

Dans sa poche, son portable se mit à vibrer ; lorsqu'il jeta un œil à l'écran et y vit le nom de Ben, son cœur s'emballa. Il appuya sur la touche « Répondre » sans pour autant oser parler.

— J'ai changé d'avis. Je ne suis pas dans le bon état d'esprit pour avoir une discussion à ce sujet maintenant. Je vais rentrer chez moi.

— Mais… c'est moi qui t'ai amené. Comment vas-tu…

— À pied.

— Laisse-moi te ramener ?

— Non, rétorqua Ben sans la moindre trace

d'hésitation. J'ai besoin de marcher jusqu'à ce que je ne sois plus en rogne.

Un rire nasal lui échappa.

— Il va sûrement falloir que j'aille jusqu'à Bar Harbor pour y arriver.

— Mais… on va quand même en discuter ?

— Oh, ne t'en fais pas. Tu as de fameuses explications à me donner.

Ben raccrocha.

Wade tressaillit. Il rempocha son téléphone, se rendit au bar et se servit un doigt de whiskey qu'il descendit comme s'il s'était agi d'un verre de soda.

Lorsqu'il fut pris d'une quinte de toux, Papy le toisa d'un regard indifférent.

— Oh, mais je t'en prie. Sers-toi dans *ma* réserve. Comme si *ça* allait régler quoi que ce soit. Pose tes fesses sur le canapé et explique-toi.

Sa mère se tourna à nouveau vers la fenêtre tandis que Wade se frottait la bouche avant de lui signaler d'une voix rocailleuse :

— T'embête pas à regarder. Il est parti.

Elle posa une main sur son cœur.

— Il a dit que ce n'était pas avec lui que je devais avoir une discussion. Qu'est-ce qu'il entendait par là ?

Wade s'affaissa sur le divan.

— Il faut que je vous dise quelque chose.

Son pouls battait la chamade et les battements de son cœur tambourinaient contre ses tympans. Une douleur lui vrillait la poitrine tant et si bien qu'il avait du mal à respirer. Papy avait raison : le whiskey n'avait rien arrangé.

Ce dernier pencha la tête d'un côté.

— C'est pas parce que tu es gay, j'espère ? Parce qu'on en a déjà parlé et si tu crois que c'est une révélation pour ta mère, tu risques d'être surpris. Les mères, c'est pas facile à duper, fiston.

Wade tourna la tête vers elle, bouche bée.

— Tu… tu savais ?

Elle se mordit la lèvre.

— Pas à cent pour cent, pas avant maintenant. Mais oui, je m'en doutais. Les signes étaient évidents, mais comme tu n'y faisais aucune allusion…

Elle s'assit près de lui sur le canapé.

— Tu vois ? Ce n'était pas aussi compliqué que tu semblais le croire, si ?

— Oh, maman, si seulement c'était si simple.

Il se recroquevilla, la tête dans les mains. Il ne pouvait les regarder l'un comme l'autre.

— Il faut que je vous dise ce qui s'est passé… au lycée.

Comme sa mère lui prenait la main, Wade la retira sèchement.

— Non. Tu dois d'abord m'écouter.

— Ça ne peut quand même pas être si grave ? dit-elle d'une voix douce.

— Pire que tu ne l'imagines.

Il fixa le tapis sous ses pieds.

— Tout ce que j'ai subi quand j'étais gamin, toutes ces douleurs et ces angoisses… on aurait pu croire que ça m'aurait donné une leçon, mais non. Je suis tombé dans le même piège que ces crétins qui m'avaient fait du mal. J'ai fait vivre un enfer à d'autres gosses.

Un silence accueillit son aveu, seulement interrompu par le tic-tac de l'horloge de Papy. Sa mère finit par le briser.

— Tu… tu es devenu une brute ? Au lycée ?

Il acquiesça, incapable de croiser son regard.

— En m'en prenant aux autres, les projecteurs

restaient sur eux plutôt que sur moi. Je le faisais seulement pour me protéger, pour me cacher. Seigneur, j'étais tellement méchant. Je ne me suis jamais servi de mes poings ; je n'en avais pas besoin. J'avais ma taille, mon poids, ma carrure, tous mes traits physiques me servaient d'arme pour les intimider. Je les huais et je me moquais d'eux. Mieux valait que ce soit eux plutôt que moi, vous voyez ? Parce qu'il ne fallait surtout pas qu'ils voient ce que j'étais réellement.

— Tu croyais qu'être gay faisait de toi quelqu'un d'inférieur ? intervint Papy d'une voix emplie d'incrédulité.

Wade n'eut la force que d'approuver.

— Je savais que tu manquais d'assurance, mais faire volte-face et infliger aux autres la même chose que ces ordures t'avaient fait subir…

Papy poussa un soupir lourd de sens.

— Tu me déçois, fiston. Je croyais que tu valais mieux que ça.

— Je suis désolé.

Seigneur, ces mots lui semblaient si *inadéquats*.

— Et donc, sur quels critères te basais-tu pour choisir tes victimes ?

La dureté dans la voix de sa mère le transperça et il s'obligea à relever le menton pour affronter les braises de son regard.

— Je…

— Étaient-ils en surpoids, comme toi avant ?

— Certains, oui. D'autres étaient timides ou n'aimaient pas le sport…

Il s'en prenait à *tous ceux* chez qui il captait la moindre faiblesse.

Elle hocha la tête.

— Et j'imagine que certains étaient gays ?

Son cœur s'emballa de plus belle.

— Certains, oui.

— Pourquoi, dans ce cas ? Pourquoi t'en prendre à *eux* ? Étais-tu si mal à l'aise vis-à-vis de ta propre sexualité que tu considérais comme un *affront* le moindre signe que quelqu'un d'autre soit du même bord ? Tu les as fait souffrir vis-à-vis du même fardeau que celui qui te pourrissait la vie ?

Elle plongea les yeux dans les siens.

— Y avait-il un enfant en particulier qui attirait ton attention plus que les autres ?

Il avait l'impression de s'être pris un mur de glace de plein fouet. *Elle sait pour Ben.*

Comme pour confirmer qu'elle lisait en lui, sa mère frissonna.

— Mais tu n'as pas réussi à le briser, pas vrai ? Pas comme *toi* tu l'avais été, quand tu n'étais qu'un petit garçon. Tu as essayé de lui faire croire qu'être gay était une chose à cacher. Qu'aimer les garçons était *mal.*

— Maman, je…

— Ben m'a raconté ce qu'il avait vécu au lycée. Il n'a jamais prononcé ton nom, pas une seule fois, mais il m'a dit *pourquoi* on l'avait harcelé. Et à t'entendre parler… maintenant, tout prend son sens. La nervosité que j'ai détectée chez lui le jour de son entretien. Je peux te dire très précisément à quel moment elle est apparue.

Ses yeux lançaient des éclairs.

— C'est quand j'ai prononcé ton nom. Pourtant, ce pauvre gosse est *quand même* entré dans le bureau pour t'affronter. Il est encore plus courageux que je ne le pensais.

Wade déglutit. *Il est plus courageux que je ne l'ai* jamais *été.*

— Une petite minute, intervint Papy en se redressant dans son fauteuil. Tout ce vacarme que vous venez de faire, tous les deux. À quoi ça rimait ? Je n'ai pas compris ce que Ben disait, seulement qu'il était furieux.

— Il est... tombé sur quelque chose. Qui lui a appris ce que je ressentais réellement pour lui à l'époque.

Il eut du mal à déglutir une fois encore.

— Ce que je ressens *toujours* pour lui.

— Mazette ! s'exclama Papy en poussant un profond soupir. Tu ne rigolais pas quand tu as dit que c'était compliqué.

Sa mère retint son souffle.

— Tu l'as engagé pour faire amende honorable, c'est ça ?

Le jeune homme hocha la tête.

— C'était ma seule intention, je le jure. Je ne comptais pas le laisser découvrir mes sentiments. Je voulais juste réparer mes torts.

Il avait mal à la poitrine et sa bouche était sèche.

L'espace d'un moment, sa mère le fixa en silence ; Wade aurait voulu lui prendre la main, lui promettre qu'il avait changé au point d'être à l'opposé total du pauvre type qu'il avait été au lycée.

Elle prit une longue inspiration.

— D'accord. J'ai deux choses à dire. La première, c'est... si tu veux nous prouver que tu as retenu la leçon, cette fois, tu discuteras avec ton frère.

Il fronça les sourcils.

— Je ne vais pas parler de ça à David. Ça ne le regarde pas.

— Oh, que si. Parce qu'à l'heure qu'il est, ton unique neveu est en pleine souffrance, comme *toi* tu as souffert, et que la seule solution que David a trouvée pour gérer la situation, c'est de dire à Liam d'arrêter de chialer et de se comporter en vrai mec. De se mêler à la masse des autres gamins. « En vrai mec ». Il n'a *que huit ans*, pour l'amour de Dieu !

Wade comprit où elle voulait en venir.

— Tu crois que je peux l'aider.

Elle hocha la tête.

— Fais tout ce que tu auras à faire pour que David réussisse à comprendre son fils et à trouver comment l'aider.

Wade sauta sur l'occasion.

— Je m'en occupe.

Le cœur en vrac, il croisa son regard.

— Et la deuxième chose ?

Elle abandonna sa place sur le divan, se rendit dans le couloir et revint avec les clés de voiture de son fils qu'il avait posées sur le guéridon comme à l'accoutumée. Elle les laissa tomber dans sa main.

— Tu grimpes dans ta bagnole, tu rattrapes ce pauvre garçon et tu m'arranges tout ça.

— Comment ? Tu n'as pas vu son visage, maman.

— Et *toi*, tu sembles avoir oublié l'autre sujet dont on a discuté, s'immisça Papy. À propos d'un certain monsieur qui *te* regardait presque autant que toi tu le regardais *lui* ? Maintenant, il sait ce que tu ressens. C'est le moment de voir où ça peut mener.

Il toussota.

— Et ça ne vous mènera nulle part si tu restes là, avec tes fesses plantées sur le canapé. Obéis donc à ta mère et va réparer tes conneries.

Wade referma les doigts sur ses clés.

— Vous avez raison.

— Il faut que tu le fasses, insista sa mère. Ben et

toi, vous travaillez ensemble. Comment vous pourriez continuer ainsi avec une telle épée de Damoclès au-dessus de la tête ?

Ce fut l'argument qui le poussa à se relever : l'idée de bosser dans une telle proximité, avec une tension aussi palpable qu'il faudrait une *tronçonneuse* pour la découper.

Pas question.

— Je vais le rattraper.

Wade partit en quête de sa veste.

— Et s'il est pas chez lui ? l'interpella Papy. Et s'il a décampé…

— Dans ce cas, je ferai le tour de Camden jusqu'à ce que je le retrouve, OK ?

Il réapparut dans le salon juste à temps pour voir le hochement de tête approbateur de son aïeul.

— Très bien.

— Bonne chance, dit sa mère dont le front était plissé.

— Je vais tout arranger, promis.

Il se rendit à sa voiture, le cœur battant la chamade. Il n'avait pas la moindre idée de ce qu'il allait pouvoir dire lorsqu'il aurait mis la main sur Ben.

C'est de l'impro comme on en a jamais vu.

Il espérait seulement que Ben aurait eu le temps de se calmer.

Ben, assis sur un banc, tenait son portable des deux mains. Il venait d'envoyer un texto à Aaron et Dylan, pour vérifier lequel des deux était disponible. La réponse du garde-forestier arriva en premier.

Je glande les pieds en éventail avec un bol de chili.

Celle de Dylan suivit : *Je mate la télé avant d'aller à l'hôtel. Je bosse à vingt-trois heures.*

Ben appela Aaron d'abord.

— Tu peux causer en même temps que tu manges ?

Aaron s'esclaffa.

— Je me fiche pas mal de ce qu'on dit sur les mecs : je peux faire plusieurs choses à la fois.

— Attends deux secondes. J'ajoute Dylan pour un multi.

— OK. Dans ce cas, le chili peut attendre. Je le réchaufferai. Ça m'a l'air important.

Ben avisa son écran et cliqua sur « double appel ». Il composa le numéro de Dylan, puis fit fusionner les appels.

— Ouah. Ça faisait un bail qu'on avait pas fait ça, pas depuis que Seb nous appelait tout le temps quand il matait…

— Pas maintenant, tu veux ?

Ben n'avait pas eu l'intention de parler aussi sèchement.

— Désolé. Je viens de vivre un véritable merdier et j'ai besoin de vider mon sac.

— C'est quoi ce bruit ? demanda Dylan. Tu nous appelles de la douche, ou quoi ? J'entends de l'eau qui coule.

Ben soupira.

— Je suis à Harbor Park, sur un banc en face de

Megunticook Falls, et j'ai la tête qui va bientôt exploser.

— Que s'est-il passé ? demanda Aaron d'une voix calme.

— Vous vous souvenez que j'avais envie de savoir pourquoi Wade m'avait pris pour cible ? Eh bien, ce soir, j'ai eu ma réponse, et ça m'a retourné la cervelle. Il y avait *tellement de possibilités* dans mon esprit, mais vous pouvez me croire, celle-là aurait été la *dernière* à me venir.

— Tu veux bien cracher le morceau ? exigea Dylan.

— Non, mais imaginez un peu que je m'en voulais à mort de reluquer un hétéro avec qui je bossais, tout ça pour découvrir que, non seulement il n'est *pas* hétéro, mais que cette enflure me *kiffe* – qu'il me kiffait à l'époque déjà, tout ce temps où il me traitait comme de la merde.

Le bruit des grillons fut sa seule réponse.

— Les gars ? Le réseau est foireux ?

— Quand tu dis qu'il te *kiffe*… c'est ta façon de dire ce que je *crois* que tu veux dire ?

La question venait d'Aaron.

— Wade est gay ? intervint Dylan.

— Qu'est-ce que ça change ? rajouta Aaron.

Ben en resta coi.

— Tout ?

— Non, écoute-moi. Je comprends que tu es en proie à des émotions très conflictuelles en ce moment, mais…

— Tu crois ? Ouah. Tu as sans doute raison. Faisons un petit tour du propriétaire. Exaltation : génial, il est gay et je lui plais. Choc : *putain,* il est gay et je lui plais. Colère : bordel de merde ? Il était gay à l'époque et il m'a choisi *moi* comme souffre-douleur parce qu'il ne pouvait pas faire face à ses propres désirs. Et n'oublions pas la confusion, parce que… *putain*, qu'est-ce que je suis censé faire maintenant ?

— Avant que ça parte en sucette… vous vous entendiez bien, non ? demanda Aaron.

— Oui, mais…

— Et tu as *insisté* sur le fait qu'il a changé, ajouta Dylan.

— Oui, mais…

— Donc, ce qui te met en rogne, c'est que tu n'as toujours pas toutes les réponses, conclut Aaron.

— Pas encore, mais ça va venir. Tu peux me faire confiance là-dessus.

— C'est assez logique, quand on y pense, observa Aaron.

— Sur quelle planète ? riposta Ben en fixant son portable avec incrédulité.

— Quand on remet ça dans le contexte un peu tordu d'une cour de récré. D'après ce que tu m'as dit de lui, Wade cherchait clairement à surcompenser ses insécurités. Et quand tu te seras calmé, tu te rendras compte que ce n'est *pas* aussi dramatique que tu sembles le penser.

— Tu en es venu à cette conclusion comment ?

— Ouais, j'aimerais bien savoir aussi, glosa Dylan.

Aaron soupira.

— Vous avez déjà fait tellement de chemin l'un et l'autre. Tu étais le premier à admettre qu'il n'était plus le même homme. Eh bien, toi non plus. Tu es *tellement différent* de l'ado trouillard que tu étais. Tu t'en es sorti la tête haute, et c'est du passé tout ça. La question, aujourd'hui, c'est de savoir ce qui t'attend demain. Ce que tu *aimerais* avoir dans ton avenir ?

Aaron poursuivit sans laisser à Ben le temps de répondre :

— Parce que je sais que si tu posais la question à Dylan, à Noah, à Seb ou à n'importe lequel de nos plus proches amis, ils te diraient tous la même chose : ils voudraient que tu sois heureux, parce que c'est ce que tu *mérites*, bordel.

Une boule se forma dans la gorge de Ben et des larmes lui picotèrent le coin des yeux.

— On sait déjà ce que tu ressens pour Wade, enchaîna Dylan d'une voix douce. Alors, félicitations. On dirait qu'il éprouve la même chose pour toi. La question à un million de dollars, c'est : est-ce que tu peux lui pardonner ?

— Le pardonner ?

— C'est pas sorcier, Ben. Soit tu lui dis d'aller se faire voir et tu démissionnes, parce que tu ne seras jamais capable de continuer à bosser avec lui... *soit...* tu lui pardonnes et tu découvres si vous avez la possibilité de construire quelque chose à deux.

— Juste une petite chose à ce sujet, intervint Aaron. Si tu décides bel et bien de lui pardonner, tu dois y réfléchir sérieusement. C'est très bien de dire *maintenant* « c'est bon, je te pardonne », mais s'il y a le moindre risque, si mince soit-il, que d'ici cinq ou dix ans tu penses vouloir lui jeter ce genre de reproches à la figure ? Là, c'est mort. Le pardon ne fonctionne que quand il est *entièrement* sincère.

— Donc, j'imagine que la vraie question, c'est : est-ce que tu comptes lui en tenir raideur ? conclut Dylan en ricanant. OK, c'est un lapsus plus révélateur que je ne l'avais prévu.

Ben prit une grande inspiration.

— Vous m'avez donné matière à réfléchir, tous les

deux. Alors vous savez quoi ? Je vais rentrer et prendre le temps de la réflexion, justement. Merci, les gars.

— Quand tu veux, répondit chaleureusement Dylan.

— Tu ferais pareil pour n'importe lequel d'entre nous, affirma Aaron.

— Sans hésiter.

Ben les remercia de nouveau avant de raccrocher. Il abandonna son banc, serra sa veste autour de lui et reprit la direction du centre-ville, assailli par un tourbillon de pensées.

C'était la métaphore idéale, ça.

Il passa devant Les Trésors du Maine et s'arrêta pour jeter un œil. À l'intérieur, Cameron était occupé à passer le balai et Madison à renflouer le stock de tote bags. Ben hésita à entrer, mais il avait la tête en vrac et préférait rentrer chez lui. Il se dirigea vers Elm Street.

Une voiture arriva de l'autre côté de la rue, puis fit un demi-tour et s'arrêta à sa hauteur. Ben tourna la tête et se rendit compte que c'était celle de Wade.

Oh, Seigneur.

Le conducteur baissa la vitre ; Ben s'y pencha avant qu'il ait pu prononcer le moindre mot.

— Comment tu as su où me trouver ?

— Tu rigoles ? Je suis passé à ton appart, mais ta proprio a dit que tu n'étais pas là. J'ai vérifié que ta moto était toujours là, puis j'ai fait le tour de la ville. Je tourne en ronds depuis pour essayer de te retrouver.

Wade déglutit.

— Monte, je vais te déposer.

— Ça ira.

— Ben, je t'en prie ?

La note de désespoir dans la voix de Ben suffit à le faire changer d'avis.

En plus, tu voulais lui parler, non ? Quel meilleur endroit que son propre appartement ? Son terrain de jeu à lui, où il était le seul maître à bord.

— D'accord, finit-il par dire. Du moment que tu as conscience que je ne te laisserai pas repartir tant qu'on n'aura pas causé.

— C'est pour ça que je suis parti à ta recherche, à la base.

Ben s'installa sur le siège passager, les paroles d'Aaron tournant en boucle dans sa tête.

La question, c'est de savoir ce qui t'attend demain. Ce que tu aimerais avoir dans ton avenir ?

Non, la question n'était pas « ce qu'il aimerait avoir », mais bien *qui*.

CHAPITRE DIX-HUIT

Les fourmillements dans l'estomac de Wade et l'étau qui enserrait sa poitrine lui indiquaient une seule chose.

J'ai la trouille.

Cela faisait bien longtemps qu'il ne les avait pas éprouvés, mais ces sensations par trop familières avaient fait un retour fracassant.

— J'habite au dernier étage, lui expliqua Ben alors qu'il l'entraînait dans son immeuble.

Arrivé devant la troisième porte sur la gauche, il se mit à avancer sur la pointe des pieds, mais avant que Wade ait pu lui demander ce qu'il fichait, celle-ci s'ouvrit et une dame en sortit la tête.

— Bonsoir, madame Smith. J'emmène juste mon ami ici présent chez moi. Non, nous ne ferons pas de bruit. Non, nous n'avons pas prévu de faire la bringue. Bonne nuit, madame Smith.

Ben accéléra le pas et Wade fit de même, grimpant les marches à vive allure. Lorsqu'ils atteignirent le domicile de Ben, ce dernier leva les yeux au plafond.

— Je jurerais qu'elle a mis des détecteurs de mouvement sous le tapis de l'entrée.

Il déverrouilla sa porte et l'ouvrit.

Une fois à l'intérieur, Wade avisa le studio.

— Je comprends mieux pourquoi tu disais que c'était petit.

Il aimait le plafond en pente qui surplombait le lit et le velux trop mignon au-dessus du canapé.

— On n'est pas là pour échanger des banalités.

Comme Wade se tournait pour le fixer, Ben arqua les sourcils et reprit :

— À moins que tu ne sois à la recherche d'une piaule similaire, et franchement, je ne peux que te le déconseiller. Tu peux trouver bien mieux que ça.

Il prit une grande inspiration avant de regarder Wade droit dans les yeux.

— Tu es tendu. Je peux le comprendre, mais j'ai un scoop pour toi : je suis dans le même état.

Il se rendit à la cuisine.

— Je vais me prendre un verre d'eau. Tu en veux un ?

— S'il te plaît, oui.

À supposer que Wade soit en mesure d'avaler quoi que ce soit, tant il avait la gorge nouée.

Ben lui indiqua le divan.

— Assieds-toi.

Wade obéit, le cœur battant la chamade.

— J'ai plusieurs choses à te dire.

Ben s'immobilisa après avoir sorti deux verres du placard surplombant l'évier.

— D'accord, mais tout d'abord, laisse-moi le temps de me calmer, putain, tu veux bien ? J'ai la tête qui tourne à deux cents à l'heure depuis que je suis parti de chez toi.

Ben exhala lourdement.

— Non, c'est pas tout à fait vrai. Je *suis* calme, *maintenant*, mais j'ai besoin d'un moment pour organiser mes pensées.

Il leva derechef les sourcils.

— Après tout, tu m'as donné beaucoup de matière à réflexion. J'espère que ça te convient, ajouta-t-il en ouvrant le robinet. Je suis à court de bouteilles. J'avais prévu de faire des courses demain.

— Ça ira, le rassura Wade. Tu… tu as dit « tout d'abord ».

Ben acquiesça.

— Ouais. Deuxièmement… pour ce que ça vaut, je ne crois pas que ce que tu as à dire me choquera. Enfin, ce ne sera pas aussi choquant que ce que j'ai déjà vécu ce soir.

Il finit de remplir les verres et retourna au canapé. Après en avoir tendu un à Wade, il s'assit dans l'autre coin et le cœur du jeune entrepreneur se serra de désarroi.

On était assis bien plus près l'un de l'autre sur la montagne Champlain.

Il savait qu'il devait ouvrir la bouche, mais il ignorait par où commencer.

— Je crois que j'ai compris pas mal de choses, lui confia Ben en ayant terminé sa première gorgée. Rien qu'en assemblant ce que tu m'as dit et ce que j'ai réalisé par moi-même. Mais merde, tu m'as pris par surprise.

— Je suis désolé.

Wade soupçonnait que ce n'était que la première excuse d'une longue liste.

Ben passa les doigts dans sa tignasse indomptable et une douloureuse envie de les caresser s'empara de Wade pour la énième fois.

— Tu sais quoi ? Mes amis ont tapé juste : avant ce soir, on s'entendait tellement bien.

— Et j'ai tout gâché.

— Pas sûr que « gâché » soit le mot que j'aurais employé. C'est pas comme si c'était une mauvaise chose que je sois enfin au courant de la vérité. Alors, clairement, la façon dont je l'ai apprise n'était pas idéale. Pour commencer, tu aurais pu m'en *parler*, toi.

Le sens des mots de Ben le frappa.

— Attends… tu as parlé de moi avec tes amis ?

Ce dernier opina.

— Tu as été un sujet brûlant lors de notre conversation. J'avais besoin de vider mon sac.

Le ventre de Wade se contracta.

— Je vois. J'imagine que je ne dois pas extrapoler sur l'identité de ces amis.

Il connaissait la clique avec laquelle Ben traînait. L'un d'eux en particulier lui revint en mémoire. Seb Williams ne se serait pas retenu de dire exactement ce qu'il pensait de Wade.

Et je ne veux même pas imaginer ce que Ben leur a dit sur moi.

— À seulement quatre d'entre eux. Et leurs avis étaient très sensés.

— Je parie qu'ils t'ont donné de très bons conseils, aussi.

Wade pouvait presque les entendre :

« Donne-lui ta démission. Tu ne peux pas bosser avec cette enflure. »

« Après toutes les saloperies qu'il t'a fait vivre ? Non, mais il est sérieux, lui ? »

« J'espère que tu lui as dit tout le bien que tu pensais de lui ? »

— D'excellents conseils, oui. C'est d'ailleurs pour ça qu'au lieu de t'envoyer balader, je t'ai laissé t'asseoir dans mon canapé.

Voilà qui le surprit.

Ben l'observa un moment en silence, son examen minutieux mettant Wade mal à l'aise. *Je t'en prie, dis quelque chose. Donne-moi un semblant d'espoir. Dis-moi que je n'ai pas perdu mon seul ami.*

— J'ai beaucoup repensé à ton comportement au lycée, finit par expliquer Ben. Tu t'es bien caché, y a pas à dire. Le roi de la supercherie. Mais d'un autre côté, j'aurais dû le voir venir. Après tout, on ne voit que ça, de nos jours. Tous ces politiciens et autres qui crachent leur venin parce que les homos vont détruire le sacre du mariage, parce qu'on est responsables de toutes les catastrophes naturelles imaginables et Dieu sait quoi d'autre… Jusqu'au jour où, bien plus tard, on apprend que ces personnes qui déblatèrent toutes ces conneries sont en fait dans le placard. Une sextape qui fuit sur internet, un amant qui fait des aveux dans la presse, ou quelqu'un qui les a surpris sur Grindr, ça finit *toujours* par se savoir.

Sa main tremblant légèrement, Wade prit une gorgée.

— Je ne pouvais pas te laisser voir qui j'étais réellement.

Ben écarquilla les yeux.

— Mais pourquoi ? Juste parce que tu étais gay ? Être homo te paraissait-il vraiment si *dégoûtant* ?

— Oh, arrête ton char, s'exclama Wade. Tu te souviens avec qui je traînais ? Je jouais au foot. J'étais massif. Rappelle-toi les groupes dont je faisais partie. Tu t'imagines l'un *d'eux* faire son coming out ?

— Donc tu as décidé de te cacher au grand jour.

— C'est tout à fait ça, répondit Wade qui souffrait de nausées. Je ne peux que m'excuser encore une fois de la façon dont je t'ai traité.

Il s'excuserait aussi longtemps que cela prendrait pour que Ben le croie sur parole… une nouvelle fois. *Il a raison. On s'entendait tellement bien.*

— On peut parler de l'album de promo ?

— C'est pour ça que je suis là, non ? dit-il dans un soupir. Je t'assure que je l'avais complètement zappé. Quand je suis rentré dans ma chambre et que je t'ai vu…

— Tu veux savoir ce qui est encore plus bizarre ?

Si j'avais trouvé ma photo recouverte d'insultes homophobes, je crois que ça m'aurait moins choqué, avoua Ben en secouant la tête. Ça m'a retourné la cervelle.

— Je ne voulais pas que tu découvres mes sentiments, jamais, lui confia Wade.

— Aucune importance. Fini les secrets, maintenant.

— Mais j'aurais dû te le dire à *l'époque*. J'aurais *dû* sortir du placard. Tu n'as pas idée du nombre de fois depuis que j'ai terminé le lycée où je me suis dit que si seulement j'avais eu le courage de dire quelque chose, de *faire* quelque chose, ma vie aurait pu être si différente.

Ben s'enfonça contre le dossier du canapé et étendit les jambes devant lui.

— Supposons que tu l'aies fait. Est-ce que tu m'aurais proposé un rencard ?

Doux Jésus…

Ben l'étudia pensivement, comme s'il retournait une question dans tous les sens. Finalement, il se lança :

— J'ai un autre scoop pour toi. À l'époque ? Je t'aurais dit oui.

Le monde de Wade se figea dans un grincement de freins. Il avala une brusque inspiration, la poitrine prise de picotements.

Ben hocha la tête.

— Je sais, c'est complètement dingue. Tu me traitais comme de la merde, pourtant tu as été mon premier crush. Si ça, c'est pas un beau merdier ? Alors, même si je n'étais pas certain à cent pour cent d'être gay, je crois bien que si le gars pour qui j'en pinçais m'avait demandé de sortir avec lui, j'aurais accepté, oui.

Un sourire triste étira ses lèvres.

— J'imagine qu'on ne le saura jamais, hein ?

— Mais… pourquoi moi ?

Il n'arrivait plus à bouger, n'arrivait plus à encaisser ce qu'on lui disait. *Je suis dans un rêve.*

Ben cilla.

— Ça fait longtemps que tu ne t'es pas regardé dans un miroir ?

— Sauf qu'on ne parle pas de maintenant, on parle de ce temps-là.

Ce que Ben venait de lui avouer était complètement dingue… et bien au-delà de tout ce que Wade avait osé espérer.

— Tu m'as vu ? Je suis petit et maigrichon… Mais si je repense à tous les mecs que j'ai jamais trouvés canon ? Ouais, ils sont tous imposants. Et je ne parle pas que de muscles. Il y a la taille, la carrure. Le genre de types que je pouvais regarder et imaginer capables de me soulever sans problème.

Cela se rapprochait bien *trop* de l'un des fantasmes de Wade.

— Et quand il me prendrait dans ces bras, il m'envelopperait de *partout*. Je pourrais me perdre dans son étreinte. À cette époque, je me sentais tellement mal d'avoir ce genre de désirs. Parce que craquer pour un mec qui ne pouvait clairement pas me blairer ? C'est le summum de la honte.

Le dégoût que Wade éprouvait pour lui-même s'accentua davantage.

— Tu croyais réellement que je te détestais, alors ?

— Comme je te l'ai dit, chapeau pour la supercherie, lâcha Ben avec un soupir. Quand tu as eu ton diplôme, j'ai pu respirer un peu mieux. Mais devine quoi ? Tu avais beau être loin des yeux, tu n'étais jamais loin de ma tête. Ne te méprends pas. Je ne passais pas tout mon temps à penser à toi, mais oui, il y avait des moments où tu t'insinuais dans mon esprit, comme une ombre. Et tout ce que j'avais pu ressentir pour toi était dévoré par les souvenirs douloureux.

Wade grimaça, arrachant un nouveau soupir à Ben.

— Désolé, mais c'est la stricte vérité.

— Ne t'excuse pas pour ton honnêteté.

Une lourdeur s'était emparée du cœur et des membres de Wade. *Quand je pense à ce qu'on aurait pu construire…*

— J'ai beaucoup pensé à toi. Je n'aurais jamais cru te revoir un jour.

Ben agita un bras.

— Et pourtant, me voilà, ancré à Camden. Tu ne dois pas faire tes courses chez Hannaford. Ou alors, tu ne passes pas beaucoup de temps en ville. J'habite ici depuis un moment, maintenant.

— Je passais le plus clair de mon temps dans les autres boutiques. Je ne revenais pas souvent à Camden. Et quand j'y remettais les pieds, je ne sortais pas.

Tout d'abord, c'étaient ses études qui avaient absorbé tout son temps, puis le travail avait pris le relais.

Ben fronça les sourcils.

— Pourtant, tu passes beaucoup de temps à la boutique de Camden depuis que j'y suis.

Wade avala une nouvelle gorgée d'eau.

— Ça, c'est justement parce que *tu* es là.

Une douleur s'était manifestée au fond de sa gorge, mais il reprit :

— Il faut que je t'avoue autre chose. Quand j'ai vu ton CV, ça m'a fait un choc. Rien que de voir ton nom, ça m'a rappelé toutes ces années, ce que je t'avais fait subir, et ce que toi tu me faisais ressentir. Puis, j'ai eu une illumination. C'était l'occasion pour moi de tout arranger.

Ben plissa les yeux.

— Dis-moi que j'ai eu le poste pour mes qualifications et pas parce que tu voulais faire amende honorable.

— Tu étais le meilleur sur le papier, juré. Mais quand je t'ai vu ce jour-là… Je dirai juste que ta performance au cours de l'entretien a confirmé ma décision. Et si tu ne me crois pas, tu peux demander à ma mère de te parler des autres candidats que j'ai reçus. Elle ne te mentira pas.

— OK, je te crois, répondit Ben, une lueur dans le regard. C'est ce que j'apprécie chez Mary. Elle n'y va pas de main morte.

— En parlant de ça, d'ailleurs… C'est pour ça que je devais te retrouver et tout arranger. Parce que si je ne le fais pas, ma mère et Papy vont m'écorcher vif.

Wade tressaillit.

— Et ce n'est *pas* une blague.

— Tu leur as dit ? Ou c'est moi ? s'étonna Ben, le souffle court. Je n'ai pas vraiment été discret, hein ?

— Je leur ai tout raconté. Et il s'avère que mon neveu de huit ans subit également du harcèlement scolaire.

— Je sais. Mary me l'a dit.

Aha !

— Et ça, ça en dit long.

Son cœur tambourinait et il avait une boule au ventre.

— De quoi d'autre t'a-t-elle parlé ?

Ben était parfaitement immobile.

— Pourquoi ? Qu'aurait-elle pu me dire d'autre ?

Wade étudia sa figure.

— Ils veulent que je parle à Liam et à mon frère. Ils pensent que je peux l'aider, parce que…

Son pouls s'accéléra et son estomac se durcit, mais il en avait déjà *tellement* dit…

— Quand j'avais l'âge de Liam, j'ai subi la même chose. On se moquait de moi et on me tourmentait parce que j'étais gros. Les instits ne disaient et ne faisaient rien, jusqu'au jour où ma mère a débarqué et a foncé dans le tas.

Ben hocha la tête.

— Voilà qui explique pourquoi tu as choisi cette voie.

— Que veux-tu dire ?

— J'ai lu pas mal de choses sur le harcèlement, dit Ben avec un haussement d'épaules. Tu l'as dit toi-même. Ils t'ont pris pour cible parce que tu étais gros. Est-ce que tu t'en voulais ?

— Je…

Wade le dévisagea, une vague de froid s'étalant depuis son for intérieur.

— Oui.

— Et de là, tu as pris la seule chose dont ils pouvaient se servir contre toi, ton poids, et tu as essayé de changer. Comment je le sais ? Parce que le gosse qui m'a terrorisé quand j'étais adolescent n'était *pas* gros.

Ben le regarda droit dans les yeux.

— Tu savais que les gens qui subissent des maltraitances sont *deux fois* plus enclins à reproduire le même schéma ? Peut-être qu'en agissant ainsi, tu pensais que personne ne s'en prendrait plus à toi.

Wade s'affaissa contre les coussins.

— Oh, mon Dieu.

Il frissonnait. Jamais personne ne l'avait aussi bien

compris.

— Je vois pourquoi Mary souhaite que tu interviennes. S'il y a quelqu'un qui sait ce que cet enfant est en train de vivre, c'est toi. Et tu es bien placé pour expliquer à David ce qui risque d'arriver à son fils s'il n'obtient pas l'aide dont il a besoin. Il m'a tout l'air d'un chouette petit gars : artistique, sensible, amoureux de la musique. Mais s'il commence à voir ces choses comme des faiblesses et essaie de changer, il va se créer des problèmes pour l'avenir.

Wade vida le fond de son verre et le reposa par terre.

— Je ne veux pas qu'il prenne le même chemin que moi. Si d'ici dix ans, il se retrouve à tourmenter d'autres gamins parce que *lui* a été harcelé…

— On n'est pas si différents que ça, toi et moi, lui confia Ben avec un regard amiable. Les choses que tu m'as fait subir ont eu un grand impact sur ma vie. Eh bien, devine quoi ? Ça a eu le même impact sur toi. Et avant que tu ne décides de t'en mordre les doigts, laisse-moi partager avec toi une autre pépite que j'ai découverte lors de mes lectures. Parmi tous ceux qui se comportent en harceleurs au lycée, beaucoup *continuent* sur la même voie une fois adultes. *Toi*, tu as brisé le cercle. Tu n'es pas devenu l'un de ces enfoirés. Tu as changé ton comportement et ça en dit *long* sur le genre d'homme que tu es.

— Arrête, protesta Wade.

— Arrêter quoi ?

— De parler de moi comme ça. On dirait… des éloges, et je ne les mérite pas.

Ben le dévisagea, bouche bée.

— Écoute-moi bien. Il faut rendre à César ce qui est à César, compris ? Combien de fois je vais devoir le répéter ? Tu n'es *plus* le même homme que tu as été, et ça, c'est grâce à toi et à personne d'autre. Et si j'ai envie de te dire à quel point je suis fier de toi ? J'aimerais bien te voir m'en empêcher.

La gorge de Wade se noua et l'étau qui lui comprimait le cœur se resserra. *Je ne mérite pas de l'avoir en ami.* Il fit un effort pour respirer normalement et, petit à petit, la sensation de constriction s'atténua.

Il était tellement *engourdi.*

— Tu sais ce qui ne me manquera pas ? Devoir me cacher. C'était devenu une habitude. Je ne m'attends pas à ce que tu prennes pitié de moi après ce que j'ai fait, et je ne le dis pas pour gagner des points de sympathie, mais Seigneur, tu ne peux pas savoir à quel point je me sentais seul.

Il lutta de toutes ses forces pour retenir ses larmes. *Pas* question *que je chiale.*

— Tu avais besoin d'un ami. Ce n'était pas difficile à remarquer.

— Et quand on a commencé à mieux s'entendre, je me suis laissé aller à espérer. Peut-être bien qu'on *pouvait* être amis. Rien de plus. Je n'ai pas le droit d'attendre autre chose de ta part. Je ne *mérite* rien de plus.

Il n'arrivait pourtant pas à encaisser sa révélation. *Il avait le béguin… pour moi ?*

— J'aurais tellement aimé savoir ce que tu ressentais pour moi à l'époque.

Ben ne rompit pas le contact visuel.

— Tu crois vraiment que ça aurait changé quoi que ce soit ? Si tu es parfaitement honnête ?

— Je l'ignore. Comment pourrais-je répondre à ça ? lâcha-t-il avant de souffler. Je n'arrive toujours pas à croire que tu en pinçais pour moi à l'époque.

Ce devait être la conversation la plus étrange au monde, ainsi que la plus cathartique.

— Ça fait du bien de vider son sac, hein ?

Wade tressaillit.

— Seigneur, oui.

Un nouveau long soupir.

— Merci.

— De quoi ?

— De m'avoir écouté. De m'avoir laissé m'expliquer.

C'était comme s'il pouvait sentir la tension abandonner son corps et emporter dans son sillage les maux qu'il portait depuis si longtemps.

— Tu m'as tout dit, alors ?

Wade hocha la tête.

— Je n'ai plus aucun secret.

— Et moi, j'ai toutes les réponses que *je* voulais, affirma Ben en reposant son verre. Tu crois pouvoir encaisser un dernier scoop ?

Wade en resta pantois.

— Pour être honnête, non. Je suis lessivé.

Surtout si c'est le moment que tu as choisi pour me prévenir que tu démissionnes.

— Eh bien, dommage pour toi, parce que je vais te le dire quand même. Alors, accroche-toi bien.

Wade avait par trop conscience de chaque battement de son cœur.

— Tu as dit que tu n'arrivais pas à croire que j'en pinçais pour toi à l'époque, répéta Ben, une lueur dans le regard. Mauvais temps.

— Je ne comprends pas.

Ben sourit.

— Alors, je n'ai plus qu'à utiliser les mêmes mots que toi pour faire passer le message. Comment tu as dit ça, au juste ? « *J'avais* le béguin pour toi à l'époque, oui… mais c'est toujours le cas. »

Putain de merde.

Ben se rapprocha.

— Tu ne t'attendais pas à ce que je ressente quoi que ce soit pour toi, avoue ? Pas après ce que tu m'as fait subir ?

— Non, je confirme.

Avoir Ben en tant que plus qu'un ami allait bien au-delà de ses espérances.

Ce dernier hocha lentement la tête.

— Tant mieux. Je déteste être prévisible.

Avant que Wade ait pu lui demander ce que ça pouvait bien vouloir dire, Ben franchit l'espace qui les séparait et effleura les lèvres de Wade des siennes en un geste bref mais étonnamment intime. Puis, il se rassit, l'air vigilant.

Wade s'isola des bruits de la circulation au-dehors, du bourdonnement du frigo et de *tout* le reste à l'exception du visage de Ben. De ses yeux.

De ses lèvres, qui tressautaient.

— J'y suis allé trop vite ? Je t'ai court-circuité les neurones ?

Le temps des cachotteries était révolu :

— Un peu, oui, vu que c'était mon tout premier baiser.

— Ton premier… répéta Ben avant de se figer. N'importe quoi.

— Je t'ai bien dit que j'avais toujours été seul, non ?

— Oui, mais… tu n'as jamais eu personne ?

— Personne, confirma Wade, le cœur battant la chamade. Comment j'aurais pu aimer qui que ce soit alors que je n'arrivais pas à m'aimer moi-même ? Alors que je ne pouvais pas prononcer les mots, pas même face à mon propre reflet ?

— Quels mots ?

Dis-les. Allez, dis-*les.*

Wade ferma les yeux, rassemblant chaque fibre de courage qu'il possédait. Une main tendre lui caressa la joue.

— Ouvre les yeux, Wade.

Il fit ce qu'on lui demandait et le doux visage de Ben était juste là, souriant.

— C'est mieux. Ne me cache pas ces magnifiques yeux.

Ben traça le contour de sa barbe du bout des doigts.

— OK. Ces mots que tu n'arrivais pas à dire ? Je veux les entendre.

Wade prit une grande inspiration.

— Je suis gay.

Le sourire de Ben s'élargit.

— Ouah. Moi aussi.

Wade éclata de rire ; le relâchement de la pression amena avec lui une légèreté qui s'insuffla dans chaque parcelle de son corps.

— Quand tu es entré dans cette boutique plus ravissant que jamais, j'ai senti mon ventre se nouer et mon cœur sur le point d'exploser.

Ben se mordit la lèvre.

— J'ai toujours eu le don pour les entrées fracassantes.

Sa main ne l'avait pas quitté, et Wade ne voulait pas qu'il l'enlève.

Il prit une autre inspiration.

— D'accord. Tu peux me dire d'aller me faire voir,

je le mériterais trop, mais… tu as dit que j'avais changé
et… on pourrait recommencer, s'il te plaît ?

CHAPITRE DIX-NEUF

Wade retint son souffle lorsque Ben se rapprocha, ses doigts glissant sur sa nuque, une caresse aussi douce qu'un murmure. Leurs lèvres se rencontrèrent et, cette fois, ce ne fut pas un contact bref, mais un baiser en bonne et due forme qui attisa un feu en lui, suivi d'un autre puis d'un autre encore. La main libre de Ben, accrochée à son cou, remonta le long de son crâne tandis que sa langue demandait un droit de passage.

Alors, leurs nez et leurs fronts se heurtèrent, brisant la magie du moment.

Wade éclata de rire.

— On recommence ?

Ben gloussa.

— J'ai une idée.

Il se déplaça de sorte à chevaucher les genoux de Wade et la chaleur du corps de Ben contre le sien fit s'envoler une nuée de papillons dans sa poitrine. Il frissonna, le besoin de toucher si puissant que c'en était pénible.

— Bouge pas, lui ordonna Ben.

— Je peux te toucher ?

Ben acquiesça, puis prit le visage de Wade en coupe.

— C'est parfait. Ta bouche est pile là où je la voulais.

Il se pencha en avant et taquina les lèvres de Wade de sa langue avant de reprendre son exploration.

Wade lui laissa l'accès dans un gémissement, ses mains trouvant la taille de son compagnon pour le caresser à travers le doux coton de son tee-shirt. Le petit soupir de Ben se mêla au sien, et Wade lui frotta le dos. Il avait du mal à saisir l'énormité de la situation.

Il était en train d'embrasser Ben White, nom de Dieu, et c'était le paradis.

Tout bien vu : c'était trop intense.

Il mit fin au baiser et se posa front à front.

— Ouah. Faut que je reprenne mon souffle.

Ben gloussa.

— La classe. Je suis doué.

Wade éclata de rire.

— Tu peux le dire, mais c'est un peu trop…

— Je comprends, répondit Ben en s'écartant. Tu sais quoi ? Je vais te renvoyer chez toi pour le moment.

Wade en resta coi.

— T'es sérieux ?

Ben s'éclaircit la voix.

— C'est toi qui as les clés pour ouvrir demain matin, môssieur. Mary te fera la peau si tu n'es pas au pas de la porte à huit heures tapantes, frais et pimpant.

Il se réavança lentement, appuyant les lèvres contre celles de Wade dans un chaste baiser.

— Ça, ça peut attendre. On a tout le temps.

— On a des années à rattraper, se plaignit Wade.

— Et on les rattrapera, mais pas ce soir.

Ben posa une main sur le cœur de son compagnon.

— Seigneur, il bat à cent à l'heure.

— Et ça te surprend ? répliqua Wade en recouvrant les doigts de Ben.

Cela lui valut un nouveau baiser.

— Tu n'y couperas pas, OK ? Je te le promets.

Ben se pencha davantage et, lorsque ses lèvres effleurèrent le cou de Wade, celui-ci frissonna.

Ben se redressa.

— Oups, j'ai un autre scoop pour toi.

Un sourire malicieux étira ses lèvres.

— Cette position me donne *tout* un tas d'idées, alors il faut vraiment que tu partes sans plus tarder.

Wade rigola.

— C'est un peu compliqué, vu comment tu m'as cloué au canapé.

Ben s'empressa de se décoller et l'aida à se relever.

— Ouste. Avant que je change d'avis.

— Tu as raison. En plus, il faut que je prévienne ma mère et Papy que je suis toujours en vie.

Ben éclata de rire.

— Bien vu.

Wade n'avait aucune envie de partir. Il se posa devant Ben, le cœur lui martelant toujours la poitrine. Incitant le jeune homme à lever le menton, il s'inclina pour l'embrasser sur la bouche, un échange tendre, pondéré, une promesse que *ce n'était que le début*.

Ben poussa un profond soupir.

— Tu ne me facilites pas les choses, tu sais ? J'essaie de me comporter en adulte, là.

Il enroula alors les bras autour du cou de Wade et fit fusionner leurs lèvres. Lorsqu'ils se séparèrent, Ben attrapa la veste de Wade et la lui tendit avant de le prendre par la main et de le conduire à la porte.

— Tu connais le chemin. Fais juste attention quand tu passes devant la porte de Mme Smith. N'oublie pas les détecteurs de mouvement.

Wade pouffa.

— Je te retrouve demain, au travail ?

Ben acquiesça.

— J'y serai pour midi.

Un dernier bécot sur la bouche et Ben le poussa dehors.

Wade resta planté en haut des marches, tout

sourire.

Je parie que si j'essayais, je pourrais me laisser flotter jusqu'en bas.

Vu comme il avait le cœur léger, ça aurait été un jeu d'enfant.

Ben, agenouillé sur le canapé, observait par la fenêtre Wade qui se dirigeait vers sa voiture. Lorsqu'il eut atteint celle-ci, le grand gaillard se retourna et leva la tête, comme s'il cherchait Ben des yeux. Il leva la main et Ben en fit autant. Puis, il s'installa au volant et démarra.

Ben s'affala sur le divan. *Oh, mon Dieu, pourquoi il n'y a jamais personne pour me pincer quand j'en ai besoin ?*

Sur la table, son portable vibra ; Ben s'empressa de traverser le studio pour l'attraper.

Si tu as encore besoin de parler, je suis là pour toi.

Ben aurait pu embarrasser Dylan s'il avait été là.

— Je suppose que tu as encore des choses à dire, du coup, déclama-t-il en décrochant. Tout va bien ?

— Mieux que bien, répondit Ben.

Son corps était nimbé de chaleur mêlée à une sensation de picotements qui prenait sa source dans sa poitrine et se répandait lentement vers l'extérieur. Il reprit place sur le canapé.

— J'ai du nouveau.

— Eh bien, ne me fais pas miroiter, dis-moi.

Ben ferma les yeux et se rejoua le contact des lèvres de Wade sur les siennes.

— Wade a embrassé un garçon… et ça lui a plu.

— Nom d'un putain de chien. Tu ne fais pas dans la dentelle, je vois ?

Il éclata de rire, incapable de se retenir.

— Il faisait le tour de la ville à ma recherche. Alors, on est rentrés chez moi et on a causé.

— C'est *tout* ce que vous avez fait ? Causer ? Bon, et vous bécoter, ça j'ai bien compris.

— Ouaip. Et tu sais quoi ? C'était parfait.

— Bon, bah, maintenant que je sais ça, je vais pouvoir arrêter de m'inquiéter et aller bosser joyeusement, répondit Dylan en ricanant. Enfin, si on peut qualifier de joyeuses huit heures de boulot de nuit. Tu n'imagines pas ce que je dois faire pour rester éveillé. Et ça démolit mon horloge interne à un point.

— Je ne veux pas savoir ce que tu dois faire pour rester éveiller, j'ai déjà une assez bonne idée comme ça. Merci d'avoir été là ce soir. Aaron et toi m'avez donné d'excellents conseils.

— Tu ferais la même pour nous. Après, si j'ai jamais besoin d'un conseil de ta part, je ferai en sorte de ne pas t'appeler au milieu de ma garde de nuit. Va te reposer, mon pote. Et fais de beaux rêves.

Dylan raccrocha.

Ben avait comme l'impression que ce seraient les plus beaux rêves qu'il ait jamais faits.

Wade pénétra dans la maison aussi discrètement que possible. Papy devait déjà être au lit à l'heure qu'il était, et sa mère aussi, sans doute.

Lui était bien trop surexcité pour ne fut-ce que *penser* à dormir.

Il verrouilla la porte et se rendit au salon pour éteindre les lumières.

— T'as toujours tes roubignoles ?

Wade sursauta.

— Bon Dieu, Papy, t'as failli *me* flanquer une attaque !

Son grand-père était installé dans son fauteuil, une tasse sur la table basse près de lui. Aucun signe de sa mère en vue.

— Je l'ai envoyée se coucher. Après ton départ, elle a appelé David. Sûrement qu'elle se faisait du mouron pour le petit Liam.

Wade s'assit sur le pose-pied.

— Je vais leur parler, à tous les deux.

De toute façon, il avait quelque chose à dire à son grand frère, même si ça ne l'angoissait pas plus que ça. Il était peu probable que David réagisse mal à la nouvelle de Wade, Dieu soit loué, mais il savait que ça ne serait pas moins un choc pour autant.

Ou peut-être pas ? Le reste de la famille s'était montré bien plus perspicace qu'il ne s'en était douté.

Le regard songeur de Papy se posa sur lui.

— Alors ? Tu as arrangé les choses avec Ben ?

Wade hocha la tête.

— On a beaucoup parlé.

— Eh bien, n'attends pas le dégel, comme disait ta grand-mère. Ça a donné quoi ?

Wade sourit.

— Ça a donné que je crois bien avoir trouvé un petit ami.

Les sourcils de Papy touchèrent presque le plafond.

— Tu « crois bien » seulement ? Ça ne m'a pas l'air fort prometteur.

Wade s'esclaffa, mais se calma de peur de réveiller sa mère.

— OK, je capitule. On est ensemble. T'es content ?

Papy attrapa sa tasse et but une gorgée de thé.

— Je le serai quand tu m'auras dit où tu comptes l'emmener pour votre premier rencard.

Premier… Wade n'y avait même pas encore pensé.

— Emmène-le chez Nathalie.

Le jeune homme cilla.

— Tu crois qu'il appréciera un resto français haut de gamme dans ce style ?

Papy lâcha un grognement nasal.

— Oh, tu avais une *autre* idée ? Une pizza, peut-être ? C'est votre *premier rencard*, pour l'amour du ciel. C'est le genre de choses dont on se souvient encore des années plus tard.

Wade sourit.

— Où as-tu emmené Mamie, toi ?

Papy sourit de toutes ses dents.

— Au restaurant de l'Auberge de Camden

Harbour.

Wade cligna des yeux.

— Mais c'est là… bégaya-t-il avant d'éclater de rire. C'est celui qui s'appelle Nathalie maintenant.

Papy haussa les épaules.

— Bah quoi, c'était un endroit super pour Judy et moi. Ça pourrait l'être tout autant pour Ben et toi.

Wade devait bien admettre que c'était une belle idée.

— J'ai une proposition unique en son genre. Et si on laissait Ben décider de ce qu'il préfère manger ? Ou de s'il a même *envie* d'un rencard de ce genre ?

Qu'importe ce que Ben choisissait : Wade suivrait le mouvement. *Merde quoi, j'ai traversé le Precipice Trail avec lui. Après ça, le reste ne sera pas plus compliqué qu'une promenade de santé.*

Papy gloussa.

— Va te coucher, fiston. Tu as eu une sacrée soirée, et c'est toi qui es censé faire l'ouverture demain, je te rappelle. J'irai au lit dès que j'aurais fini de boire cette décoction.

Wade se releva et s'approcha pour embrasser la joue ridée de son grand-père ; Papy posa une main sur la sienne.

— Je suis heureux pour toi, mon garçon. Tu ne peux pas savoir à quel point. Tu sais déjà tout le bien que je pense de Ben. Je vous souhaite tout le bonheur du monde.

— Merci.

Il déposa un baiser sur le sommet de son crâne et se rendit à sa chambre, dont il referma la porte après y être entré. Wade s'adossa au battant, les yeux fermés et un sourire aux lèvres dont il n'arrivait tout bonnement *pas* à se débarrasser.

Nom de Dieu. Après toutes ces années de regrets et de remords, la vie de Wade venait de prendre une tout autre direction. La Destinée venait apparemment de décider que c'était à son tour de connaître un peu de bonheur. Il avait envie de pousser des cris de joie, d'exprimer toute l'exaltation qui l'emplissait.

Une pensée suffit à le calmer autant qu'elle l'excitait, toutefois. Au bout d'autant d'années à seulement l'imaginer, il était à deux doigts de savoir ce que ça faisait véritablement que de faire l'amour.

Et si je n'étais pas à la hauteur ?

Il se ravisa aussitôt. Quelque chose au fond de son être lui assurait que Ben ferait en sorte qu'il y prenne du plaisir. Ben lui montrerait les ficelles.

C'était une idée qui lui plaisait *beaucoup*.

Ben entra chez Trésors et salua Madison, Cameron et Abi avec un grand sourire.

— Bien le bonjour.

Abi lâcha un grognement nasal.

— Jour bien chargé, oui. Tu viens de rater le rush du dimanche.

— *Quelqu'un* s'est levé du bon pied, ce matin, remarqua Cameron avec un sourire diablotin. Il doit y avoir quelque chose dans l'air. Wade aussi est d'une humeur parfaitement joviale.

Cela le fit sourire.

— Si tu vas dans le bureau, *j'adorerais* avoir un café, le supplia Madison. S'il te plaît ?

Elle papillonna des cils.

Cameron pouffa.

— Ça ne lui fera aucun effet, dit-il avant d'enchaîner, un éclat dans le regard. En revanche, si *moi* j'essayais.

Et d'imiter le geste de Madison.

Ben lâcha un soupir exagéré.

— Désolé, mon gars, tu n'es pas mon genre.

Tout le monde éclata de rire et Ben découvrit ses dents.

— Je vais préparer du café.

Il se rendit au bureau. Lorsqu'il en ouvrit la porte, Wade était assis dans son siège, un tas de papiers éparpillés devant lui. Ce dernier leva la tête et sa figure s'illumina. Il se leva, fit le tour de la table pour s'approcher de Ben et tendit la main pour fermer la porte dans son dos.

— Dieu merci. Je commençais à devenir dingue à force de t'attendre. Impossible de me concentrer. C'était comme si les chiffres s'étaient mis à danser sur les feuilles.

Il attrapa le visage de Ben de ses deux mains.

— Dis-moi que je n'ai pas rêvé ?

Le cœur de Ben s'arrêta momentanément.

— Si c'était un rêve, alors on a fait le même, répondit-il avec un sourire. Je suis *tellement* content que cette porte n'ait pas de vitre. Ça veut dire que je peux embrasser le boss sans que personne le voie.

Il passa les bras autour de Wade, posa les mains dans son dos.

— Bah alors, il est où, mon bisou ?

— Juste là, murmura Wade.

Pas de collision, cette fois, seulement la fusion de leurs lèvres et les bras de Wade qui l'enveloppaient. Le baiser prit fin bien trop vite ; Ben se fendit d'une moue qu'il espérait mignonne. Wade rigola.

— C'est censé me donner envie de t'embrasser encore ?

— Hé, c'est l'une de mes armes les plus fatales, déclara Ben.

Un sourire, puis :

— Tu m'embrasses quand même ?

— Avec plaisir.

Cette fois, Ben se fraya un chemin entre les lèvres de Wade du bout de la langue et ce dernier gémit dans sa bouche. Il relâcha Ben et fit un pas en arrière.

Le jeune employé se mordit la lèvre.

— C'est tout ce à quoi j'ai droit ?

— Pour l'instant. Faut que je bosse, confirma Wade en lui embrassant le front. Tu es venu là pour une raison en particulier, ou tu avais juste l'intention de me perturber avec tes bisous ?

— J'étais venu faire du café.

— Alors, ne me laisse pas t'interrompre.

Wade retourna à sa chaise.

Ben sourit intérieurement. *Je prédis que Wade va avoir* beaucoup *d'interruptions, aujourd'hui.*

L'après-midi de Wade était devenu un véritable enfer, et c'était entièrement la faute de Ben.

Il avait perdu le compte du nombre de fois où celui-ci s'était ramené dans le bureau pour une excuse ou une autre et où, quelques secondes plus tard, leurs bouches s'étaient retrouvées soudées l'une à l'autre. Non pas que Wade voulut se plaindre des baisers (d'autant que chacun d'eux semblait plus électrisant encore que le précédent), mais il n'avait rien accompli de sa journée.

À seize heures, Wade ouvrit la porte du bureau.

— Ben ? Tu as deux minutes ?

Quelques secondes plus tard, Ben apparut devant lui, tout sourire.

— Tu voulais quelque chose, boss ?

Wade lui fit signe de le suivre.

— Et ferme la porte derrière toi.

Aussitôt Ben eut-il obéi à son ordre que Wade le prenait dans ses bras.

— As-tu la moindre idée de ce que tu es en train de me faire subir ?

Ben découvrit les dents.

— Ça fonctionne, alors ?

Il mit les mains dans son dos pour attraper celles de Wade et les fit glisser vers le bas jusqu'à ce qu'elles soient posées sur ses fesses.

— Tu as fini ta journée, là, non ? Ce qui veut dire que tu as le droit de toucher.

Wade, qui en avait le souffle coupé, fut incapable de retenir ses doigts de palper le galbe ferme de son derrière.

— Tu pourrais tenter un saint.

Les yeux de Ben luisaient.

— Ouah, je suis doué.

Il fit un mouvement du bassin, sans hâte, tout en sensualité, qui menaça de faire perdre la tête à Wade.

— Je… Je croyais que tu essayais de te comporter en adulte ?

Le sourire de Ben se renforça.

— J'ai changé d'avis. Maintenant, j'ai envie d'être un adulte *débridé*.

Il glissa un doigt le long de la nuque de Wade et jusqu'à sa chemise entrouverte.

— Je termine à vingt et une heures.

— Je sais. C'est moi qui ai fait les emplois du temps, tu as oublié ? répondit-il et Ben gloussa. Donc… je t'attendrai à la fermeture pour te ramener chez toi.

Le visage de Ben rayonna.

— Oh, c'est mignon. J'ai une question par contre.

Un nouveau roulement des hanches provoqua un grognement chez Wade.

— Continue de faire ça et tu pourras me demander tout ce que tu veux.

— Est-ce que Mary y verrait à redire si tu ne rentrais pas dormir à la maison ce soir ?

Oh putain.

Wade se força à garder son calme.

— Est-ce que ta proprio aurait à redire si un invité passait la nuit chez toi ?

Ben écarquilla les yeux.

— Avec toutes les vacheries qu'elle me fait ? J'en ai rien à battre.

Il laissa le bout de son doigt passer sous la chemise de Wade.

— J'ai envie de t'avoir rien qu'à moi ce soir, c'est tout.

Wade tressaillit ; Ben retira sa main.

— Je vais trop vite, c'est ça ?

Oui ? Non ?

— Tu ne dois pas oublier…

Ben le fit taire d'un baiser et le regarda droit dans les yeux.

— Je n'ai pas oublié. On peut prendre notre temps. Du moment que tu es sûr que c'est ce que tu veux ?

Wade le dévisagea.

— C'est une blague, j'espère ?

— Alors, je te dis à ce soir, neuf heures. Maintenant, débarrasse le plancher, ajouta-t-il avec une lueur taquine dans les yeux. Certains d'entre nous ont du boulot.

— J'aimerais que tu réfléchisses à quelque chose pendant que je serai absent, dit Wade en le lâchant avec une extrême réticence. Où tu voudrais aller pour notre premier rendez-vous.

Ben se figea.

— On a un rencard ?

Wade arqua les sourcils.

— Sauf si tu n'en as pas envie ?

— Pour te citer : c'est une blague, j'espère ? *Évidemment* que j'en ai envie. Tu avais déjà quelque chose en tête ?

— Pas vraiment.

Sauf que c'était un mensonge et qu'il lui avait promis de ne plus avoir aucun secret.

— OK, si, garde au moins un mot en tête quand tu réfléchiras aux différentes possibilités.

— Et c'est quel mot, au juste ? rétorqua Ben, un sourire narquois aux lèvres. Abordable ? Local ?

Wade se pencha et l'embrassa sur la bouche, une brève caresse des lèvres évocatrice de leur premier baiser.

— Je pensais plutôt à quelque chose du genre… « romantique », murmura-t-il avant de se redresser. À tout à l'heure.

Wade tourna les talons, le cœur battant la chamade et le pouls en vrac.

Je crois que je viens d'abattre toutes mes cartes.

CHAPITRE VINGT

Ben referma la porte derrière eux.

— Maintenant, tu vois de quoi je voulais parler.

Le vacarme de la musique les avait accueillis avant même qu'ils aient pu atteindre la porte d'entrée. Heureusement, Mme Smith était trop occupée avec ses invitées pour s'intéresser à Ben.

Wade posa son sac par terre et se planta au centre du studio, les mains fourrées dans les poches de son jean, ce qui avait pour effet d'étirer le tissu au niveau de son entrejambe.

Oh, mon Dieu, il a le trac.

Ben retira ses chaussures à l'aide de ses orteils et s'approcha lentement de lui.

— Tu veux savoir ce qui m'est passé par la tête quand tu es sorti de ton bureau, le jour de mon entretien ?

Wade se mordit la lèvre.

— Je crois que tu vas me le dire, que j'ai envie de savoir ou non.

Ben sourit.

— Je me suis dit que tu étais devenu l'épitome de la beauté. Il n'a fallu qu'un seul coup d'œil à ton costard pour que ça me démange de te toucher.

Ben posa les mains sur le torse de son compagnon.

— J'avais envie de glisser les mains sous ta chemise et partir en exploration.

Wade déglutit.

— Je suis tout à toi. Explore-moi à ta guise.

Le pouls de Ben s'accéléra.

— La seule raison pour laquelle ma libido ne m'a pas liquéfié sur place, c'est parce que c'était toi, avouat-il dans un frisson. J'étais à *deux doigts* de faire demi-tour et de claquer la porte. Maintenant qu'on a mis tout ça sur la table ? Je suis *tellement heureux* d'être resté.

Il sourit.

Wade ferma les yeux un court instant.

— Moi aussi.

Il les rouvrit et pencha la tête d'un côté.

— Mais puisqu'on en est là… tu veux savoir ce que moi j'ai pensé en te voyant ? demanda-t-il, un éclat dans les yeux. Que j'étais ravi que tu n'avais pas grandi d'un pouce.

— Je te demande pardon ?

Ben ignorait comment le prendre.

— Tu m'as dit que tu aimes les mecs imposants. Eh bien… il semble que moi, j'aime les petits.

Ben se tendit d'un sourire indolent.

— De mieux en mieux.

— Mais… on pourrait parler sérieusement une minute ?

Le ton grave de Wade et ses joues rougies firent s'immobiliser Ben.

— Bien sûr.

— C'est bien ce que *toi* tu veux ?

Ben ravala un sourire.

— Ce fantasme me poursuit depuis que j'ai dix-sept ans. Je t'ai enfin exactement là où je veux.

Wade secoua la tête.

— Ce n'est pas de ça que je parlais… même si, bon Dieu, tu fais sacrément de bien à mon ego. Je voulais dire… est-ce que tu me pardonnes réellement ?

Ben posa une main sur le torse de Wade, au niveau de son cœur.

— Un très bon ami m'a dit que si je te pardonnais, je devais le penser sincèrement. Que s'il y avait le *moindre risque* qu'à un moment donné, je puisse ressasser le passé et te balancer des reproches à la figure, alors il vaudrait mieux que je te tourne le dos.

Il porta sa main libre à la joue de Wade.

— Je n'ai pas l'intention de te tourner le dos. Je te confirme que je te pardonne. Pas juste maintenant, mais pour toujours.

Wade émit un petit hoquet de surprise et ses doigts tremblèrent lorsqu'ils recouvrirent ceux de Ben.

— Du coup, où est-ce qu'on va, maintenant ?

Ben mit sa tête sur le large torse de Wade, conscient du rythme effréné de ses pulsations.

— Eh bien… *moi*, je me disais qu'on pourrait aller au lit.

Il leva les yeux vers Wade, son propre pouls se déchaînant.

— Si tu veux toujours de moi.

Wade se racla la gorge, mais sa voix n'en resta pas moins rocailleuse lorsqu'il répondit :

— Pour un homme aussi intelligent, il t'arrive de dire des énormités, parfois.

Il déglutit.

— Mais il faut que tu comprennes… que je… que je…

Ben couvrit ses lèvres de ses doigts.

— Je sais. Tu as la trouille. Alors je vais te dire quelque chose qui va t'aider à te calmer.

Il prit la nuque de Wade en coupe et le fit se baisser jusqu'à ce que sa bouche ne soit plus qu'à quelques centimètres de la sienne.

— C'est le genre de chose qu'on ne peut pas rater, murmura Ben avant de l'embrasser, un doux effleurement de peaux.

Wade émit un grognement.

— Oh que *si*. Je n'arrête pas de me dire que je vais avoir fini en moins de trois secondes.

Ben lui prit la main et le guida vers le matelas.

— C'est là que j'interviens, justement.

Il s'arrêta au pied du lit.

— Tu me laisses prendre les rênes ?

Allez, Wade, fais-moi confiance.

Wade avait du mal à respirer.

— Oui, se força-t-il à lâcher dans un murmure.

Ben sourit.

— Sage décision.

Il indiqua le sol.

— Tes chaussures, enlève-les.

Wade s'exécuta, puis Ben poussa sur son torse et il tomba en arrière sur les draps.

— Remonte un peu et posa la tête sur les oreillers.

Le cœur battant la chamade, Wade obéit. Ben grimpa sur le lit et rampa vers lui, les iris dilatés et sombres.

— J'ai l'impression d'être une proie, blagua Wade.

Ben gloussa tandis qu'il s'allongeait à côté de lui.

— Ça fait de moi le prédateur ?

Il caressa soudain la barbe de Wade avec son pouce.

— Tu m'embrasses ?

L'intéressé n'hésita pas. Il attira Ben plus près, les deux mains sur sa tête, et investit sa bouche d'un baiser enflammé. Les doigts de son compagnon, qui parcouraient son torse, effleuraient ses tétons à travers son tee-shirt en coton.

— Putain, fit-il en frissonnant. Je le sens jusque dans mes bourses quand tu fais ça.

Alors, Ben bougea sa main plus bas et Wade souleva le bassin pour créer de la friction, mais grogna de frustration lorsque Ben se contenta de titiller le contour de son érection du bout des doigts.

Ben sourit.

— Je veux voir.

Wade tremblait tandis qu'il ouvrait son bouton et baissa sa braguette. Son membre turgescent, qui poussait contre le tissu de son caleçon, forma un gonflement entre les pans de son pantalon, et Ben tourna la tête vers Wade avec un grand sourire.

— Je me doutais bien que tu serais de taille XXL. En même temps, c'est logique. Tu es énorme de partout. Que tu aies une petite bite, ça aurait été complètement foireux.

D'un doigt, il suivit la courbe du sexe de Wade.

— J'ai fait un rêve, une nuit, admit-il avec un sourire narquois. Enfin, ça tenait plus du fantasme. J'ai rêvé que tu avais un véritable anaconda.

Malgré ses palpitations, Wade réussit à en rire.

— Elle n'est pas *si* grosse que ça.

Il perdit le fil de ses pensées lorsque Ben changea brusquement de position pour enfouir le visage entre ses cuisses.

Ça devait être la chose la plus sexy qu'il avait jamais vue. Ben frotta son nez contre la verge dissimulée, puis le pressa contre ses testicules, auxquels il donna quelques petits coups avant de se jeter, bouche ouverte, sur l'érection de Wade. La chaleur qui enveloppa sa queue le rapprocha davantage du précipice.

— Que le spectacle commence, murmura Ben.

Il attrapa l'élastique du caleçon et le baissa pour libérer le chibre qui surgit dans toute son épaisseur.

— Seigneur, ajouta-t-il alors qu'il coinçait le coton sous les testicules de Wade.

Le cœur de Wade s'emballa quand Ben le prit en bouche et commença à agiter la tête. Heureusement qu'il était couché, car ses jambes auraient très certainement lâché. La première impulsion électrique quand la langue de Ben toucha son gland fut totalement différente de ce qu'il s'était imaginé, mais *tellement* mieux. Son organe était enveloppé dans une chaleur humide et, à chaque succion prononcée de Ben, Wade frissonnait. Il y avait quelque chose d'extrêmement érotique à voir Ben, encore tout habillé, le sucer.

Ce dernier fit une pause pour s'occuper de Wade avec sa main et le regarder dans les yeux.

— Ta bite est magnifique.

Aussitôt dit, il réengloutit le membre moite de salive, si profondément que son nez vint à la rencontre des poils pubiens de Wade. Ce dernier l'observa avec inquiétude comme Ben se relevait, les joues rouges et des larmes dans les yeux, mais avant qu'il ait pu l'en empêcher, Ben repartit à l'assaut dans un grognement. Wade ressentit les vibrations de ce son dans chaque fibre de son sexe et jusque dans ses bourses.

C'était trop bon.

— Je crois que je vais jouir, haleta-t-il en s'enfonçant un peu plus dans la gorge de Ben.

Il le relâcha avec une toux grasse.

— Oh, non, pas question.

Il agrippa la queue de Wade d'une poigne ferme.

— Respire. Respire. Détends-toi.

Wade s'obligea à écouter les instructions et à pousser deux grandes expirations saccadées. Ben ne bougea ni sa main ni ses yeux rivés sur Wade.

— C'est ça, bravo. On n'y est pas encore. Retiens-toi.

— Je sais pas combien de temps je vais encore tenir.

Il avait l'impression de ne tenir qu'à un fil.

Ben ne desserra pas sa poigne sur son sexe tandis qu'il se penchait pour l'embrasser.

— Tu vas bander dur jusqu'à ce que j'aie eu le temps de me la prendre. T'as bien compris ?

Un autre baiser, un peu plus charnel, celui-là.

— Bien compris, affirma Wade en prenant deux profondes inspirations. Mais je crois que je banderais encore plus si je pouvais te voir à poil.

Ben lui adressa un grand sourire.

— Bien vu. Enlève le reste de tes fringues.

Il lâcha l'érection de Wade et s'agenouilla sur le lit pour ouvrir son pantalon et en retirer les pans de sa chemise. Ben croisa le regard de Wade alors qu'il défaisait lentement chaque bouton avant de libérer ses bras et de jeter le vêtement de côté.

Wade oublia qu'il devait se déshabiller, perdu dans la contemplation de ce striptease sensuel et hypnotisant.

Ben était imberbe de part en part. Son corps svelte était tonifié, le bronze rougeâtre de ses tétons contrastant avec le teint crémeux de sa peau. Quand Ben repoussa son pantalon le long de ses cuisses en même temps que son caleçon, Wade eut son premier aperçu de la raideur qu'il avait seulement sentie jusquelà. Le sexe de Ben n'était pas long, et il était mince, une petite hampe rose mignonne qui dépassait des boucles de son pubis tel un point d'exclamation de chair et de sang.

Rien qu'à le *regarder*, Wade en avait l'eau à la bouche.

Ben tenta de retirer ses chaussettes et son pantalon, mais perdit l'équilibre et tomba de côté en riant.

— Voilà tout ce que je gagne quand j'essaie d'être séduisant.

Wade en eut le souffle coupé.

— Tu rigoles ? T'es carrément bandant.

Ben s'agenouilla à côté de lui et se pencha pour l'embrasser ; Wade se perdit dans leur échange. Il déglutit lorsque Ben se redressa et lui prit le poignet pour amener sa main à son sexe.

— Touche-toi aussi, lui intima Ben.

Wade tâcha de se caresser, mais la sensation d'une verge autre que la sienne entre ses doigts pour la toute première fois s'avéra une trop grande distraction. C'était chaud et doux comme la soie, la peau tendue, brillante au niveau du gland. Lorsqu'il entra en contact avec le liquide visqueux suintant de la fente, cela lui coupa le souffle.

— De quoi tu as peur ? demanda Ben dont la poitrine se soulevait lourdement tandis qu'il respirait la bouche grande ouverte. Goûte.

Wade porta ses doigts à ses lèvres et lécha la perle translucide. C'était légèrement salé.

— Continue de te toucher, j'ai dit.

Wade gloussa.

— Chef, oui, chef. J'ai oublié. C'est toi qui commandes.

— Y a plutôt intérêt, oui.

Ben s'allongea de nouveau, se lovant contre le flanc de Wade.

— Mets ton bras autour de moi. Accroche-toi à la tête de lit, si besoin.

Ben l'embrassa, sa main encerclant une fois de plus le membre de Wade, qu'il caressait doucement. Lorsque ce dernier arrivait trop près de l'apothéose, Ben s'arrêtait et serrait la base de son sexe en attendant qu'il s'éloigne du précipice. Une fois le danger passé, Ben recommençait.

Wade perdit toute notion de temps alors qu'ils s'embrassaient et que Ben jouait avec son membre de la sorte.

— J'ai trop envie de jouir, gémit Wade en s'enfonçant dans le tunnel des doigts de Ben.

— Patience, répondit son compagnon d'une voix douce. Attends encore un peu, d'accord ? Je t'apprends à te retenir, là, à respirer.

Il amorça une caresse vers le haut.

— Ta bite est si belle, si raide.

Wade émit un rire sarcastique.

— Comment je suis censé répondre à des compliments de ce genre ?

Ben passa le pouce sous sa couronne et Wade dut ravaler un gémissement.

— Un merci suffira.

Il déglutit.

— Merci. Et n'arrête pas.

Un autre baiser, puis Ben le regarda dans les yeux.

— Comment te sens-tu ?

— Merveilleusement bien, putain.

— Tu crois être prêt à me prendre ?

Wade faillit éjaculer sans plus de cérémonie.

— Merde, tu veux bien éviter de dire des trucs pareils ? Surtout quand je suis si près du but.

Ben gloussa. Il s'étira vers la table de chevet et en ouvrit le tiroir, dont il sortit un tube de lubrifiant et quelques préservatifs. Il examina l'emballage.

— Dieu merci, ils ne sont pas périmés.

Remarquant le regard perçant de Wade, Ben rougit.

— Ça fait un bail, OK ?

Il arracha l'aluminium.

— La prochaine fois, on prendre notre temps pour me préparer.

Ben contracta la main sur le sexe de Wade.

— Là, tout de suite, je suis trop impatient de la sentir en moi.

Il déroula le latex sur Wade, pour ensuite verser une quantité généreuse de lubrifiant sur son gland. Wade l'étala tout du long pendant que Ben se mettait à quatre pattes devant lui, jambes écartées, fesses cambrées.

— Allez, bébé. Tout de suite.

Il passa une main derrière lui pour appliquer sur sa fente le gel qu'il avait sur les doigts.

Wade se dressa dans son dos, son chibre pointant en direction de Ben comme s'il savait *exactement* où il devait aller. D'un doigt, Wade caressa son trou et le regarda se contracter.

— Tu t'es déjà mis un doigt ? demanda Ben en le fixant par-dessus son épaule.

— Une ou deux fois. Tu aimes ça, *toi* ?

— J'adore, confirma Ben dont les yeux plongèrent dans les siens. Fais-le. Mais doucement, tu veux ?

Wade pénétra le fondement de Ben du bout du doigt.

— Seigneur, c'est tout chaud.

C'en était presque *brûlant*…

— Ça te fait du bien ?

— Putain, ouais. Ce serait encore mieux si tu allais plus loin. Allez, vas-y, je veux le sentir.

Wade enfonça son doigt en Ben.

— C'est tellement serré.

Ben lâcha un rire nasal.

— Plus pour longtemps, pas avec le *python* que tu as entre les jambes. Ça va me desserrer en un rien de temps. Pitié, ajouta-t-il en croisant le regard de Wade.

Wade ne pouvait ignorer la supplication. Il guida son membre dans la bonne position et appuya précautionneusement contre l'anneau de chair.

Ben posa la tête sur ses avant-bras.

— Arrête de bouger. Je vais reculer, d'accord ?

Aussitôt dit, aussitôt fait, et Wade eut le souffle coupé de voir son membre disparaître en Ben.

— Putain de merde, lâcha-t-il d'une voix étranglée.

C'était une sensation exquise. Des picotements recouvrirent sa peau tandis que son chibre pulsait.

— Attrape mes hanches, indiqua Ben, dents serrées.

Il fit ce qu'on lui demandait et Ben commença à se balancer d'avant en arrière, accueillant un peu plus du sexe de Wade à chaque va-et-vient, tant et si bien que celui-ci finit par s'enfoncer jusqu'à la garde.

— Oh, putain.

Ben continuait de remuer, sauf qu'il allait plus vite à présent, heurtant le pelvis de Wade dans un claquement de peau tandis que ce dernier s'accrochait à ses hanches pour accentuer davantage le mouvement et empaler Ben sur sa queue, la peau de ses fesses ondulant à chaque collision. Bientôt, Wade lui rendit coup pour coup, son bassin joignant l'effort en secousses vers l'avant pour plonger plus profondément dans son amant.

Soudain, Ben s'écarta.

— Je veux voir ta figure quand tu vas jouir.

Il se retourna sur le dos et attrapa ses genoux, qu'il tira contre sa poitrine pour mieux soulever son arrière-train. Wade s'approcha, visa et entra dans le tunnel lubrifié. Il tomba en avant, laissant ses bras retenir son poids tandis qu'il investissait le corps de Ben de mouvements fluides. *Putain, mais* regardez-*le !* Les joues et le torse rosis par l'effort, Ben avait la bouche ouverte, les yeux dilatés, et sa main s'agitait sur son sexe avec fort peu de grâce, mais une rapidité qui trahissait un besoin urgent et le tout forma une apothéose qui fit chavirer Wade. Il cria en jouissant, les pulsations éjectant sa semence dans le latex, tandis que son corps tremblait à chaque éclair de plaisir provoqué par l'orgasme qu'il avait si durement tenu à distance.

Ben le prit dans ses bras et s'agrippa à lui, l'embrassant sur le front, les joues, les lèvres, leurs deux corps trempés de sueur. Wade frissonna tandis que les derniers spasmes s'atténuaient, le laissant vide et repu, toujours engoncé en Ben. Il se retira avec précaution, puis se pencha afin de goûter au sexe de son amant pour la première fois. Il s'en remplit la bouche, titillant le gland de sa langue. Ben s'arc-bouta et, quelques secondes plus tard, les lèvres et le visage de Wade reçurent une divine onction.

Ben se jeta sur lui pour effacer toute trace de sperme, et sourit tout en essayant d'enlever les gouttes qui tachaient sa barbe.

— Laisse, lui dit Wade. Je vais prendre une douche.

Il embrassa Ben, une exploration tranquille et consciencieuse, chacun nourrissant l'autre de doux soupirs de plaisir. Puis, il se laissa retomber sur le dos, une jambe repliée, le torse détrempé.

— Ouah.

Ben roula sur le côté, dessinant un trait entre les clavicules de Wade et ses poils pubiens ?

— C'est un « ouah » positif ?

Wade gloussa.

— Un « ouah » d'épuisement. Un « ouah » de sidération.

— Tu vois ? Je t'avais dit que tu ne pourrais pas te rater.

Wade se tourna pour lui faire face.

— Je n'en suis pas si sûr. Je crois qu'il va falloir un deuxième avis.

Les yeux de Ben s'illuminèrent.

— Ah ouais ? dit-il avant de jeter un œil à la table de chevet. Eh bien, on a plein de capotes.

Il pencha la tête sur le côté et demanda :

— Tu crois qu'il va te falloir longtemps pour maîtriser le sujet ?

Wade lui lança un grand sourire.

— C'est possible. Ça risque même de me prendre toute la nuit.

CHAPITRE VINGT ET UN

— Maintenant, je sais ce que vivent les toxicos, murmura Ben entre deux baisers.

Wade était entré chez Trésors quinze minutes plus tôt et le jeune employé s'était mis à bondir d'un pied à l'autre en attendant que le boss termine d'échanger des civilités avec Cameron et Zach, passe vérifier le compte-rendu et jette un œil aux stocks. Une fois toutes ces tâches complétées, Ben avait trouvé un prétexte pour attirer Wade dans le bureau, en avait fermé la porte et s'était jeté dans ses bras.

— Je comprends ce que tu veux dire.

Et Wade de le soulever pour le poser sur le coin de la table.

Ben enroula les jambes autour de lui.

— Je te tiens, dit-il avec un sourire triomphant. Si tu veux être libéré, il faudra payer la rançon.

— À combien s'élève-t-elle ?

Wade se pencha et l'embrassa dans le cou, le faisant frissonner.

— Continue sur ta lancée. Je te préviendrai quand tu auras atteint l'objectif.

Ben tendit la nuque pour lui offrir un meilleur accès.

— Doux *Jésus*. Quand tu m'embrasses là, je jure que ça me fait court-circuiter. Ça ne fait que trois heures que tu es parti de chez moi, mais j'ai l'impression que ça fait une éternité.

Il se figea soudain.

— Une petite minute. Je croyais que tu devais aller à la boutique de Rockport aujourd'hui.

— C'était le cas. J'ai changé d'avis, expliqua Wade

avant de lui jeter un regard noir. Hé. T'as arrêté de m'embrasser, mais je ne crois pas avoir payé assez pour récupérer l'usage de mes jambes.

— T'ai-je déjà dit à quel point j'aime ta façon de m'embrasser ?

Ben enroula les bras autour du cou de Wade et l'attira dans un langoureux baiser.

— C'est possible que tu l'aies dit une fois ou deux, murmura Wade contre ses lèvres lorsqu'ils arrêtèrent enfin. Mais je t'en prie, continue de me le dire. J'ai besoin de savoir que je suis sur la bonne voie.

Ben s'écarta et le regarda dans les yeux.

— Je peux te dire à quel point j'ai adoré la nuit dernière ?

Wade sourit.

— Donc je n'étais pas à côté de mes pompes ?

Ils éclatèrent de rire en chœur.

— C'est bon, ne réponds pas.

— Oooh, mais j'ai envie, contra Ben d'une petite voix geignarde.

Il amena ses lèvres contre l'oreille de Wade et susurra :

— Tu as pompé comme un chef…

Wade toussa.

— T'es un vrai pervers.

Comme Ben se redressait en ricanant, Wade secoua la tête et ajouta :

— Tu m'épates.

— Ah oui ? se réjouit son amant avant de froncer les sourcils. Dans le bon sens ?

Le boss éclata de rire.

— Je sais pertinemment le nombre d'heures de sommeil qu'on a eu la nuit dernière, ou le *peu* de sommeil, devrais-je dire, et pourtant tu es là à péter le feu alors que *moi* j'ai besoin de cure-dents pour réussir à garder les yeux ouverts.

Ben prit sa joue en coupe.

— Aucun regret ?

— Un seul, répondit Wade après avoir dégluti. Celui de ne pas avoir eu le courage de…

Ben le fit taire avec un baiser ; Wade soupira contre sa bouche. Quand ils se séparèrent, il posa le front contre celui de son compagnon.

— Désolé. Je sais qu'on s'est mis d'accord pour tourner la page, mais…

Ben lui attrapa la nuque à deux mains.

— C'est rien, bébé.

Il pencha la tête en arrière pour contempler l'ambre envoûtant de ses prunelles.

— Embrasse-moi, murmura-t-il.

Les lèvres de Wade trouvèrent les siennes et Ben se perdit dans la tendresse de leur étreinte, du parfum qui s'était insufflé dans ses draps au cours de la nuit, de sa *présence*…

La porte s'ouvrit.

— Hé, Papy est là… oh, mon Dieu.

Il releva brusquement la tête pour jeter un œil derrière Wade. Cameron était figé sur place, les yeux ronds comme des soucoupes. Il libéra les jambes de Wade, qui recula, tandis que Ben se mordait la lèvre.

— Oups.

Wade était rouge pivoine.

Cameron se fendit d'un large sourire.

— *OK*. Voilà qui explique pas mal de choses.

Le boss cilla.

— Pardon ?

— Enfin, c'est juste que… il y avait toujours quelque chose quand vous étiez dans la même pièce…

une espèce de… tension.

Les yeux de Cameron étincelèrent lorsqu'il enchaîna :

— Au moins, maintenant je sais de quel *genre* de tension il s'agissait.

Alors, il referma la porte d'une pression.

— Justement, le moment me semble bien choisi pour dire… que quand tu prépareras les emplois du temps, si tu as envie de me mettre plus de soirées, je suis partant. J'aime bien travailler à ces heures-là, ça me permet de lire un peu quand il fait calme. Enfin, tu vois, si jamais vous avez envie d'être libres plus souvent le soir, expliqua-t-il en agitant les sourcils. Pour le cas où vous auriez d'autres projets en tête.

La porte s'ouvrit subitement et Papy passa la tête dans l'embrasure.

— Je n'interromps rien ?

Son regard se posa sur Ben, toujours assis sur la table.

Wade toussa et s'écarta un peu plus.

— Cameron, on en reparlera plus tard.

— Quand tu veux, boss, répondit l'intéressé tout sourire. Je ne vous dérangerai pas plus longtemps.

Papy fit un pas de côté pour le laisser sortir de la pièce, puis posa sur les deux jeunes gens un regard entendu tout en sourcils levés.

— Dites-moi qu'il ne vous a pas surpris le futal au niveau des mollets.

Aussi bien Ben que Wade en restèrent bouche bée et Papy ricana.

— J'ai eu votre âge, un jour.

Il se radoucit en ajoutant :

— Ça me fait chaud au cœur de te voir sourire, par contre.

Wade se racla la gorge.

— Qu'est-ce que tu fais là ? Tu es censé te reposer à la maison.

— Me reposer ? Tu veux dire me faire chier comme un rat mort, oui. Au bout d'un moment, la télé ça sort par les trous de nez, tu vois ? Et je ne suis pas venu pour travailler, je te le promets. Je voulais juste changer de décor, parler aux clients, préparer le café…

L'air contrarié de Wade s'effaça.

— Du moment que tu n'en fais pas trop.

Papy rayonnait.

— Tu m'as fait ma journée, là. Sur ce, je vous laisse reprendre votre « entretien » ? ajouta-t-il, les yeux brillants. On dirait bien qu'une autre dose de café te ferait du bien, Wade. J'en veux bien une tasse si tu en fais.

Avant qu'ils aient pu rétorquer quoi que ce soit, le grand-père les laissa seuls en refermant la porte.

Wade soupira.

— Il n'y aurait pas assez de café dans tout l'État du Maine pour me réveiller, dit-il pour enchaîner sur un sourire. Mais je ne regrette pas une seule seconde de la nuit dernière… ou de ce matin.

Ben l'entendit à peine, trop occuper à ressasser quelque chose.

— On pourrait être sérieux pendant une minute ?

— Je dois m'inquiéter ?

— Tu as dit que tu avais changé d'avis pour la boutique de Rockport, nota Ben en le fixant d'un regard entendu. C'était à cause de moi, avoue ?

Wade franchit l'espace qui les séparait et posa les mains sur les épaules de Ben.

— Tu m'as eu. J'avais envie de te voir.

Ben soupira.

— Et je comprends ton envie, mais tu ne peux pas laisser notre histoire interférer sur ta gestion des magasins. Ne t'avise plus de changer ton planning en fonction de moi, compris ? Si tu dois partir ailleurs, c'est pas grave. On trouvera *toujours* le temps d'être ensemble, sans devoir se jeter comme un fauve sur l'autre toutes les cinq minutes.

Entendant le souffle de Wade se couper, Ben leva les yeux au plafond.

— Non, mais, regarde-nous. On doit faire preuve de professionnalisme sur notre lieu de travail. Papy blaguait peut-être avec sa remarque sur les futals, on sait tous les deux que ni toi ni moi ne sommes de ce genre.

Il écarquilla les yeux dans un air faussement horrifié.

— À moins que tu me caches une pulsion profonde à vouloir me faire mon affaire sur ton bureau.

Wade pouffa.

— Je préfère un lit, personnellement.

Ben se joignit à son rire.

— Moi aussi. Quoi que…

Il fit courir ses doigts le long du dos de Wade, savourant le frisson qui secoua son corps tout entier.

— Tu as déjà songé à des aventures en plein air ?

Wade lâcha un grognement nasal.

— Pourquoi ai-je l'impression que tu n'es pas en train de parler de randonnées ? Allez, bouge ton petit boule de mon bureau et va me faire un café, s'il te plaît ?

— Je peux faire ça, assura Ben en posant la main dans son cou. En échange d'un dernier bisou.

Wade sourit.

— Pourquoi ai-je l'impression que quand il s'agit de toi, « un dernier bisou », ça n'existe pas ?

Ses lèvres rencontrèrent celles de Ben et ce dernier fit durer le plaisir aussi longtemps qu'il put.

Puis, il poussa un profond soupir.

— Je vais me tenir à carreau. Je vais garder mes mains dans mes poches pendant les heures de travail.

Il se traîna en bas du bureau.

Wade lui attrapa le bras.

— Je peux encore dormir chez toi, ce soir ?

Une vague de chaleur déferla en lui.

— Tu peux rester tous les soirs. Et là, tu viens de faire ma journée.

Il pourrait supporter de voir moins souvent Wade au travail si cela signifiait qu'ils passeraient leurs nuits ensemble.

Il faut trouver l'équilibre, non ?

Ben s'arrêta au niveau de la porte pour jeter un œil à Wade, qui ouvrait un dossier pour en retirer plusieurs feuilles et posait celles-ci en face de lui sur le bureau.

Et puis merde.

Il se rapprocha de la chaise de son amant et se planta à côté de lui. Wade leva un regard curieux dans sa direction.

— Je croyais que tu allais faire le café.

— C'est le cas. Du moins, après… quand j'aurais eu un dernier bisou.

Wade s'adossa au siège, la couleur de ses yeux s'assombrissant.

— Je n'ai pas l'intention de t'en empêcher, répondit-il d'une voix rauque.

Ben prit la mâchoire de Wade en coupe et se pencha, sa langue effleurant les lèvres du patron. Wade lui caressa la nuque, ce qui le fit tressaillir, et une envie soudaine le prit d'être absolument n'importe où ailleurs que dans ce bureau, de préférence tout nu. Ses doigts le démangeaient du besoin de s'agripper à la chair ferme dissimulée sous le costard de Wade.

— On devrait s'arrêter là, murmura Ben dans un frisson tandis que Wade l'embrassait dans le cou.

— Mm-hmm.

— Non, je rigole pas. N'importe qui pourrait entrer.

— Mm-hmm.

— Wade, je suis séri…

— Alors, il est où ce café ? Nom d'une pipe ! Mais vous êtes pires que des bonobos, ma parole !

Ben n'avait jamais traversé une pièce aussi rapidement.

Wade leva les yeux de l'ordinateur portable lorsque Ben entra dans le bureau.

— Ça s'est calmé, là-dedans ?

Il lui avait semblé qu'au moins trois autocars de touristes avaient pris Camden d'assaut au cours des deux dernières heures. C'était sans doute une exagération, mais de nombreuses personnes étaient entrées dans la boutique.

Ben rigola.

— C'est tellement silencieux maintenant qu'on vient de voir un virevoltant traverser la boutique d'un bout à l'autre.

Il referma la porte du bureau.

Wade arqua les sourcils.

— Je crois que je vais avoir besoin d'acheter du baume à lèvres.

Ben gloussa.

— Tes lèvres sont en sécurité… pour l'instant du moins. Je dois te parler de quelque chose.

Ben lui montra son portable.

— Je viens de recevoir un texto d'Aaron.

Il lut ce qui était écrit sur l'écran :

— « Salut. Garde le dernier week-end du mois libre. BBQ chez moi le samedi. Tu peux dormir sur place : deux chambres d'amis, deux canapés et des tentes sont dispos pour dans le jardin. Amène Wade. »

Il rempocha le téléphone.

Seigneur.

Wade ouvrit un dossier et en sortit les emplois du temps.

— Je vais regarder, mais je suis quasi certain de pouvoir te remplacer ce week-end-là.

Comme Ben ne lui répondait pas, il redressa le menton. Ben était appuyé contre la table et l'observait, l'air songeur.

— Tu sais que *je* ne pourrai pas y aller, je serai bien trop occupé.

— Bébé.

Ce seul mot, prononcé d'une voix si douce.

— Je peux *pas.*

Il en avait des palpitations rien que d'y *penser*, et il commençait à avoir du mal à respirer.

— Bien sûr que tu peux.

Ben fit le tour du bureau, prit les mains de Wade dans les siennes.

— Écoute-moi. Tu peux le faire. Ce n'est pas

comme s'ils étaient tous dans le noir vis-à-vis de nous. *Deux* d'entre eux sont au courant. Un troisième doit au moins s'en douter fortement. Quant aux autres, ils se feront une raison à la seconde où ils nous verront ensemble.

Il lui serra les mains.

— Tu dois faire face à tes démons. Tu en as *besoin*.

— Je me souviens d'eux, au lycée. Je peux déjà imaginer les regards horrifiés qu'ils vont me lancer dès que j'aurais mis un pied là-bas.

Son estomac se souleva.

— Mais tu ne peux pas en être certain. Et donne-leur un peu de crédit, tu veux ?

Ben l'embrassa, juste une caresse du bout des lèvres, mais pourtant d'une intimité que Wade n'aurait pas crue possible encore quelques jours plus tôt à peine.

— Si j'arrive avec toi, main dans la main…

Wade le dévisagea et le sourire de Ben illumina son regard.

— Je ne t'avais pas parlé de cette partie-là ? Ça te convient ?

Des larmes lui piquaient les yeux.

— Tu ne peux pas savoir à quel point.

Ben leva la main de Wade à ses lèvres pour l'embrasser.

— Si *moi* je te pardonne, de quel droit pourraient-ils en faire autrement ?

Il se pencha aussitôt et l'embrassa sur la bouche avant de glousser.

— Oui, si j'étais toi, je penserais sérieusement à un stock de baume à lèvres.

Wade dut se retenir de le tirer sur ses genoux et de le prendre dans ses bras pour l'embrasser jusqu'à ce que ses lèvres soient toutes gonflées.

Ben se redressa.

— Désolé. Je t'ai interrompu pendant que tu bossais.

Un sourire narquois s'empara de son visage.

— Sans parler de notre résolution de rester professionnels au travail.

Une lueur dans les yeux, il ajouta :

— Au moins, Papy ne risque plus de nous prendre la main dans le sac. Il vient de partir.

— Je n'ose imaginer ce qu'il va me sortir quand je rentrerai à la maison.

Ben éclata de rire.

— Il en a déjà dit pas mal pendant qu'il était là. Ou n'as-tu pas entendu son commentaire sur le seau d'eau froide qu'il voulait garder à portée de main ?

— Je vais te montrer sur quoi je bûchais, ce matin.

Wade se rendit sur la page du site ; Ben étudia l'écran.

— Des maisons. Ouah, quelle surprise. Je ne l'ai pas vue venir, dit-il en roulant des yeux.

— Sois sérieux une minute, lui intima Wade en cliquant sur l'une des propriétés. Qu'est-ce que tu penses de celle-là ?

Ben y regarda de plus près.

— Hé, je connais cet endroit. C'est sur Elm Street. Je passe devant tous les jours quand je viens à pied.

Il lança un regard incrédule à Wade.

— Alors, déjà : tu n'as pas besoin de quatre salles de bains. De deux : c'est sur Elm Street. As-tu la moindre idée de la tonne de circulation sur cette voie ? Et de trois : c'est un appart. Alors, je n'ai rien contre les copropriétés, mais je pensais que tu cherchais plutôt une maison.

— OK, fit Wade en déplaçant le curseur pour cliquer sur une autre proposition. Et celle-là, du coup ?

Ben la contempla.

— Oui, elle est jolie. Minuscule, mais jolie.

Un autre clic.

— Et celle-ci ?

Ben se raidit.

— Attends ; tu passes à la suivante, comme ça ? Sans même présenter un argument ?

— Si tu n'aimes pas, oui, je passe à la suivante.

Voyant Ben se contracter, Wade soupira.

— OK. Je te demande ton avis parce que c'est important. Si ça se concrétise, je ne vais pas y vivre seul… si ?

C'était la question à un million de dollars. Wade savait que c'était une sacrée supposition, mais il préférait avoir la réponse le plus tôt possible.

Ben semblait en avoir le souffle coupé.

— Ouah. C'est vachement…

— Sérieux ?

Au hochement de tête de ce dernier, Wade se frotta le front.

— Ouf. Tant mieux. C'est ce que j'espérais. Je ne te dis pas que c'est pour demain, ni la semaine prochaine ou même le mois prochain. Je ne comptais pas mettre de date noir sur blanc. Je veux juste que tu sois conscient de… la possibilité.

Il saisit la main de Ben.

— C'est toi qui l'as dit, ce matin. On trouvera le temps d'être ensemble. Dans mon esprit, c'est la suite logique, même si on décide de commencer comme simples colocs. J'irai bosser, peu importe dans quelle ville, et le soir, je rentrerai chez nous. Et puis, ce n'est pas comme si tu *adorais* vivre dans ta piaule actuelle, pas vrai ? Avec cette bonne femme qui t'épie constamment ?

Son cœur battait la chamade.

— Écoute, je sais que c'est du rapide, mais…

— L'idée me plaît beaucoup, répondit Ben à brûle-pourpoint. Et oui, je voudrais le temps d'y réfléchir. D'en *parler* davantage. Donc… Tu passes chez moi, ce soir ? On en discutera à ce moment-là.

Wade se retint de sourire.

— C'est *tout* ce qu'on va faire ? Parler ?

Ben lui montra les dents.

— Voyons, monsieur Pearson ! Seriez-vous en train d'insinuer que j'ai des arrière-pensées ?

Wade leva les yeux au plafond.

— Clairement.

— Oh, bien. Ravi qu'on soit sur la même longueur d'onde.

Ben embrassa le bout de son nez, un geste ridiculement mignon qui le fit sourire comme un benêt.

— Mais maintenant, je vais te laisser retourner bosser.

Il se dirigea vers la porte, s'arrêtant avant de l'ouvrir.

— Du coup… je réponds quoi à Aaron ?

Wade prit une profonde inspiration.

— Dis-lui que tu iras. Qu'*on* ira tous les deux.

Le visage de Ben était radieux.

— Je suis si fier de toi, dit-il tendrement.

Il s'en alla aussitôt.

Wade s'adossa à son siège.

Seigneur, faites qu'il ne se soit pas planté à leur sujet.

CHAPITRE VINGT-DEUX

Ben appuya sur le bouton pour laisser Wade entrer, puis alla se poster sur la dernière marche pour l'y attendre. Il perçut le bruissement de voix. *Cette mégère !* Il était peut-être bel et bien temps de trouver un nouveau logement. À la seconde où il aperçut Wade, il sut qu'elle lui avait fait une remarque : il était tout renfrogné.

Ben lui attrapa la main et le tira à l'intérieur avant de verrouiller la porte.

— Quoi que cette vieille charogne ait pu te dire, ça attendra. On a plus important à faire.

Il avisa le sac dans la main de Wade, le lui prit et le laissa tomber par terre. Puis, il serra les bras autour de son cou, sauta et referma avec agilité les jambes autour de sa taille. Les mains de Wade le rattrapèrent, soutenant son poids tandis qu'il l'embrassait. Alors, Wade leur fit faire demi-tour et le dos de Ben entra en contact avec la porte, contre laquelle le poids de Wade le coinça.

Ce dernier finit par se figer.

— Pourquoi tu as le goût de tomate ?

Ben s'esclaffa.

— À cause de mon dîner. Je n'ai pas terminé ma soupe.

Il arqua les sourcils.

— Tu as un problème avec les tomates ?

— Non.

— Bien. Du coup, reprends là où tu t'étais arrêté.

Wade gloussa et les lèvres de Ben furent de nouveau revendiquées dans un baiser langoureux. Il soupira dans sa bouche.

— Voilà, c'est *ça* que j'attendais, dit Ben avec un large sourire. Tu peux me reposer, maintenant.

— Je suis obligé ?

Ben fit mine de le fusiller du regard.

— Ma soupe est en train de refroidir.

Wade rigola et le remit par terre.

— Chaussures.

Pendant que Wade obéissait, il s'enquit :

— Alors, qu'est-ce qu'elle te voulait ?

— Oh, elle a fait une remarque désobligeante sur le fait que c'était la troisième fois en autant de jours qu'elle me voyait dans les parages et que « si ça continue comme ça, je vais devoir vous réclamer un loyer. »

Ben explosa de rire.

— Oh, bravo. Comment ça se fait que je te découvre ce talent seulement maintenant ?

Wade fronça les sourcils.

— Quel talent ?

— Tu es un *super* imitateur. On aurait dit la vraie.

— Oh, arrête. Elle est facile à faire. Il suffit de prendre une voix geignarde. Tu sais, je croyais que tu exagérais un peu quand tu parlais d'elle. Je m'en excuse platement.

Wade indiqua le bol de soupe posé sur le sol à côté du canapé.

— Finis.

Ben se rassit et le récupéra.

— J'ai oublié de te demander quelque chose, aujourd'hui, dit-il au bout de quelques cuillerées. As-tu réfléchi un peu à mon idée ? D'acheter un terrain plutôt qu'une maison ?

Wade sourit de sa place à côté de lui.

— J'y ai réfléchi, et pas qu'un peu.

— Alors, laisse-moi te donner encore *plus* matière à réflexion.

Ben attrapa son portable, également au sol, et commença à scroller.

— J'ai pris quelques notes un peu plus tôt, quand le calme est revenu.

Il étudia ce qu'il y avait sur son écran.

— OK. En moyenne, ça peut coûter entre cent soixante-dix-huit mille et quatre cent quatre-vingt mille dollars de faire construire sa propre maison. Bien entendu, quatre cent quatre-vingt mille, c'est pour une propriété de luxe. Les honoraires d'un entrepreneur varient en fonction de là où tu habites. En outre, il y a aussi le prix du terrain.

Il reposa son portable.

— Ces maisons que tu m'as montrées aujourd'hui. Pas *une seule* d'entre elles n'était en dessous de la barre des cinq cent mille, y compris la toute riquiqui.

Pendant qu'il avalait une nouvelle gorgée de soupe, Wade étendit ses longues jambes et les croisa au niveau des chevilles.

— Quand je suis parti de la boutique tout à l'heure, j'ai fait un tour à Lincolnville.

Ben lui décocha un grand sourire.

— Donc, mon idée te plaît.

— Arrête de faire le coq. Je voulais juste y jeter un autre coup d'œil, c'est tout.

— Et ?

Un sourire mélancolique, puis :

— Je me verrais *tellement* vivre là.

Ayant terminé sa soupe, Ben reposa le bol.

— OK. Je vais contacter Finn.

Il leva les mains pour endiguer toute protestation.

— Juste pour qu'il te donne rendez-vous.

— Qu'il *nous* donne rendez-vous, le corrigea Wade.

Ce qui le remplit de chaleur.

— Avant de faire quoi que ce soit de prématuré, du genre acheter le terrain… tu n'as pas fait ça, j'espère ?

Wade lui adressa un sourire penaud.

— Il se *peut* que j'aie passé un coup de fil pour savoir s'il était toujours en vente.

Ben rigola.

— Très bien. Laissons Finn y jeter un œil, pour qu'il te donne son avis en tant qu'expert.

Il récupéra derechef son portable.

— Tu vas l'appeler maintenant ?

Ben roula des yeux.

— J'ai besoin de savoir quand il serait libre, et *toi* tu devras trouver un moment où *on* sera tous les deux disponibles. Tout ce que j'ai l'intention de faire pour l'instant, c'est lui envoyer un SMS.

Ses pouces volaient déjà sur l'écran tactile.

Tu aurais le temps quand pour jeter un œil à un terrain et discuter de la construction d'une maison ?

Quelques secondes plus tard, la réponse de Finn arriva dans un tintement. *Qui veut acheter un terrain ? Et où ça ?*

Ben lui envoya le lien vers le site. Deux ou trois minutes s'écoulèrent avant la nouvelle notification : *Le plus tôt possible pour moi, c'est mercredi matin. L'inspecteur en bâtiment doit passer, on est obligés d'attendre le feu vert avant de lancer la phase suivante pour l'hôtel. Je peux être sur place à dix heures. Ça ira ?*

Tout sourire, Ben transmit le message.

Dans un soupir, Wade sortit son portable de sa poche.

— Tu ne vas pas me lâcher tant que je n'aurais pas vérifié, hein ?

— Bingo.

Wade jeta un œil à l'écran.

— OK. Je peux faire des modifications pour qu'on le voie mercredi.

Ben lâcha un cri de joie et ses doigts filèrent à toute allure sur son clavier tactile.

— Voilà. *Une* chose de faite.

— Il y en a d'autres ?

Ben écarquilla les yeux.

— C'est toi qui m'as demandé de penser à là où je voudrais aller pour notre premier rencard, tu te souviens ? Eh bien, j'ai une proposition, si tant est que ça ne te gêne pas de t'excentrer un peu.

— Qu'entends-tu par « excentré » ? Ça reste dans le Maine, au moins ?

Ben gloussa.

— C'est à environ quatre-vingt-dix minutes d'ici en voiture, à Portland.

— Aucun souci pour Portland. Qu'est-ce que tu avais en tête ?

Ben lui tendit son portable et Wade cligna des paupières.

— DuckFat ?

Son compagnon lâcha un hoquet de terreur théâtral.

— Tu n'as jamais mangé là-bas ? Oh, mon Dieu. Leurs frites belges sont à *tomber* par terre.

— Cuites dans la graisse de canard, je suppose.

— Bah, oui. Avec de la mayo à l'ail. Ils font la meilleure poutine *au monde*. Et si tu es plutôt du genre salades, ils en servent une géniale avec du magret fumé, du bleu, des canneberges, un œuf de cane, le tout saupoudré de chapelure à la graisse de canard.

Wade le dévisageait.

— Comment tu peux manger ce genre de choses et garder cette ligne-là ?

Ben gloussa.

— Je ne mange pas là-bas *tout* le temps. Mais dès que l'occasion se présente, je la saisis. Remarque, il y a toujours beaucoup de monde. Les gens font la file d'un bout à l'autre de la rue pour avoir une table.

— On dirait qu'on s'y prend un peu tard, alors.

— Eh biiiiien… ouais, peut-être… à moins que *l'un* d'entre nous *connaisse* par hasard quelqu'un qui bosse là-bas.

Wade éclata de rire.

— Réserve-nous une table.

Il se figea soudain.

— Attends. Je t'avais demandé de garder un mot en tête. Est-ce que DuckFat en sera à la hauteur ?

Ben sourit.

— Il n'y aura que nous deux, les yeux dans les yeux, par-dessus un dîner aux chandelles. Rien de plus *romantique* à mon sens.

La main de Wade tremblait lorsqu'il attrapa celle de Ben et la porta à ses lèvres pour l'embrasser. Ce dernier papillonna sèchement des paupières pour repousser les larmes qui menaçaient de tomber.

Depuis quand je suis aussi nunuche ? Sauf qu'il connaissait déjà la réponse. Il ne se montrait pas fleur bleue, non : il avait seulement donné à son cœur la permission d'être *heureux*.

— Réserve-nous une table.

— Super.

Ben écrivit un texto rapide à l'intention de Shaun. *Ce vendredi soir, tu peux me réserver une table pour deux ? Peu importe l'heure à laquelle tu as de la place ?*

La réponse de Shaun arriva une minute plus tard. *J'en ai une à 20 h. C'est bon ?*

Ben lâcha un cri de victoire.

— On en a une.

Oui. T'assures. Il reposa son téléphone avec un soupir de contentement.

— OK, on est tout bon.

Il posa les yeux sur Wade.

— Ta mère ou Papy ont eu quelque chose à redire au fait que tu passais encore la nuit ici ?

— Ma mère n'a rien dit du tout, mais elle avait un sourire niais sur le visage. Papy a dit : « Ah ouais. Mieux vaut que tu évacues le plus possible, histoire de pouvoir te concentrer sur ton boulot. »

— Oups. On a intérêt à nous tenir à carreau, à l'avenir.

Ben glissa le long du canapé jusqu'à se retrouver sur les genoux de Wade.

— On a fini de causer, c'est bon ? demanda-t-il en enroulant les bras autour de son cou et en donnant un coup de bassin sensuel.

Wade s'éclaircit la voix.

— Pas tout à fait.

Ben s'immobilisa en voyant les plis sur le front de son amant.

— Il y a un problème ?

— J'ai appelé David ce soir, avant de partir de chez moi.

— Oh, ouah. J'allais te demander si vous vous étiez déjà parlé. Ça s'est passé comment ?

Wade soupira.

— Mieux que je l'avais pensé. Du moins, la partie sur mon coming out.

Il inspira, une petite inhalation contrariée.

— J'attends encore le moment où je vais dire à quelqu'un que je suis gay et où ce sera une vraie surprise, parce que *jusque-là…*

— Le reste de la conversation ne s'est pas aussi bien passée ?

L'humeur de Wade ne semblait plus aussi légère qu'au cours de l'après-midi et il se tenait avec une certaine raideur.

— Je ne suis pas passé par quatre chemins. Il a commencé par me répondre que la façon dont il élevait son fils ne me regardait pas. Alors, je lui ai expliqué les raisons qui prouvaient le contraire et les risques qu'il courait s'il continuait sur cette voie. Là, ma mère est arrivée et a exigé que je lui passe le téléphone.

Le cœur de Ben se serra.

— Oh, Seigneur. Ça n'a pas l'air de s'être bien terminé.

— À vrai dire, c'est à partir de *là* que ça s'est amélioré. Apparemment, la mère de Devra a prévu de monter à New York pour lui rendre visite et voir Lucy, du coup David a proposé que Liam et lui viennent rendre visite à tonton Wade, Papy et Mémé Mary, comme il l'appelle.

Wade sourit avant d'enchaîner :

— Donc, c'est une bonne chose qu'on ait notre rencard vendredi, parce qu'ils arrivent le lendemain matin. J'ai dit à ma mère que David et Liam pouvaient avoir ma chambre, que je dormirais chez toi.

Ben se mordit la lèvre.

— Quelle générosité. Offrir ta chambre comme ça… Je parie que Mary t'a pris pour un saint, ajouta-t-il tout sourire.

— Pas une seule seconde.

Ils rirent de concert.

— Du coup, je me disais… que si j'arrivais à faire en sorte que ni toi ni moi n'ayons à bosser dimanche prochain, peut-être qu'on pourrait emmener Liam faire un tour.

Ben hocha vigoureusement la tête.

— On pourrait aller à Send Beach, à Acadia. Et on pourrait même aller se promener sur l'Ocean Path. Liam n'aurait aucun problème avec ce sentier.

Wade l'observait avec une chaleur indéniable dans le regard.

— Tu vois, c'est pour ça que je te trouve génial. L'idée de passer une journée avec mon neveu ne te dérange pas le moins du monde. Tu ne te plains pas de ne pas m'avoir à toi tout seul.

Ben sourit.

— Tu oublies que *toi*, tu vas passer le week-end suivant avec mes amis et moi. C'est donnant-donnant, mon cœur.

Il fit glisser sa main le long de la cuisse de Wade.

— Et là, si tu es partant pour donner, je suis *plus que prêt* à recevoir.

— Bon, je suppose que tu n'es pas trop du genre à donner, toi, commenta Wade avec un sourire.

Ben si figea tant qu'on aurait dit une statue.

— Tu veux bien répéter ?

Wade eut l'impression qu'il venait de faire de ses craintes de tout gâcher une réalité.

— Je voulais dire…

Ses pulsations avaient atteint un tout nouveau niveau et sa respiration se fit haletante.

— Oh, j'ai bien compris, rétorqua Ben, sourcils levés. Un gars de mon calibre ne peut être que passif, c'est ça ?

Le jeune homme se mordit la lèvre avant de reprendre :

— Tu sais ce qu'on dit à propos des préjugés, non ?

— Oui, et ça, c'en était un.

Qu'il regrettait à chaque nouvelle inspiration.

Ben hocha la tête. Il attrapa son téléphone, ses pouces à peine visibles sur le clavier tactile. Avant que Wade ait pu lui demander ce qu'il faisait, Ben tourna l'écran dans sa direction.

Deux gars s'envoyaient en l'air, et sans aucune discrétion.

— C'est un porno.

Ben leva les yeux au plafond.

— Sans déc. Mais pas les films habituels. Sur *ce* site, tous les petits minets, ils enculent les gros baraqués.

Il glissa un doigt sur l'écran et le lui montra derechef.

— Tu le vois, lui ? Le super daddy plein de tatouages ? On dirait un actif pur et dur, hein ? Eh bien, il *adore* se faire limer.

Il jeta le portable sur l'assise du canapé.

— Je suis désolé. Je n'aurais pas dû dire ça.

— J'aurais pu comprendre si je t'avais dit que

j'étais exclusivement passif, répondit Ben, une lueur dans le regard. Mais ce n'est pas le cas.

Le cœur de Wade martelait sa poitrine.

— Pas le cas, genre, tu *comprends* pas ?

L'éclat dans le regard de Ben s'intensifia.

— Pas le cas, genre, je ne suis pas exclusivement passif.

Il sourit, puis enchaîna :

— Ta leçon du jour, c'est donc que la taille et l'apparence ne *sont* pas des indicatifs des préférences de la personne.

L'étincelle dans son regard ne diminuait pas.

— C'est comme ça que ça se passe : si tu as envie d'expérimenter *toutes* les options qui s'offrent à toi… tu en parles.

Ben pencha la tête d'un côté.

— Je suis ouvert à la discussion. Tu as quelque chose à dire ? Une… envie particulière ?

Wade déglutit.

Ben saisit son visage à deux mains et le regarda droit dans les yeux.

— OK, écoute-moi bien. Petit un : je ne vais *pas* te juger, c'est compris ? Petit deux : il n'y a aucun mal à en parler. De trois : personne ne va *t'obliger* à être passif. Et de quatre, fit-il en caressant tendrement la barbe de Wade. Je veux juste que tu aies le choix.

Une lueur chaleureuse dans les yeux, il ajouta :

— Je ne peux pas te donner ce dont tu as envie si je ne sais pas de quoi il s'agit.

— Et si moi-même je ne sais pas de quoi j'ai envie ? répondit Wade à brûle-pourpoint. Tout ça, c'est tellement… nouveau.

Ben se pencha afin de l'embrasser sur la bouche, ce qui devait bien constituer la meilleure des réponses.

Après quoi, il descendit des genoux de Wade, se planta devant lui et lui tendit la main.

— Alors, je te propose de nous laisser aller et de voir où ça nous mène ?

Ça, Wade s'en sentait capable. Il attrapa la main de Ben, qui fit tout un spectacle en prétendant avoir du mal à le relever d'un air comique. Wade éclata de rire, comprenant qu'il s'agissait là d'une tentative pour alléger l'atmosphère. Ben le guida jusqu'au lit, qu'il pointa du doigt.

— Sur le ventre, mon cœur, fesses vers moi. Jambes écartées.

Wade gloussa en s'allongeant.

— Je retire ce que j'ai dit. Tu es suffisamment autoritaire pour être actif.

Ben ricana.

— Nan, je suis juste un petit chef.

Il grimpa sur le lit derrière Wade et s'agenouilla entre ses cuisses.

— Putain, tu n'as pas la moindre idée de l'effet que me fait ton cul dans ce jean. Je pourrais le mater toute la journée.

— Alors, heureusement que je porte des costards au boulot. Je voudrais pas donner à Papy d'autres raisons de faire des commentaires désobligeants.

Wade se retint de respirer lorsque Ben passa la main sous lui, déboutonna son jean et ouvrit sa braguette. Il releva le bassin afin d'aider Ben à lui enlever son pantalon.

— On aurait tout aussi bien pu se déshabiller tous les deux, bougonna-t-il.

— Chut. C'est moi qui commande.

Wade pouffa.

— Tu le répètes souvent, tu sais.

— Tu vas te taire, oui ? Je suis occupé, là, j'ai un cul à mater.

Dès lors, il fit en sorte de libérer les hanches de Wade de son caleçon avec un soin infini, avant de le lui enlever complètement, tandis que le grand gaillard faisait de son mieux pour l'aider sans se retrouver par terre.

— Non, mais regardez-moi ça, lâcha Ben dans un murmure empli de révérence.

— Impossible sans miroir.

Wade ne savait comment réagir face à de telles louanges sans retenue. Il fut pris d'un hoquet de surprise, toutefois, lorsque Ben écarta ses fesses et qu'une langue chaude se fraya un chemin le long de sa fente.

— Oh putain.

Il agrippa l'édredon et remonta le bassin.

— Oh, ça te plaît, hein ?

La sensation s'était directement répercutée dans son sexe.

— C'est pas peu dire.

Il grogna quand Ben poussa sur son fondement avec le bout de sa langue.

— Putain, c'est trop…

Ben s'arrêta pour passer la main sur l'érection de Wade.

— Je confirme, ça te plaît.

Il reprit aussitôt position, léchant et suçotant, pendant que Wade frissonnait des pieds à la tête.

— Continue comme ça et cette entrevue sera très, très brève.

— Que nenni. Tu as une chose à faire avant la fin de cet entretien. Sur le dos, bébé.

Wade se retourna et prit tout son temps pour se

dévêtir.

— Ça y est, j'ai compris. Tu es un allumeur.

Ben éclata de rire.

— Tu peux retirer ton tee-shirt aussi.

Les bras de Wade se prirent dans les manches à cause de la vitesse à laquelle il essaya de l'enlever. Ben finit par l'aider et jeta la boule de tissu. Puis, il s'assit à califourchon sur la poitrine de Wade, son sexe pointant droit vers sa bouche. Ben attrapa la tête de lit et baissa la tête vers lui.

— À toi de me rendre bien raide.

Wade répondit par un rire sarcastique.

— Tu n'as clairement pas besoin de mon aide.

La verge de Ben était à l'image d'une flèche rose inflexible. Il la prit en bouche, aussi loin qu'il osa, et son amant gémit en remuant les hanches. Accroché à la tête de lit, il amorça un va-et-vient sans jamais s'enfoncer plus loin que ne l'aurait supporté Wade. Celui-ci enfonça les doigts dans le galbe des fesses de Ben et l'invita plus profondément. Ben accéléra un peu la cadence de son balancier, puis, le visage et la nuque empourprés, finit par se retirer complètement de la bouche de Wade.

— Tu es prêt, tu crois ?

Derechef, il s'installa entre les cuisses écartées de Wade, sauf que cette fois, il lui attrapa les chevilles pour lui soulever les jambes.

— J'ai l'impression d'être un os du bonheur. Je parie que j'en ai tout l'air, aussi, observa Wade.

Ben lui décocha un grand sourire.

— De là où je suis, la vue est parfaite. Tiens tes genoux.

Wade obéit, incapable de retenir un gémissement lorsque Ben se décala vers l'avant et que, dans la foulée, son sexe turgescent caressa ses bourses, l'échancrure de son aine et son propre membre rigide. Ben enveloppa les deux tiges de sa main, qu'il agita de haut en bas en serrant dans un geste cruellement lent qui fit pourtant un bien fou à Wade.

Les yeux rivés à leurs virilités jointes, Ben remarqua :

— Putain, j'arrive à peine à les tenir ensemble.

Il manquait toutefois quelque chose à ce tableau, et Wade réalisa de quoi il s'agissait.

— Embrasse-moi ?

Sans hésitation, Ben les relâcha tous deux pour s'incliner vers l'avant et leurs bouches se croisèrent en un baiser passionné tandis qu'il laissait son sexe frotter contre celui de Wade d'un roulement sensuel du bassin. Wade le prit dans ses bras et le serra pendant plusieurs minutes.

Ben s'écarta et le regarda droit dans les yeux.

— Tu as toujours envie d'essayer ?

La gorge nouée, Wade hocha la tête ; Ben lui embrassa le front.

— Je vais y aller doucement. Si tu veux qu'on arrête, tu me le dis. D'accord ?

— D'accord, croassa-t-il.

Ben se redressa afin de s'étirer vers la table de nuit. Il laissa le gel et une capote tomber sur le matelas, puis se lubrifia une main.

— Je vais terminer ce que ma langue a commencé.

Wade retint son souffle quand Ben le pénétra précautionneusement d'un seul doigt.

— Putain, je le sens.

Un éclat dans le regard, Ben répondit :

— Le contraire m'inquiéterait. Respire. Détends-toi, intima-t-il en amorçant un va-et-vient.

Wade ne put retenir un sourire.

— J'ai comme une impression de déjà vu, là.

Ne s'était-il réellement écoulé que vingt-quatre heures depuis que Ben avait prononcé ces mêmes mots ?

Ben hocha la tête, les yeux rivés à la figure de Wade comme il ajoutait un deuxième doigt, à la différence près que, cette fois, il enroula son autre main autour de l'érection de son compagnon et le caressa en synchronisant ses mouvements jusqu'à ce que Wade se retrouve à deux secondes du point de non-retour. Là, Ben le lâcha et récupéra le préservatif.

— Tu veux toujours ?

Wade prit une grande inspiration.

— Donne-moi tout.

Confronté au haussement de sourcils de Ben, il ajouta :

— S'il te plaît.

Ben se mordit la lèvre.

— N'oublie pas. Je vais prendre mon temps.

Il enfila la capote, la couvrit de lubrifiant et, du bout du gland, titilla l'entrée de Wade.

Ce dernier hocha la tête.

— Entre, s'il te plaît.

Une main autour du sexe de Wade, Ben appuya le sien à l'orée de son fondement et, tout doucement, y pénétra.

Oh Seigneur. C'était comme si plus rien d'autre n'existait que Ben, sa main sur lui et sa verge en lui. Ben bougeait avec la lenteur d'un ours en hiver, titillant son entrée à chaque fois qu'il reculait au point de se retirer presque entièrement, pour ensuite se renfoncer en lui.

— Y a pas le feu, lui murmura Ben dans un roulement du bassin, la main chaude sur le membre de

Wade. C'est toi qui choisis la cadence.

Il posa un regard intense sur Wade.

— Ça te fait du bien ?

— Ça commence, oui, avoua Wade.

La sensation initiale de brûlure s'atténuait un peu plus à chaque nouveau coup de boutoir. Il ne fallut pas longtemps pour qu'il en veuille davantage.

— Tu veux bien accélérer un peu ?

Ben acquiesça et amorça un rythme plus soutenu. Wade n'arrivait pas à détourner les yeux de ce torse svelte, de ce soupçon d'abdos à peine dessinés. Ben repoussa une mèche de cheveux qui lui bloquait la vue et le geste fit sourire Wade.

— Tu es beaucoup trop loin, se plaignit-il.

Courbant les bras sous les genoux de Wade, Ben se rapprocha pour l'embrasser, faisant remonter les fesses de Wade au passage. Son bassin entama dès lors un balancier bien plus effréné pour explorer Wade au plus profond de son être tandis que le haut de son corps restait immobile pendant qu'ils se roulaient des pelles, de petits grognements s'échappant des lèvres de Ben à chaque pénétration.

Wade gémit dans sa bouche.

— Vais pas pouvoir durer, haleta-t-il en se masturbant lui-même.

Chaque once de son être hurlait son besoin de lâcher prise.

— Alors, ne te retiens pas, répondit Ben, les yeux rivés aux siens. Jouis. On pourra le refaire encore et encore, autant de fois que tu voudras.

L'idée de faire l'amour tout au long de la nuit suffit à le propulser vers son orgasme. Ses doigts se couvrirent de semence sans que Wade arrive à rester discret, assaillant Ben de borborygmes inintelligibles que le moindre nouveau coup de reins de ce dernier élicitait de plus belle. Et tout du long, Ben continua de l'embrasser, langues et lèvres se heurtant dans une collision ardente, la main libre de Wade accroché au cou de Ben pour le garder auprès de lui.

Ben plongea en lui une dernière fois et se raidit, un petit cri lui échappant. Le cœur de Wade s'envola en sentant son cher et tendre pulser en lui ; il l'attira pour un baiser encore plus intime, nouant les jambes autour de lui, Ben toujours enfoncé jusqu'à la garde. Ils s'agrippaient l'un à l'autre, leurs sueurs se mélangeant tandis qu'ils restaient couchés là, presque fusionnés l'un dans l'autre. Ben se frotta le visage contre la barbe de Wade, un geste tendre indicateur d'une grande intimité.

Finalement, Ben leva la tête.

— Pas le choix. Faut que je me retire.

Wade se contracta dans l'expectative de la sensation de vide qui allait l'envahir et, lorsqu'elle se présenta, elle fut si prononcée qu'elle lui donna l'impression de s'être pris un tsunami en pleine face. Ben s'occupa du préservatif et revint s'allonger près de lui. Un moment de silence s'écoula, au cours duquel le cœur de Wade reprit un rythme normal.

— Alors, j'ai fait de toi un passif ?

Wade éclata de rire.

— Pour être honnête, j'ai apprécié les deux positions.

Ben poussa un petit soupir de contentement.

— Ça me convient très bien.

Il marqua une pause avant de reprendre :

— David et Liam vont rester combien de temps ?

— Une semaine, répondit Wade qui lâcha ensuite un petit rire. Je crois qu'on ferait mieux d'aller faire des courses. Parce que si toutes les nuits sont semblables à celle-ci, on va avoir besoin de se réapprovisionner.

Ben roula sur le côté.

— Il y a une alternative, sinon.

Wade s'immobilisa.

— Oh ?

Ben effleura le téton de Wade du bout du doigt et ce dernier réalisa pour la toute première fois que le sexe les rendait particulièrement sensibles.

— On va dîner à Portland, vendredi, tu vois ?

Wade hocha la tête.

— Eh bien… on pourrait y aller un peu plus tôt que prévu. Il y a un endroit où je vais assez souvent. C'est là que je me fais dépister.

Le regard de Ben plongea dans le sien.

— Et je me *disais*…

Wade comprit où il voulait en venir et son rythme cardiaque partit à nouveau en vrille.

— Oui, lâcha-t-il à brûle-pourpoint. Faisons-le.

Ben écarquilla les yeux.

— Tu veux vraiment ?

Wade hocha la tête.

— Je veux, oui.

— Moi aussi.

Ben se lova plus près et posa la tête sur sa poitrine, un bras en travers de son ventre.

Il n'y eut plus de mots, seulement la paix que Wade désirait depuis si longtemps.

CHAPITRE VINGT-TROIS

Wade remarqua la camionnette garée plus loin sur le chemin de terre lorsqu'ils quittèrent la Route 1. Son ventre avait remué toute la matinée, depuis qu'il avait quitté la maison.

— Tu n'as pas dit à Finn, si ? Que c'était moi qui voulais acheter le terrain ?

— Non, mais il n'est pas bête. Il a déjà dû faire le rapprochement.

Wade s'arrêta derrière la fourgonnette et coupa le moteur. *Je ne suis pas sûr d'être prêt.* En face d'eux, une portière s'ouvrit et Finn descendit de son pick-up. Wade en resta pantois.

— Ouah. Il a fait pas mal de muscu depuis le lycée.

Ben éclata de rire.

— Pas du tout. C'est uniquement dû au travail physique. Il doit constamment porter d'énormes poutres en bois et ce genre de… choses lourdes.

Il tapota la cuisse de Wade.

— Et il se dira sûrement la même chose à ton sujet, le rassura-t-il avant de soupirer. Je crois bien que tout le monde a pris en carrure, sauf moi.

— Je n'y vois aucun inconvénient, encore moins depuis l'autre soir.

La taille et la flexibilité de Ben leur offraient des possibilités intéressantes. Wade se figea soudain.

— Il arrive vers nous.

— Bah, ouais. C'est pour nous qu'il est venu.

Son amant détacha sa ceinture, mais Wade lui attrapa la main. Ben lui lança un regard compatissant.

— Tout va bien se passer, bébé.

Et d'ouvrir la portière pour interpeller Finn d'une

voix enjouée tandis qu'il descendait de voiture.

— Salut.

Que pouvait-il faire d'autre sinon le suivre ?

Les doigts de Wade cafouillèrent en libérant la boucle de sa ceinture. L'estomac lui tournant, il sortit de son véhicule.

— Ça faisait un bail, Finn, dit-il en faisant le tour pour les rejoindre.

Impossible de confondre la réaction de Finn : celui-ci se figea, bouche grande ouverte, et fixa Wade d'un regard hébété.

Alors, Ben attrapa la main de Wade et la serra.

— Tu te souviens de Wade, j'imagine ?

Finn ballotta brusquement la tête pour aviser leurs doigts entremêlés, puis leurs visages. Ses sourcils se redressèrent.

— Je suppose que tu as *réellement* tourné la page depuis notre dernière conversation. Tu as quelque chose à me dire ? ajouta-t-il, les lèvres tressautant.

— Tu ne vas pas m'en faire voir de toutes les couleurs, j'espère ? contra Ben.

Finn soupira.

— Tu es un adulte… enfin, la plupart du temps. Partons du principe que tu sais ce que tu fais, du moins pour l'instant.

Il posa sur Wade un regard moins chaleureux.

— C'est là qu'on se serre la pince et que je te dis, « Salut, Wade, ravi de te revoir » ? dit-il d'une voix légèrement guindée.

La gorge de Wade se noua.

— Il faut croire. Surtout que le Wade dont tu te souviens n'existe plus.

Finn cilla.

— OK, message reçu.

Il tendit une main. Wade lâcha celle de Ben pour la serrer. Finn toussota.

— Bon. Alors. Ce terrain, du coup. Vous vouliez savoir ce que j'en pense ?

— C'est pour ça qu'on est là, confirma Wade qui respirait plus facilement maintenant que son cœur s'était un peu calmé.

Finn sourit.

— Eh bien… Si *moi* j'avais soixante-neuf mille dollars à dépenser, tu aurais une rude bataille à mener. Je m'en emparerais et je construirais ma propre maison dessus. C'est magnifique.

— Ça l'est vraiment.

Wade saisit de nouveau la main de Ben pour la serrer.

Finn sembla temporairement distrait par ce geste, avant de relever vivement la tête vers Wade.

— Qu'avais-tu en tête ? s'enquit-il.

— Rien d'extravagant. Trois chambres maxi. Une cheminée. Peut-être bien dans le style Cape Cod.

— Je vois.

Finn retourna à sa camionnette et revint avec un classeur.

— J'ai ramené ça. Quelques croquis de maisons qui pourraient t'intéresser. Évidemment, je ne savais pas pour qui je consultais, sur le coup. *Quelqu'un* s'est bien tenu de me donner le nom, insista-t-il en fixant Ben d'un regard entendu.

L'intéressé se mordit la lèvre.

— Surprise !

Ils éclatèrent tous de rire et la tension se dissipa davantage. Wade feuilleta les projets de conception ; son cœur s'arrêta lorsqu'il atteignit la dernière page.

— Oh, mon Dieu. Celle-là.

L'interprétation de l'artiste du style Cape Cod le prit aux tripes. Elle était parfaite : la porte centrale au sommet d'une petite volée de marches, deux fenêtres entourées de volets de chaque côté, la façade et le côté recouverts de bardeaux de cèdre. Trois lucarnes décoraient le toit en pente, renforçant d'autant son charme.

Ben se pencha pour y regarder de plus près.

— Deux cents mètres carrés, pas mal. Trois chambres, trois salles de bains et des toilettes séparées en plus. Rez-de-chaussée ouvert ; ça, j'aime.

Un sourire rayonnant aux lèvres, il ajouta :

— Et une cheminée. Elle est *trop* belle.

Son visage scintillait.

Finn indiqua les plans.

— Cette porte dans la salle à manger donne sur la cour, donc personnellement, je ferais en sorte qu'elle soit en face de l'océan.

Wade ne pouvait plus en détacher le regard.

— Si tu peux me la construire, je suis ton homme.

Finn éclata de rire.

— Pas si vite. Tu n'as même pas encore le terrain.

Wade attrapa son portable.

— Ça, c'est vite réglé.

Il marqua une pause pour se tourner vers Ben.

— Elle te plaît ?

— Non, répondit Ben solennellement avant de lui décocher un grand sourire. Elle me plaît *trop* !

— Alors, on a trouvé notre maison.

Avant que Wade ait pu prononcer un autre mot, Ben revendiqua ses lèvres dans un baiser exubérant et Wade, qui avait oublié la présence de Finn, l'embrassa comme si sa vie en dépendait.

Un toussement.

— Euh, les mecs ?

Ils se séparèrent et se tournèrent vers lui. Les yeux de Finn brillaient.

— Je voulais juste vous rappeler que vous n'étiez pas seuls.

Ben s'esclaffa ; c'était un son si empli de joie que Wade sentit son moral gonfler à bloc.

Finn prit une profonde inspiration.

— Je crois qu'il faut que je refasse quelque chose.

Il tendit la main vers Wade.

Ce dernier, perplexe, la serra.

— Tu ne l'avais pas fait correctement la première fois ?

Finn sourit.

— Salut, Wade. Merci d'avoir rendu mon ami Ben plus heureux que je l'ai jamais vu avant.

La gorge nouée, Wade serra un peu plus fort la main de Finn.

— Merci à *toi*.

D'après ce que Ben lui avait dit, cela faisait trois amis convaincus… plus que quatre.

Il réalisa brusquement l'énormité de ce qu'il venait de faire. Ce n'était plus juste *sa* maison, désormais : c'était la *leur*. Et ça, c'était un engagement sacrément impressionnant.

Dont ils allaient devoir parler.

L'entrée du DuckFat, sous un auvent à rayures orange et brun, était encadrée par des murs en tissu noir entrecoupés de panneaux transparents. De chaque côté de la porte, de grandes fenêtres permettaient d'observer les personnes qui dînaient à l'intérieur et, de ce que Ben pouvait en voir, la salle était bondée. Des tables avaient été disposées dehors, et toutes étaient occupées, sauf une. Des chauffe-terrasses étaient en place en cas de baisse de température.

— Tu en penses quoi ? demanda-t-il à Wade alors qu'ils approchaient.

L'intéressé gloussa.

— J'en pense que ça a l'air fréquenté. C'est une bonne chose.

Ben leva les yeux au ciel.

— Pourquoi je t'emmènerais dans un endroit *dégueulasse* pour notre *premier rencard* ?

Il se tut lorsqu'il vit Shaun, tout de noir vêtu, sortir du restaurant et se diriger vers une table, un carnet à la main.

— Je le connais, lui, non ?

Ben confirma.

— Shaun Clarke, du lycée de Wells.

À cet instant, Shaun tourna la tête et son sourire se figea. De fait, son corps tout entier se fit de marbre l'espace d'une seconde où il resta planté là, bouche bée et yeux ronds. Il gribouilla prestement sur son calepin avant de les rejoindre.

— Bonsoir.

Ben lui fit un bref câlin.

— Coucou. On n'est pas arrivés trop tôt, j'espère ? Il n'est pas tout à fait huit heures.

Shaun cilla. Son regard passait de Ben à Wade et

inversement. Un autre clignement, puis il se racla la gorge.

— La table est prête. Suivez-moi.

Il les mena dans le coin de la terrasse le plus reculé de la rue. Tandis que Ben et Wade prenaient place, face à face, Shaun se pencha et lui murmura à l'oreille :

— Mec, t'aurais pu me prévenir. Si j'avais lâché ce qui m'ait passé par la tête, j'aurais pu me faire virer sur-le-champ.

Il posa les yeux sur Wade et hocha sèchement la tête.

— Wade. Ça faisait longtemps.

Ben balaya d'un regard les autres tables et attrapa le bras de Shaun.

— Dis, on n'a pas de bougie, nous.

Son ami fronça les sourcils.

— Pourquoi tu voudrais une bougie ?

Ben arqua les sourcils.

— Si *toi*, tu avais un rendez-vous galant, tu n'aurais pas envie que ce soit romantique ?

Derechef, Shaun en resta bouche bée, mais il s'en remit plus rapidement cette fois.

— Je suis dans mon lit, c'est ça ? Oui, voilà, je fais un rêve.

Ben le pinça bien comme il fallait au-dessus du coude et Shaun grimaça.

— Aïe.

Ben le regarda droit dans les yeux.

— Il y a un problème ? demanda-t-il tout bas.

Shaun soupira.

— Aucun problème. Je suis complètement largué, mais tout va bien. Je vais aller chercher vos menus.

Il retourna à l'intérieur.

Wade se pencha en avant.

— Je commence à me dire que le barbecue chez Aaron n'est peut-être pas une si bonne idée que ça.

Ben pouvait comprendre cette réaction.

— Une certaine gêne possible, quelques regards de travers et des commentaires grommelés pendant une soirée ne valent-ils pas la peine si ça permet de nous afficher publiquement et de leur laisser le temps d'avaler la pilule pour qu'on puisse tous continuer notre petit bonhomme de chemin ?

Il prit une inspiration et attrapa la main de Wade par-dessus la table.

Ce dernier poussa un soupir.

— Je suppose que si.

Shaun réapparut avec les cartes ; Wade voulut retirer sa main, mais Ben ne l'entendit pas de cette oreille et s'y accrocha fermement.

Son ami avisa leurs doigts entrelacés et frissonna.

— OK. C'est officiel. Je suis dans la Quatrième Dimension. Autant que je suive le mouvement.

Il posa les menus et tendit la main à Wade.

— Bonjour. Tu ne te souviens sans doute pas de moi. Shaun.

— Mais je sais que toi, tu te souviens de *moi*, répondit Wade d'une toute petite voix.

Il se libéra de Ben pour serra la main de Shaun.

— Ça me fait plaisir de te revoir. Ben parle beaucoup de ses amis.

— Hmm. Pourtant, ces derniers temps, il nous fait pas mal de cachotteries, répondit le serveur avec un bref regard à l'attention de l'intéressé. Je vais chercher vos verres d'eau, je prendrai votre commande en revenant. La soupe du jour est à la tomate et les spécialités sont sur le tableau derrière le comptoir.

Il les laissa faire leur choix.

Ben se mordit la lèvre.

— Ça s'est bien passé.

Wade attrapa une carte.

— Je comprends ce qu'il a voulu dire par la Quatrième Dimension.

Voyant que Ben lui lançait un regard curieux, Wade se fendit d'un sourire nerveux.

— Premier rencard avec un garçon. C'est ouah.

— Tu n'es jamais sorti avec personne au lycée ?

Ben ne se rappelait pas avoir vu la moindre fille traîner avec Wade. *Et vu la quantité de temps que j'ai passé à le reluquer ? J'aurais remarqué.*

— Non, mais je bluffais beaucoup. Ça empêchait que les autres devinent la vérité, répondit Wade avant de tousser. On pourrait reparler d'un truc que tu viens de dire ?

Shaun revint avec les verres d'eau.

— Vous avez encore besoin de temps ?

Ben sourit.

— Ce serait super, merci.

Il attendit qu'ils soient de nouveau seuls pour répondre :

— Si tu veux. Il y a un problème ?

Parce que si Wade ne comptait pas se détendre, Ben mettrait fin à la soirée. *Venir ici n'était peut-être pas une brillante idée.*

— Tu as parlé de continuer notre petit bonhomme de chemin.

Ben fronça les sourcils.

— OK.

— Et l'autre jour, quand on a vu Finn… j'ai dit qu'on avait trouvé *notre* maison.

Ben sourit de toutes ses dents.

— Oui, j'ai bien entendu.

Wade hocha vivement la tête.

— Donc, je crois que ce que j'aimerais savoir, c'est… est-ce qu'on va trop vite ?

Wade continua avant que Ben ait pu en placer une :

— Pour l'amour de Dieu, on vient tout juste de se faire dépister pour pouvoir virer… les capotes, murmura-t-il après s'être penché plus près. Ça m'a tout l'air d'un sacré… engament.

Aux yeux de Ben, c'était *clairement* un engagement.

Il s'octroya un moment de silence au cours duquel il prit la main de Wade et la caressa tendrement.

— Voilà comment *moi* je vois les choses, finit-il par dire. Au vu de notre passif et de la façon dont nous avons découvert les sentiments de l'autre… cette histoire pouvait avoir deux issues possibles. Soit on se plantait royalement, *soit*… on tournait la page et on se jetait à l'eau. Mais après tout ce qu'on a vécu, qu'est-ce qui pourrait bien nous arriver de pire ? On a déjà surmonté *tellement* de choses. Pourquoi prendre notre temps ?

Il serra la main de Wade.

— On sait l'un comme l'autre qu'on veut être ensemble, oui ou non ?

— Oui, mais…

— Mais rien.

Ben inclina la tête vers la porte par laquelle Shaun était retourné à l'intérieur.

— Je fais en sorte que mes amis les plus proches sachent *exactement* l'importance que tu as pour moi. Je t'aide à construire ta… *notre* nouvelle maison. Je fais quelque chose que je n'ai *jamais* fait pour aucun mec avant… du moins, je le ferai une fois qu'on aura reçu nos résultats.

Il posa un regard éloquent sur Wade.

— Tu as besoin que je l'épelle ? Parce que quand tu additionnes tout ça, on dirait bien que ça veut dire que je suis amoureux de toi.

Wade en eut le souffle coupé.

— Amoureux…

— Et non, pour moi, ce n'est pas vite. On rattrape simplement le temps perdu de sorte à nous retrouver là où on *aurait* dû être si les choses s'étaient déroulées différemment au lycée.

Il fixa Wade droit dans les yeux.

— Tu as choisi ta voie et ça nous a fait perdre huit ans.

Il lui serra la main.

— Je te promets, c'est pardonné. Alors, il est temps qu'on soit là où on *devrait* l'être : éperdument amoureux.

Les traits de Wade se contractèrent.

— À l'époque, je n'étais pas éperdument amoureux ; j'étais éperdument con.

— Et maintenant ? demanda Ben dont le ventre venait de se retourner.

Dis-moi ce que tu ressens vraiment. Car il avait l'impression d'avoir mis son âme à nue.

— Maintenant ? répéta Wade avec un sourire. Maintenant, j'aimerais qu'on soit tout seuls pour pouvoir te prendre dans mes bras, t'embrasser et te dire que je suis follement amoureux de toi.

La gorge de Ben se noua.

— Je crois que tu t'en sors très bien comme ça.

Un borborygme étranglé fit éclater leur bulle de solitude ; Ben tourna brusquement la tête et découvrit Shaun planté là, sourcils levés, yeux arrondis, bouche grande ouverte. Son ami s'éclaircit la voix.

— Je crois que je vais vous laisser encore une minute. Et je vais vous apporter la plus grosse bougie que je trouverai, ajouta-t-il après une pause.

Il détala tandis que Ben éclatait de rire.

— Et en voilà un de plus qui assurera nos arrières au barbecue… s'il y va.

Ben prit sa carte.

— Tu es prêt à choisir ?

Il se fichait pas mal de ce qu'ils allaient manger : il était en rendez-vous avec l'homme qu'il aimait.

Wade enfouit son visage dans les cheveux de Ben et inspira son odeur. Les bras de son amant étaient enroulés autour de son cou tandis qu'il s'enfonçait en lui, les jambes de Ben serrées autour de sa taille.

— J'ai hâte qu'on reçoive nos résultats, murmura-t-il.

— Moi aussi, dit Ben, le souffle court, en suivant les mouvements de balancier.

Wade lui embrassa la nuque sur un coup de boutoir plus profond.

— Plus rien entre nous.

Ben écarquilla ses magnifiques yeux.

— Plus rien.

— Le sentiras-tu ? demanda Wade en accélérant la cadence de son bassin. Quand je me viderai en toi ?

— Tais-toi. Tu vas me faire jouir.

La respiration de Ben se fit saccadée, ses doigts mordirent dans les épaules de Wade, sa poitrine lubrifiée de sueur contre la sienne.

— Vas-y. Mais préviens-moi quand ça va arriver.

Wade redoubla d'efforts, martelant Ben de petits coups de reins rapides. Ils s'embrassèrent, Ben gémissant dans sa bouche, tous deux en mouvements constants.

— J'vais… j'vais…

La queue de Wade se ficha jusqu'à la garde tandis qu'il regardait Ben droit dans les yeux.

— Je t'aime.

— Mon Dieu.

Ben se mit à trembler sous la force de son orgasme, la chaleur de sa semence se répandant entre leurs corps. Il s'agrippa à Wade pendant que les spasmes le secouaient et ce dernier continua de l'embrasser tout du long. Puis il entreprit un rythme plus lent, entrant, sortant, prenant de la vitesse, son cœur battant la chamade alors que son orgasme approchait. Lorsqu'il arriva, Wade tressaillit à chaque pulsation de son sexe.

Ben lui caressait la joue, la barbe, la nuque.

— Je t'aime aussi.

Allongés sous le drap, ils continuèrent à s'embrasser et se toucher, jusqu'à ce que Wade redescende enfin sur Terre, son membre ramolli s'extrayant de Ben tandis qu'il roulait sur le dos.

Ben se coucha sur lui, la transpiration sur son front luisant dans la lumière de la lampe.

— Quel timing…

Wade rigola et l'enveloppa dans ses bras.

— Quand on se sera nettoyés, il faudra vraiment

qu'on pense à dormir un peu. On a une journée chargée, demain. Tu dois bosser et moi, je dois m'occuper de David et Liam à leur arrivée.

— Ça me va, du moment que tu n'as pas l'intention de rentrer dormir chez toi, répondit Ben qui déposa un baiser sur le bout de son nez.

Si Wade avait son mot à dire, il dormirait dans les bras de Ben jusqu'à la fin de ses jours.

Ben ressortit de l'océan en secouant l'eau qu'il avait dans les cheveux. Il sourit intérieurement en se rappelant la remarque que Wade lui avait balancée en réponse à sa proposition d'aller nager : qu'il préférait retrouver son service trois-pièces sans l'aide d'un microscope.

Sand Beach débordait de touristes. C'était comme si l'État du Maine tout entier l'avait envahie ; certains étaient déjà en train de s'installer pour une journée de bronzette lorsqu'ils étaient arrivés à huit heures, ce matin-là. Wade avait choisi un coin près du bosquet d'arbres et le parasol de Ben octroyait à leur espace un abri face au soleil de midi.

Et en parlant de midi... C'était l'heure du déjeuner. Mary avait rempli un sac isotherme de sandwichs, de fruits, d'eau et d'encas.

Ben traversa la plage jusqu'à leur emplacement, où

oncle et neveu étaient assis face à face. Ben appréciait Liam. C'était un chouette petit, tout mignon, avec sa tignasse brun foncé et un regard chocolat chaleureux. Liam l'avait salué si timidement lorsque Ben était monté sur le siège passager à côté de Wade, mais s'était détendu au fur et à mesure que la matinée avançait. La première fois qu'il s'était penché pour embrasser Wade sur la joue, Liam avait cligné des yeux, mais sans rien dire.

Ben n'avait aucune intention de se cacher.

Les deux Pearson étaient en pleine conversation et, comme Ben se rapprochait, le vent chaud charria leurs mots jusqu'à lui.

— Papa dit que je dois me défendre, expliquait Liam.

D'un air absent, il versait le contenu de sa pelle dans le seau rouge en forme de château en face de lui. La construction de sable n'avait pas beaucoup avancé depuis que Ben était parti faire trempette.

— Il dit que je ne dois pas me laisser faire.

Ben s'immobilisa, ne voulant pas interrompre la discussion.

— As-tu l'impression que c'est ta faute si ces enfants t'embêtent ? demanda Wade.

Liam leva brusquement la tête, les yeux ronds.

— Ouais. Ils me traitent de tous les noms parce que je préfère peindre plutôt que de jouer à la balle avec eux. Et quand j'ai montré à Mme Landon ce que je savais faire au piano… plus tard, quand elle n'était pas là, ils… ils ont été méchants. Alors, peut-être que si je ne joue *pas* au piano, si je ne peins plus… peut-être qu'ils me laisseront tranquille.

Wade posa une main sur l'épaule de son neveu.

— Mais ces choses, ce sont elles qui font de toi

Liam. Et tu n'es pas tout seul. Plein d'enfants se font harceler, mais ce n'est pas leur faute : ce sont les *harceleurs* qui sont en tort, pas toi.

— Mais pourquoi, tonton Wade ? demanda Liam en le fixant. Pourquoi me font-ils ça ?

Wade garda le silence un moment ; Ben était de tout cœur avec lui.

— Ces brutes ont besoin d'une victime, de quelqu'un qui est… différent, d'une manière ou d'une autre. En s'en prenant à eux, les brutes se donnent de l'importance, ils ont l'impression d'avoir le contrôle, dit-il avant de marquer une pause. Et parfois, ils attaquent les autres enfants parce que c'est de cette façon qu'on *les* a traités, eux.

Une nouvelle pause.

— Je vais te dire quelque chose, maintenant, quelque chose de très important, d'accord ?

Liam hocha la tête, les yeux grands ouverts.

— D'accord.

— Quand j'avais ton âge, moi aussi, j'ai été harcelé.

Liam en resta bouche bée ; Wade hocha la tête.

— J'avais un physique différent. C'est pour ça qu'ils m'avaient choisi. Et je me souviens très bien de ce que ça me faisait.

Oh, Wade.

Liam déglutit.

— Je déteste ça. Quand je rentre dans la classe, j'ai mal au ventre parce que je sais qu'ils vont se jeter sur moi. Certains jours, je n'ai pas envie de me lever le matin, mais Papa dit que si je n'y vais pas, alors…

Il avala de nouveau sa salive.

— Il dit que je dois serrer les dents.

— On reparlera des conseils de ton père plus tard.

Ce que tu dois savoir, c'est que… j'ai fait le mauvais choix.

— Qu'est-ce que ça veut dire ?

Oh, merde. Ben retint son souffle.

— Quand j'étais plus âgé que toi, j'ai fait quelque chose de très mal. Je… j'ai embêté d'autres enfants.

Le cœur de Ben était empli d'amour en cet instant. *A-t-il la moindre idée du courage qu'il faut pour avouer qu'on était quelqu'un de mauvais ?* Encore plus quand c'était à un petit garçon qui subissait ce genre de maltraitance, un petit garçon qui admirait clairement son oncle.

Liam en resta bouche bée.

— Mais… pourquoi faire une chose pareille alors que tu savais l'effet que ça fait ?

— J'avais honte de ce que je ressentais. Je pensais qu'en m'en prenant aux autres, ils ne pourraient pas s'en prendre à moi, et c'était très mal. J'ai rendu malheureux beaucoup d'enfants. Comme je te l'ai dit, les brutes maltraitent les autres pour de nombreuses raisons. J'avais mes raisons, moi aussi, mais aucune ne justifiait ce que j'ai fait. Je n'avais rien retenu de ce qui m'était arrivé. Parce que tu as raison : je savais l'effet que ça faisait, d'être maltraité, et pourtant je l'ai fait quand même. J'ai beau ne plus être ce garçon-là, je regretterai ce que j'ai fait pour le restant de mes jours.

Des larmes suintaient aux coins des yeux de Ben. Liam sombra dans un profond silence et Ben retint une fois de plus son souffle.

— Tu leur as demandé pardon, à ces enfants, par la suite ?

— Pour l'instant, je n'ai eu l'occasion de m'excuser qu'auprès de l'un d'entre eux. Je l'ai revu il y a quelques mois.

— Est-ce qu'il a accepté ?

Wade choisit cet instant pour tourner la tête, comme s'il cherchait Ben, et se figea.

Celui-ci lui dit « Je t'aime » du bout des lèvres.

Wade poussa un soupir saccadé et se retourna vers Liam.

— Et si tu lui posais la question toi-même ?

Il fit signe à Ben d'approcher ; ce dernier tituba sur le sable pour les rejoindre sous le parasol.

Liam le dévisageait. Ben sourit.

— Tonton Wade m'a demandé pardon et je lui ai dit que j'acceptais. Mais il avait raison quand il t'a dit de ne pas changer qui tu es à cause de ces enfants. Si tu fais ça, tu ne seras plus toi.

Il pencha la tête d'un côté.

— Ça te met en colère, pas vrai, quand ils s'en prennent à toi ? Parfois, tellement que ça te fait mal ?

Liam retint son souffle.

— Oui.

Ben hocha la tête.

— On pourra parler de ça aussi. L'important, c'est que tu saches que tu es *parfait*. Il n'y a rien qui *cloche* chez toi. Et tu as des gens qui sont là pour toi et qui t'écouteront si tu as besoin de parler.

— Comme tonton Wade est là pour toi ?

Ben sourit.

— Petit futé.

Il s'appuya contre Wade et l'embrassa, se fichant pas mal de qui pourrait les voir. Puis, il ouvrit le sac isotherme et en retira trois bouteilles d'eau qu'il tendit à chacun.

— Je ne sais pas vous deux, mais moi j'ai les crocs. Il y a de quoi faire un festin, là-dedans.

— Tu as entendu quoi, au juste ? murmura Wade qui dévissait le bouchon de sa bouteille.

Ben lui caressa la joue.

— Plus qu'assez.

— Vous allez vous marier, tonton Wade et toi ?

Wade faillit s'étrangler avec son eau.

Ben gloussa.

— Pourquoi ? Tu crois qu'on devrait ?

Liam haussa les épaules.

— Pourquoi pas ? Vous vous embrassez tout le temps comme ma maman et mon papa et *eux*, ils le sont.

Ben décocha un grand sourire à Wade.

— J'adore la logique des enfants, dit-il avant de se tourner vers Liam. Donc, tu penses que deux hommes devraient pouvoir se marier ?

Il était ébahi par l'acceptation désinvolte du garçon.

— Pourquoi pas ? Ma meilleure amie Kazy a deux papas. Et Denny a deux mamans.

Ben lui ébouriffa les cheveux.

— Accroche-toi bien à Kazy et Denny, mon chou. Ils m'ont tout l'air du genre de copains dont tu as le plus besoin.

Il croisa le regard de Wade.

— Parce qu'on a tous besoin de bons amis, pas vrai ?

Ben aurait aimé pouvoir faire disparaître les inquiétudes qui rongeaient Wade vis-à-vis de la fête chez Aaron, mais d'un autre côté, Wade ne connaissait pas ses amis comme lui les connaissait.

Tout va bien se passer, bébé. Ben en était certain.

CHAPITRE VINGT-QUATRE

— Prends à gauche, sur ce parking-là.

Wade suivit ses instructions, contemplant l'espace à la recherche d'une place.

— Là-bas, dit-il en y allant pour ensuite couper le moteur. Tu veux bien m'expliquer pourquoi on se gare là ?

Ben lâcha un rire nasal.

— Parce que, d'un, on est à Bar Harbor et de deux, on est en août. Ce qui signifie que les places sont très limitées. Aaron n'habite pas très loin. C'est le plus près qu'on trouvera.

Wade ouvrit le coffre, ils sortirent et il fit le tour de la voiture, conscient de vide qui lui rongeait l'estomac.

— Autre chose, lança-t-il en soulevant leur valise du coffre. Si Aaron a deux chambres d'amis et deux canapés, pourquoi on a amené ta tente ?

Ben haussa les sourcils.

— C'est *maintenant* que tu poses la question ? Tu n'as pas dit un mot à ce sujet quand tu es passé me prendre.

— Ça, c'est parce que j'avais… l'esprit ailleurs.

Il était bien trop occupé à penser à la réunion qui l'attendait. En dépit des garanties de Ben, il n'arrivait pas à faire fi des tremblements dans son ventre.

— Hé, l'interpella doucement Ben.

— C'est bon, pas la peine de me redire que tout va bien se passer.

Parce que mon cerveau a visiblement décidé de ne pas te croire.

— Donc… pourquoi les affaires de camping ?

Un éclat s'illumina dans le regard de Ben.

— Parce qu'il va potentiellement y avoir dix mecs ce soir, dans cette maison. Aaron *pourrait* proposer de partager son lit, mais si c'était moi, je refuserais. Ce qui laisse toutes les accommodations que tu viens de lister pour accueillir neuf personnes. Si Finn vient avec Joel, ce qui est fort probable, ils voudront s'accaparer un lit. Et on aura bien *plus* de chance d'être tranquilles dans le jardin. D'où la tente.

— Finn pourrait avoir la même idée.

Ben explosa de rire.

— Putain, non. Finn faire du *camping* ? Non, crois-moi. En plus…

Il se pencha plus près, muant sa voix en un chuchotement séducteur.

— Tu n'aimes pas l'idée de faire l'amour à la belle étoile, dans un jardin privé entouré de très hautes clôtures ?

Wade gloussa.

— Toi, tu y as clairement beaucoup pensé, dit-il en fourrant le sac à cordon dans les bras de son amant. Du coup, *tu* peux porter tout ton bordel.

Il avisa les alentours.

— On va par où ?

Ben lui indiqua l'une des sorties.

— Vers Main Street, puis sur la droite. Wayman Lane est à quatre ou cinq rues d'ici.

Ils quittèrent le parking et Ben attrapa la main de Wade. Une vague de chaleur envahit celui-ci à ce geste intime.

— Je sais que tu n'arrêtes pas de me dire de ne pas avoir peur, mais c'est difficile.

Ils avançaient d'un pas régulier. Ben détestait quand Wade marchait à vive allure. Il se plaignait généralement que ses jambes faisaient la moitié de celles de Wade.

Ben lui serra la main.

— Tu vas devoir me faire confiance, alors. Tout va bien se passer.

Les rues étaient noires de monde, nombre d'entre eux vêtu de tenues de randonnée.

— C'est toujours aussi bondé ?

Bar Harbor ne lui était pas familière. Sa traversée du Precipice Trail avec Ben avait été sa première visite sur place.

— Ouaip. Ça se calme un peu vers la mi-septembre, affirma Ben en s'arrêtant à un coin de rue. C'est celle d'Aaron.

Il lui indiqua une maison mitoyenne sur la gauche dont les murs extérieurs étaient couverts de bardeaux de cèdre crème ; les tuiles au-dessus du porche étaient couleur chamois et un parterre de fleurs jaillissait au beau milieu de la cour. Des marches serties de rambardes blanches menaient à deux portes d'entrée séparées par deux fenêtres octogonales.

Ben se dirigea vers la maison de droite.

— C'est sympa, observa Wade.

Des rires leur parvinrent de derrière et il se raidit.

— On aurait peut-être mieux fait d'arriver plus tôt.

— C'est mieux comme ça, le rassura Ben. À cette heure-ci, tout le monde doit déjà être là. Comme ça, on en finit une bonne fois pour toutes, comme on retire un pansement.

— Cette analogie n'aide *pas* du tout.

Ils gravirent les marches du perron, mais avant que Ben ait pu appuyer sur la sonnette, la porte s'ouvrit sur un homme grand, vêtu d'un short bleu foncé et d'un tee-shirt noir, qui lui disait vaguement quelque chose avec ses cheveux auburn et sa barbe assortie.

— Ah, vous voilà, dit-il avec un sourire.

Il adressa un hochement de tête à Wade, ses yeux bleus légèrement voilés.

— Content que tu te sois joint à nous. Je doute que tu te souviennes de moi au lycée. Aaron Allen.

— Pas vraiment, avoua Wade.

— C'est pas grave. Tu nous connaîtras tous beaucoup mieux d'ici la fin du week-end.

Il serra Ben tout contre lui et quand il le relâcha, Aaron étudia son ami quelques secondes.

— Eh bien, tu as l'air bien plus heureux que la dernière fois qu'on s'est vus.

— C'est de sa faute, répondit Ben sans la moindre hésitation en enfonçant son coude dans le flanc de Wade.

C'était le genre d'accusations que Wade était prêt à encaisser.

Aaron recula pour les laisser entrer.

— Laissez vos affaires près de la porte.

Il jeta un œil auxdites affaires et fit un grand sourire.

— Je vois. Le jardin est tout à vous. Je ferai en sorte que tout le monde reste à l'intérieur, ajouta-t-il, le regard brillant.

Les joues de Wade s'empourprèrent d'anticipation.

— Tout le monde vient ? s'enquit Ben tandis qu'Aaron les menait dans la cuisine et vers l'arrière de la maison.

— C'est un miracle, mais oui. Enfin, Seb a dit oui, mais il aura du retard.

Il s'arrêta près de la porte.

— Tu as eu de ses nouvelles, récemment ?

— Pas un mot depuis l'anniv de Mamie.

S'il y en avait un parmi les amis de Ben que Wade n'était pas pressé de retrouver, c'était bien Seb Williams. Une partie de ses angoisses devait se voir sur son visage, car Aaron n'ouvrit pas la porte tout de suite.

— Wade, dit-il avec une gentillesse évidente dans les yeux. Tout va bien se passer.

— On dirait Ben.

Alors, les mots d'Aaron le prirent de court et sa gorge se noua.

— Après tout ce que j'ai fait au lycée… tu m'accueilles quand même chaleureusement ?

Aaron lui tapota le bras.

— Un coup d'œil à Ben m'a dit tout ce que j'avais besoin de savoir à ton sujet. Enfin, ça et quelques coups de fils tard le soir, ajouta-t-il avec un grand sourire.

Quand Aaron ouvrit la porte, Ben le prit par la main et le guida dans le jardin baigné de soleil. Les effluves de viande en train de griller emplissaient l'air, la musique semblait venir de partout et Wade fut momentanément aveuglé par la lumière éclatante.

— Putain de merde !

La voix stupéfaite avait réussi à percer les vocalises d'Adele.

Oh, Seigneur.

— Salut, Wade.

Une silhouette connue se leva de sa chaise sur la terrasse et s'approcha de lui.

Il attrapa la main de Finn avec soulagement et la serra.

— Salut.

Finn fit signe à l'homme qui était assis à côté de lui.

— Je te présente Joel, mon compagnon.

Joel était un homme plus âgé, aux cheveux poivre et sel et aux yeux bleus avec un superbe sourire.

— Il m'appelle comme ça parce que ça lui fait bizarre de dire « petit ami » en parlant de quelqu'un de mon âge.

Il serra la main de Wade.

— C'est toi qui veux acheter le fameux terrain dont Finn m'a parlé l'autre jour ?

— Oui, répondit Ben avant que Wade ait pu répondre. Il va nous construire une magnifique maison.

— « Nous » ?

C'était la même voix stupéfaite que quelques instants plus tôt. Un type aux cheveux et à la barbe foncés s'approcha en faisant mine de fusiller Ben du regard.

— Tu as quelque chose à nous raconter, Ben ?

— Oh, Levi, ils viennent à peine d'arriver. Il y aura tout le temps pour ça plus tard. Et la seule chose qui va se faire *cuisiner* aujourd'hui, c'est la viande, pigé ?

Celui qui venait d'intervenir se présenta devant eux, main tendue.

— Salut, Wade. Je ne crois que pas que tu te souviennes de moi. Dylan Martin.

— Tu me dis quelque chose, médita Wade.

Comme tous les autres. Tandis qu'il observait les visages alentour, Wade pouvait voir les vestiges des jeunes gens qu'ils avaient été huit ans plus tôt.

Shaun apparut à ses côtés, les yeux scintillants.

— Tu as l'air d'avoir besoin d'un verre.

Wade lui adressa un regard reconnaissant.

— *Putain*, oui.

Ces mots jaillirent de ses lèvres avant qu'il ait pu

les retenir.

L'instant d'après, la foule éclata de rire et Ben gloussa.

— Ouais, ils me font le même effet, parfois.

— Et ne t'en fais pas. On ne mord pas, le rassura Dylan, dont les lèvres tressaillirent toutefois. Enfin, je ne peux pas en dire autant pour Seb, mais évitons cette pente glissante.

Un nouvel éclat de rire.

— Il y a à boire et à manger dans la cuisine. La viande est presque prête, leur précisa Aaron. Il y a assez de chaises pour tout le monde dehors.

Il avisa l'homme à la barbe noire.

— Zone neutre, OK ?

— C'est bon, j'ai compris le message. Pas la peine de t'inquiéter pour moi. Je suis passé au-dessus du choc… même si j'aurais apprécié d'être tenu au jus.

Ses yeux gris-bleu étincelèrent.

— Je ne sais pas ce qui m'a le plus retourné : que Wade Pearson mette les pieds ici ou que Ben soit en train de lui tenir la main.

Il lui tendit la sienne.

— Levi Brown, et puisque tu as déjà rencontré tous les autres, le grand dadais là-bas, c'est Noah Smith.

Wade hocha la tête dans sa direction.

— Je ne dirais pas non à ce verre.

Ben gloussa et le tira vers la maison.

— Moi non plus.

Une fois de retour à l'intérieur, Wade poussa un grand soupir.

— OK. Peut-être que l'antre des lions n'était pas aussi terrifiant que je l'avais craint.

Six de faits… plus qu'un.

Ben porta les bras autour de son cou et leurs lèvres

entamèrent un doux baiser langoureux.

— Je suis là. Et tu t'en sors à merveille.

La voix de Ben débordait d'assurance.

Pour la première fois, Wade s'autorisa à considérer envisageable que Ben sache de quoi il parlait.

Ben se pencha tout près pour murmurer :

— Je reviens de suite. Faut que je fasse la vidange.

Wade dut se faire violence pour taire son instinct initial, car il ne croyait pas que crier « Tu vas me laisser *seul* avec eux ? » serait bien vu, dans de telles circonstances. Au lieu de quoi il se fendit d'un sourire qu'il espérait plein d'assurance.

— Tu nous ramènes de quoi grignoter au passage ?

— Ça doit pouvoir se faire.

Ben se leva de sa chaise et, lèvres tressautant, jeta un regard entendu à la tablée.

— Soyez sages, intima-t-il avant de se diriger vers la maison.

C'était comme si quelqu'un venait d'allumer un projecteur sur Wade ; tout le monde le fixa.

Eh merde.

Levi se racla la gorge.

— Au fait, Wade…

Aaron l'interrompit.

— Zone neutre, je te rappelle ?

— Tu étais au courant de tout, avoue, Aaron ? attaqua Noah en croisant les bras. *Maintenant*, je comprends ce que tu voulais dire quand tu parlais d'une surprise pour tout le monde.

Il écarquilla soudain les yeux.

— Combien d'entre vous saviez pour le petit secret de Ben ?

Dylan gloussa.

Le cœur de Wade semblait sur le point d'exploser.

— Tu veux bien me lâcher, oui ? rétorqua Levi en faisant mine de fusiller Aaron du regard. Tout ce que je *comptais* dire, c'était…

Il croisa le regard de Wade.

— Désolé pour les jurons quand tu as passé la porte. Faut que tu comprennes que c'était un vrai choc. Après tout ce qui s'est passé, tu es la *dernière* personne que je m'attendais à voir tenir la main de Ben.

— Hé, mon pote, je te comprends, remarqua Shaun. Mais… tu ne les as pas vus, le soir de leur rencard.

Ses yeux brillaient.

— J'aimerais trop avoir quelqu'un qui *me* regarde de la façon dont ces deux-là se dévorent des yeux. C'est à un autre niveau.

Wade lui exprima toute sa reconnaissance par le regard.

— Je sais que tu dois avoir l'impression d'être face à l'Inquisition espagnole…

— Nan, tu crois ? Je me demande bien *pourquoi* ? rétorqua Finn en décochant un regard entendu à Levi.

Ce dernier le fit taire d'un geste nonchalant de la main.

— Tu veux bien me laisser finir ? Ce que *j'allais*

justement dire… c'est que même si c'est *l'impression* que ça donne, ce n'est pas le cas. On ne va pas te tenir rigueur pour ton… comportement passé vis-à-vis de nous, puisque Ben a clairement décidé de te pardonner. Et soyons réalistes, si *lui* l'a fait, on a aucun droit de le contredire.

— Vous veillez sur Ben. Je le comprends, dit Wade lorsqu'il retrouva enfin sa voix. Je ne m'attendais à rien de moins. Vous l'aimez. Eh bien… moi aussi.

Un moment de silence stupéfait accueillit sa déclaration.

— Ça, c'est ce que j'appelle un lâcher de micro, releva Levi avec une approbation évidente en levant sa bouteille. Ravi que tu aies pu te joindre à nous ce soir, Wade.

Les autres trinquèrent à leur tour en murmurant leur assentiment et la gorge de Wade se serra.

Putain de merde. Ben avait raison depuis le début.

— Tu vas devoir patienter un peu avant de recevoir ta carte de membre, plaisanta Dylan avant de lever à nouveau sa bière. Bienvenue dans la famille.

— Merci, dit Wade, menton levé. Ne vous inquiétez pas. Je ne lui ferai aucun mal. Je ne pourrais pas. J'ai… j'ai attendu trop longtemps pour en arriver là.

Le silence retomba lorsque la porte s'ouvrit et que Ben revint sur la terrasse, tout sourire.

— Hé, j'ai trouvé des biscuits au fromage.

Il en tenait deux paquets XXL.

Après les montagnes russes d'émotions des dernières minutes – *il n'est vraiment parti que deux minutes ?* – Wade ne put retenir un gloussement.

— Ouah, on pourrait croire qu'Aaron te *connaît*.

Finn s'esclaffa.

— Tu as tout compris. Batman et Robin. Dorothy et Toto. Tom et Jerry. Snoopy et Woodstock. Ben et les biscuits au fromage.

Un fou rire secoua l'assemblée.

— Ouais, ouais, marmonna Ben en leur adressant un doigt d'honneur avant de rejoindre Wade. J'ai loupé quelque chose ?

Il y avait comme un *trop*-plein d'innocence dans cette question.

— Tu savais, c'est ça ? contra Wade, coi. Oui, tu savais.

Ben cligna des paupières.

— Je savais quoi ?

Il lui tendit un paquet.

— Un biscuit ? demanda-t-il, un grand sourire aux lèvres. Allez, tu *sais* que tu en as envie.

Une audace toute nouvelle s'empara de lui.

— Je préférerais un bisou.

Ben écarquilla les yeux et Wade prit ça pour un oui. Il tendit le bras, prit la tête de Ben en coupe et l'attira doucement plus près jusqu'à ce que leurs lèvres s'effleurent.

— Je t'aime, murmura Wade avant d'entamer un langoureux baiser.

Le soupir de bonheur de Ben lui mit le moral au beau fixe.

Dylan brisa le charme.

— Putain, Shaun avait raison. Moi aussi je veux quelqu'un qui *me* regarde comme ça.

— Oublie la partie « regarder », moi, je veux quelqu'un qui m'embrasse comme ça, rétorqua Aaron.

Wade laissa leurs remarques lui passer au-dessus de la tête. Il était bien trop occupé à être follement amoureux.

Il était vingt heures trente et le soleil s'était couché une demi-heure plus tôt. Aaron avait allumé les guirlandes suspendues le long de ses clôtures et de sa terrasse, et les garçons papotaient à présent autour d'un brasero en fer forgé, une bière à la main.

Ben regardait Wade, qui parlait avec Finn. Ils avaient discuté presque tout l'après-midi de conceptions de maison. Joel en était même venu à dire que leurs petits amis semblaient plus intéressés par eux-mêmes que par Ben et lui.

Ce qui ne le dérangeait pas le moins du moins.

Il n'y avait toujours eu aucun signe de Seb et cela provoqua un débat. Apparemment, personne n'avait entendu parler de lui de tout l'été, à l'exception d'un appel FaceTime avec Levi.

— Il va bien, quand même ? s'enquit Ben. J'espère qu'il n'est pas tombé par-dessus bord ou je ne sais quoi et qu'il n'a pas fini bouffé par les homards.

Des rires tonitruants accueillirent sa remarque.

— Il va bien, le rassura Levi. Enfin, c'était le cas la dernière fois qu'on s'est parlé. Et on dirait bien que je suis le seul avec qui il a parlé.

Il soupira, puis expliqua :

— Il a eu pas mal de pain sur la planche, ces deux derniers mois.

— L'appel de la nature, expliqua Noah en se levant. Quelqu'un veut quelque chose tant que j'y suis ?

Une chorale de « non » lui répondit et il retourna à l'intérieur. Ben le regarda partir.

— Et lui, il va bien ?

Noah s'était fait discret toute la journée, ce qui ne lui ressemblait pas.

— Il n'a presque pas pété un mot de tout le trajet, dit Levi en fixant la porte de derrière. J'espérais que revoir tout le monde lui mettrait du baume au cœur, mais…

Il souffla.

— Je n'ai pas la moindre idée de ce qui se passe.

— Alors, *parle*-lui. Ou si tu n'en as pas envie, je suis sûr que l'un de nous pourrait le faire, dit Ben avant de se redresser. *Moi*, je vais le faire quand il sera revenu des toilettes.

Il n'arrivait pas à se défaire du pressentiment que quelque chose n'allait pas.

Wade le regarda depuis l'autre côté du cercle. *Ça va ?* s'enquit-il du bout des lèvres. Ben hocha la tête. Noah réapparut soudain, une bouteille de bière à la main. Il se rassit et la fit rouler entre ses doigts, les yeux plongés dans les flammes.

— Hé, Noah ? l'interpella Ben en se penchant en avant. Tu peux me dire d'aller me faire voir ou encore que ce sont pas mes oignons, mais… est-ce que tout va bien ?

La respiration de Noah sembla se couper et il dévisagea Ben, jusqu'à ce que ses épaules s'affaissent.

— J'aurais dû savoir que je ne pouvais rien vous cacher.

Le cœur de Ben se serra.

— Alors, il y a bien un souci ?

— Pas en tant que tel, non, c’est… compliqué.

— Garde ce genre de statut pour Facebook et *parle*-nous, répondit Finn avec le plus grand sérieux.

Un chœur de « ouais » ponctua sa phrase.

Noah but une gorgée de sa bouteille.

— Vous n’allez jamais croire ce que ma mère m’a dit il y a quelques jours à peine. J’étais sous les combles dans le garage, j’ajoutais une nouvelle section…

— Tu jouais avec tes tchou-tchou, intervinrent Finn, Dylan et Aaron de concert.

Noah leva les yeux au ciel, puis reprit :

— Ma mère est arrivée, elle m’avait préparé un sandwich. Sauf qu’elle n’est pas repartie. Elle restait… plantée là. Donc, je lui ai demandé si elle voulait quelque chose.

Il prit une nouvelle goulée.

— Elle m’a demandé si j’avais quelque chose à leur dire, à elle et à mon père. « De quel genre ? » je lui demande. « Oh, je sais pas. Peut-être que tu voudrais partager une nouvelle avec nous, mais que ça te met mal à l’aise. »

Noah prit une grande inspiration.

— Je ne comprenais rien à ce qu’elle racontait. Alors, elle a *fini* par dire : « C’est juste que… eh bien, nous avons remarqué… que tu n’as pas de petite amie. Alors, nous nous *demandions*… si c’est parce que tu n’aimes pas les filles, car si c’est le cas, nous voulons que tu saches que ce n’est pas grave. »

Noah écarquilla les yeux.

— J’étais genre, complètement retourné. Ils croient que je suis *gay* ?

Aaron gloussa

— Eh bien, mon pote, regarde un peu avec qui tu traînes. Je comprends parfaitement pourquoi ils ont cru ça.

— Mais je ne suis *pas gay*, insista Noah.

— Et tu le lui as dit ? demanda Finn.

— Oui, mais ça n'a fait qu'aggraver la situation. « Eh bien, tu as vingt-six ans maintenant. Ne penses-tu pas qu'il serait temps de te trouver une copine ? De te poser, peut-être ? »

— Tu lui as répondu quoi ?

La question venait de Dylan.

— Que voulais-tu que je réponde ? « Désolé, maman, mais j'aime pas les filles non plus » ?

Un ange passa.

Ben se racla la gorge.

— Tu as quelque chose à nous dire, mon pote ?

Noah poussa un soupir saccadé.

— OK. Ça fait un moment que je pense à vous en parler. J'ai bien failli le faire au mariage de Teresa, mais je me suis dégonflé.

Il prit une profonde inspiration.

— Ce que je viens de dire n'est pas l'exacte vérité. Ce n'est pas que je n'aime pas les filles… c'est juste que je n'ai pas envie de les emmener dans mon lit. Mais je ne pouvais pas dire une chose pareille à ma mère.

— Et tu n'as pas envie de te taper des mecs non plus, commenta Dylan.

— Oui. Enfin, non. Vous voyez, c'est pour ça que je dis que c'est compliqué. Et je n'arrange pas mon cas, là.

Menton relevé, front plissé, il les regarda à tour de rôle.

— Vous pensez que je suis chelou ?

Ben en resta pantois.

— Tu rigoles ? On t'aime, espèce de couillon.

Il bondit hors de sa chaise, s'approcha de Noah et jeta ses bras autour de lui dans un câlin gênant.

— Quoi que ça soit ? C'est pas grave.

— Mec, il a *trop* raison. Il y a un mot pour les gens comme toi, affirma Dylan. Abstinent.

Noah lui adressa un regard patient.

— Non, c'est asexuel.

— Excuse-moi, intervint Joel. Je n'y connais pas grand-chose au spectre LGBTQ, mais si tu rencontrais la bonne personne et tombais amoureux, est-ce que ça y changerait quelque chose ?

Noah prit une profonde inspiration.

— Ce n'est pas comme ça que ça marche. Il n'y a pas un être unique là dehors avec le « remède » à mon problème, répondit-il en faisant usage de guillemets.

Les traits de Joel se décomposèrent.

— Je t'ai vexé. Je suis navré.

Noah lui adressa un demi-sourire.

— Je ne l'ai pas mal pris. Et ce n'est pas parce que je suis ace que je me sens esseulé, d'accord ?

Il ouvrit grand les bras.

— Il y a plein d'asexuels qui sont mariés, qui ont des enfants, qui sont attirés romantiquement parlant à d'autres…

— Mais et le se… ?

Noah leva une main.

— J'ai une meilleure idée. Et si je parlais et que vous écoutiez ? L'école a repris, bienvenue au cours d'asexualité pour les nuls. Commençons par toutes les choses que ça n'est *pas*. Ce n'est *pas* la même chose que le célibat ou l'abstinence. Ce n'est *pas* un choix de vie. Ce n'est *pas* un commentaire social ou autre. Je n'ai rien *perdu* : c'est tout bonnement une expérience différente de la sexualité. En fin de compte, c'est très simple. Et je *sais* que c'est la question qui vous *brûle* les lèvres, alors mettons les choses à plat ouvertement : dans mon cas, oui, je m'envoie en l'air, OK ? J'aime ça. Je me branle autant que vous autres. La seule différence, c'est que… la personne avec qui je suis ne m'attire pas sexuellement. Et vous savez quoi ? S'il y a encore des choses que vous voudriez savoir après ça ? Je connais le site parfait pour vous. Je vous enverrai le lien.

Il tremblait.

Quelques secondes plus tard, tous ses amis l'encerclèrent et Noah fit l'objet de nombreux câlins. Il se frotta les yeux.

— Les copains…

— Ça ne change rien, mec, le rassura Shaun.

— Tout pareil, ajouta Aaron.

Levi agrippa son épaule.

— On est là.

Noah écarta les mains.

— OK, vous voulez bien vous rasseoir, tous ? Parce qu'être le centre de l'attention commence à me faire flipper.

Cela lui valut quelques gloussements. Un à un, ils retournèrent à leurs places.

Ben attrapa la main de Noah et la serra.

— Hé, Wade et toi avez quelque chose en commun.

Noah fronça les sourcils.

— C'est-à-dire ?

Ben sourit.

— Vous venez tous les deux de sortir du placard.

Noah le fixa, puis éclata de rire.

— Il faut croire que oui.

Il prit deux grandes inspirations.

— Merde, ça m'a foutu les pétoches.

— Je parie que tu es content de l'avoir fait quand même, commenta Ben.

Noah hocha la tête.

— J'aurais dû le faire il y a bien longtemps.

Il avisa chaque visage illuminé par les flammes.

— Merci, les amis.

— On est là pour toi, lui assura Levi à voix basse.

— Tu le sais, ajouta Shaun.

— Et Seb qui a loupé ça, remarqua Dylan.

Noah secoua la tête.

— Je ne repasserai pas par là. Vous savez combien de fois je me suis repassé ce discours dans ma tête ? Ça m'a demandé tout ce que j'avais de vous dire ça.

— Ne t'en fais pas. On lui passera le message, le rassura Ben avant de jeter un regard à Wade. J'aurais dû te prévenir que quand on est tous ensemble, on ne s'ennuie jamais.

Wade ravala un sourire.

— Sans blague.

— Attends un peu, tu verras, confirma Aaron dont les yeux étincelaient. J'ai bien l'impression que tu seras là aux prochaines réunions de ce genre.

Ben ne dit rien. Il avait la même impression.

Aaron avait rajouté des bûches au fur et à mesure que la nuit prenait le dessus, amenant avec elle un frisson dans l'air. Il n'y avait toujours aucun signe de Seb.

C'est méchant de ma part d'espérer qu'il ne viendra pas ?

Noah semblait plus détendu et Wade avait remarqué que tous faisaient un effort visible pour le rassurer. Une main sur l'épaule par-ci, un regard chaleureux par-là…

C'est un groupe vachement soudé.

Son cœur se serrait à l'idée qu'il ait pu faire partie de leur cercle. Toutefois, lorsque Ben croisait son regard et lui disait « Je t'aime » du bout des lèvres, Wade repoussait ce genre de pensées douloureuses.

Le passé était révolu. Seul l'avenir comptait et Wade ferait tout ce qui était en son pouvoir pour s'assurer que Ben ne regrette jamais sa décision.

— À quoi tu penses ? lui demanda ce dernier en s'asseyant à ses côtés.

— Quand tu es rentré dans la boutique, ce jour-là, j'avais un plan. J'avais prévu de me racheter pour la façon dont je t'avais traité. J'allais te prouver que j'avais changé.

— Et tu as atteint chacun de tes objectifs, affirma Ben.

Il posa la tête sur l'épaule de Wade.

— Du coup, j'ai un nouveau plan, maintenant. Je vais te rendre heureux, dit-il en déposant un baiser sur son crâne.

— C'est déjà fait, ça aussi, murmura Ben.

Joel traîna une chaise jusqu'à eux.

— J'ai vu les photos que Finn a prises de votre terrain.

Il avisa Wade attentivement.

— Il vous appartient bien, maintenant ?

— J'ai engagé le processus la semaine dernière,

confirma Wade, qui n'avait pas perdu de temps.

— Il est magnifique. Cette vue… précisa Joel avec un sourire mélancolique. C'est mon rêve.

— Quoi donc ?

— Oh, d'avoir une maison qui donne sur l'océan. Pouvoir ouvrir une fenêtre et entendre le ressac. Et faire en sorte que ce soit ce bougre ici qui nous la construise, ajouta-t-il en indiquant Finn. Un de ses secrets que j'ai découvert ? Il partage ce rêve aussi.

Le cœur de Wade accéléra.

— Eh bien… pourquoi ne pas le réaliser ?

— Qu'entends-tu par là ?

— Oui, qu'entends-tu par là ? répéta Ben d'un ton plus pointu.

Wade ressassait l'idée depuis qu'il avait commencé à discuter avec Finn au début de l'après-midi. Il saisit la main de Ben.

— Que dirais-tu d'avoir Finn et Joel pour voisins ?

Ben le dévisagea.

— Pardon ?

Joel fit signe à Finn d'approcher.

— Je crois que tu dois entendre ça. Ramène-toi.

Wade attendit que Finn les ait rejoints avant de continuer.

— Le terrain fait quatre-vingts ares. Joel et moi pourrions l'acheter ensemble et le diviser en deux. La moitié du terrain suffit amplement pour une maison, non ? Avec une grande clôture entre les deux, voire une haie… Je promets qu'on ne passera pas notre vie chez vous, ajouta-t-il avec un grand sourire.

Il jeta un regard à Ben.

— De qui je me moque ? Finn et toi passerez votre vie à squatter chez l'un ou l'autre. Enfin, si l'idée te plaît, conclut-il soudain en se figeant, le cœur serré. J'aurais dû t'en parler avant d'ouvrir ma grande bouche…

Ben le fit taire d'une main.

— Arrête de t'enfoncer pour rien. Je *surkiffe* ton idée.

— Moi aussi, répondit Finn, le visage rayonnant.

— Vous êtes sérieux ? demanda Joel d'un ton incrédule. C'est vraiment possible ?

— Je ne vois pas pourquoi ce ne le serait pas. Quand j'ai parlé au promoteur, la première chose qu'il m'a dite c'est que si presqu'un hectare, c'était trop pour moi, le terrain pouvait être divisé en deux, mais que ça impliquerait des coûts supplémentaires le cas échéant, expliqua Wade avec un sourire. L'idée me plaît. Ça me rassure de savoir qu'on aura de bons voisins. Et rien ne vous oblige à construire votre maison tout de suite. Vous avez le temps de vous y préparer.

Finn fixait Joel.

— Tu vas dire oui, j'espère ?

Joel rigola.

— Tu ne penses pas qu'on devrait en discuter d'abord ?

— Bien sûr, on peut en parler autant que tu voudras… et après, on signera les papiers, répondit un Finn rayonnant. Je vais nous construire la plus belle maison que tu aies jamais vue.

— Si tu es dedans, elle sera belle quoi qu'il en soit, répondit Joel tout bas.

Les flammes se reflétaient dans les yeux de Ben, qui ne prononça pas un mot, mais serra la main de Wade.

Lui qui pensait qu'il était impossible d'être aussi heureux.

Aaron franchit la porte de derrière.

— OK, les gars ? Seb vient de m'envoyer un texto. Il arrive. D'ailleurs, il sera là d'ici quelques minutes.

Il gloussa.

— Oh, et je me permets de vous rappeler qu'on ne restera pas dehors *trop* longtemps. Après tout, vous êtes actuellement tous assis dans la chambre de Ben et Wade pour cette nuit.

Un éclat dans les yeux, Finn intervint :

— Oui, les gars, n'approchez pas vos portables des fenêtres. Filmer Ben en train de danser, c'est une chose… mais personne ne veut qu'une sextape finisse *accidentellement* sur la toile, j'imagine ?

Ben lâcha un hoquet de surprise et Wade éclata de rire.

— Seigneur, ils savent comment te chambrer, clairement.

— On a des heures d'entraînement, affirma Aaron, tout sourire.

Il inclina la tête vers la clôture.

— J'entends une voiture. Ça doit être lui. Va lui ouvrir le portail, Dylan. C'est toi le plus près.

Dylan obéit aux ordres et jeta un œil par l'interstice.

— Ouaip, c'est la voiture du Seb.

Il se dirigea vers la cuisine.

— Je vais lui chercher une bière. Il a pas mal de rattrapage à faire.

Ben prit la main de Wade.

— Ne t'en fais pas. Il est pareil que les autres.

Seb franchit la grille avant que Wade ait pu répondre.

— Dites-moi que vous n'avez pas tout bouffé. J'ai la dalle. Merde, lâcha-t-il brusquement.

Il leva les yeux au ciel puis retourna au portail et cria :

— Prends les bières, bébé. Elles sont dans le coffre. Ce qui veut dire qu'elles vont sûrement exploser quand on va les ouvrir.

Il reporta ensuite son attention sur le groupe et s'immobilisa d'un coup.

— Pourquoi vous me regardez tous comme ça ?

Ben lui adressa un sourire narquois.

— « Bébé » ? C'est qui, ce « bébé » ?

Seb soupira.

— Il… s'avère que c'est mon petit ami.

L'espace d'un instant, un silence s'imposa, bientôt brisé par une cacophonie de voix levées pourtant synchronisées comme si s'agissait d'une protestation répétée.

— C'est quoi ce *bordel* ?

Fin

Des nuits torrides au côté d'un homme plus âgé, ce n'était pas le genre d'été que Seb avait envisagé.

Un type plus âgé plein de mystère

Seb Williams a un plan pour les nuits caliente de ses vacances d'été : s'envoyer en l'air. Ce qu'il n'avait pas prévu au programme ? Devoir s'occuper de l'entreprise de son oncle. Seb n'a pas d'autre choix que d'aider sa famille. Alors, bye-bye, les bars gay d'Ogunquit et les plans cul.

Et bonjour, Cape Porpoise, petit port de pêche pittoresque. Une ville minuscule qui promet d'être bien barbante… jusqu'à ce qu'il croise Marcus Gilbert. Ses perspectives estivales commencent un peu à remonter. Crinière argent ? Oh que ouais. Corps de rêve ? Check. Regard de braise ? À la bonne heure !

Le seul problème : Marcus Gilbert aime se faire désirer.

Une distraction séduisante

Cape Porpoise correspond en tous points aux souvenirs que Marcus retient de son enfance depuis longtemps écoulée et représente tout ce dont il a besoin. Une pause sabbatique pour reprendre sa vie en main et avoir le temps d'écrire son livre. Un cadre paisible. Le calme de l'océan.

La perfection… jusqu'à ce que le petit train-train

de Marcus soit renversé par un petit jeune trop mignon.

Marcus ne peut ignorer l'attirance qu'il ressent pour le corps svelte de Seb et ses magnifiques yeux. Une nuit, ça ne ferait de mal à personne, si ?

Sauf qu'une nuit se transforme en deux, puis en trois.

Ce n'est qu'une amourette d'été… jusqu'à ce que ça n'en soit plus une et que tous deux se retrouvent en terre inconnue.

Et que le passé de Marcus vienne risquer de détruire leurs chances d'avenir.

<u>Personal</u>
Une Affaire Personnelle
Changements Personnels
Plus Personnel
Secrets Personnels
Strictement Personnel
Défis Personnels
La série complète

<u>L'art et la matière</u>
Dentelle
Satin

<u>Lions, Tigres et Ours</u>
Il grogne, il rugit, il ronronne

<u>Les Hommes du Maine</u>
Le fantasme de Finn

Le gay du train
D'Ombres et de Lumière
Bears in the Woods (Edition française)
Soumission Princière
Connexion
Cher Père Noël
Les secrets du Père Noel

À PROPOS DE L'AUTEUR

K.C. Wells vit sur une île près de la côte Sud du Royaume-Uni, entourée de la beauté de la nature. Elle écrit des romans sur des hommes qui aiment d'autres hommes et ne peut s'imaginer une vie où elle n'écrirait pas.

Le tatouage en forme de rose arc-en-ciel qu'elle a dans le dos avec les mots « Love is Love » (L'amour, c'est l'amour) et « Love Wins » (L'amour l'emporte), c'est sa façon à elle de brandir un drapeau. Elle a l'intention de continuer pendant encore longtemps à inventer des hommes amoureux, que ce soient des histoires douces qui prennent leur temps ou torrides et coquines.